Ronso Kaigai
MYSTERY
226

ネロ・ウルフの災難

女難編

Rex Stout
Nero Wolfe Mysteries
Unfortunate Cases with Women

レックス・スタウト
鬼頭玲子［編訳］

論創社

Nero Wolfe Mysteries: Unfortunate Cases with Women
by Rex Stout
2019
Edited by Reiko Kito

目次

主要登場人物

ネロ・ウルフ……………私立探偵。美食家で蘭の栽培にも傾倒している
アーチー・グッドウィン……ウルフの助手
フリッツ・ブレンナー………ウルフのお抱えシェフ兼家政担当
セオドア・ホルストマン……ウルフの蘭栽培係

クレイマー…………………ニューヨーク市警察殺人課警視
パーリー・ステビンズ……クレイマーの部下。巡査部長
ロークリッフ………………クレイマーの部下。警部補

ソール・パンザー…………ウルフの手助けをする、腕利きのフリーランス探偵
フレッド・ダーキン………ウルフの手助けをする、フリーランス探偵
オリー・キャザー…………ウルフの手助けをする、フリーランス探偵

マルコ・ヴクチッチ………ニューヨークの一流レストラン〈ラスターマン〉のオーナーシェフ。ウルフの幼なじみ

ロン・コーエン……………『ガゼット』紙の記者、アーチーの友人

リリー・ローワン…………アーチーの友人

悪魔の死

第一章

赤革の椅子は、ウルフの机の角から四フィート離れた位置にある。バッグからとり出した銃を机に置くには、立ちあがって一歩前に出なければならなかった。彼女は椅子に戻ってバッグを閉じ、ウルフに告げた。「その銃で、夫を撃ち殺すつもりはないんです」

ぼくはウルフから直角の位置にある自分の机に背を向けて座り、その様子を見ていたのだが、眉をあげた。芝居じみたまねをする女性だとは思っていなかったのに。前日の午後、面会予約の電話をかけてきたときは、多少ぴりぴりしていた。当然だ。私立探偵事務所に電話をかければ、たいていそうなる。それでも感情に流されることはなく、細かい点を説明した。名前はルーシー・ヘイゼン、ミセス・バリー・ヘイゼン。住所はパーク・アベニューとレキシントン・アベニューの間の東三十七丁目。ネロ・ウルフに三十分間内密の話をしたい、それだけ。ウルフになにもしてもらうつもりはない、助言さえ必要ない。ただ、話をさせてもらえればいい。その三十分に、百ドル払うつもりでいる。必要であればもう少し払えるし、払うつもりもあるが、百ドルでお願いしたい。

依頼が十一月か十二月で、ウルフの所得が百ドル稼いでも正味二十ドルしか手元に残らない段階に達していれば、よほど特別な相手かよほど特別な用件でない限り、ウルフは面会を受けつけない。とはいえ、今は一月で、多額の報酬が入る見こみはなく、わずか百ドルでも西三十五丁目にある古い褐色砂岩《ブラウンストーン》の家の維持費、人件費の足しにはなる。ましてや、なにもしなくてもいいのだ。それで、面会は翌日、火曜日の朝十一時半に決まった。

十一時半きっかりに玄関のベルが鳴り、ぼくが迎えいれると、彼女はにっこり笑ってくれた。「ありがとう、面会の約束をとりつけてくださって」握手はお義理でもできるし、そっちのほうが普通だが、笑顔は別だ。男が会ったこともない若い女性から、自然で親しみがこもった、屈託のない笑顔を向けられるなんて、そうそうあることではない。気を引こうとするでも、罠をしかけるでも、挑戦的でもない笑顔。男にできるのは、同じような笑顔の持ち合わせがあればお返しをするくらいだ。彼女を事務所に案内して、ミンクのコートを脱ぐ手伝いをしながら、ぼくは世の中わからないと思った。バリー・ヘイゼンのような有名広告会社を経営する男のきれいな奥さんであっても、まっとうな感覚を持っていられるなんて。ぼくは会えてよかったな、と思った。

だから、芝居じみたまねをされたときは、がっかりした。女性が初対面の相手との会話の皮切りに、バッグからリボルバーをとり出し、夫を撃ち殺すつもりはないと言うなんてわざとらしい。あの笑顔を読み違えたに決まっている。間違いをしでかすのは好きじゃないので、もう会えてよかったとは思わなかった。ぼくは眉をあげて、唇をぐっと結んだ。

机の奥にある特大の椅子に納まっていたウルフは、銃にすばやく視線を向けて、客に戻し、唸った。

「芝居じみたまねで」ウルフは言った。「恐れ入ったりはしませんよ」

「そんな」ミセス・ヘイゼンは言った。「あなたを恐れ入らせようとしていたんじゃありません。話をしているだけです。そのために、あなたに話したいがために、ここへ来たんですから。銃を持参してお見せすれば、もっと……もっとはっきりするだろうと思ったので」

「結構。で、思ったとおりに行動したわけですか」ウルフは眉を寄せていた。「わたしに仕事を依頼したり、助言を求めるつもりはないそうですな。あなたの望みは、わたしに内密になにかを話したいだけだと。注意しておきますが、わたしは弁護士でも聖職者でもありません。わたしとの対話では、秘匿特権は認められないでしょう。犯罪について話すつもりならば、開示しないとの約束はできません。重大な犯罪の場合ですよ、武器を許可なく所持するというような、つまらない犯罪ではなく」

「それは考えませんでした。武器の所持ですか」ミセス・ヘイゼンは軽く手を振って、片づけた。「ご心配なく。犯罪が起こったわけでもないし、起こるわけでもありません。そこが肝心なんです。わたしはその点を話すために来たのですから。その銃で、夫を撃ち殺すつもりはないと」

ミセス・ヘイゼンを見つめるウルフの目が、細くなった。女はどいつもこいつも気が触れているか、悪魔のようにずるがしこいか、もしくはその両方だというのがウルフの信条だが、その信条を裏付ける証拠がさらに増えたわけだ。「それだけですか?」と追及する。「三十分必要だとのことでしたが」

ミセス・ヘイゼンは頷いた。きれいな白い歯で唇を嚙んだが、すぐにやめた。「そのほうがいいと思ったのです、ちゃんと説明したほうが……理由を。ここだけの話にしてくださるなら」

「さっきの条件でよければ」

「もちろんです。夫をご存じですか?　バリー・ヘイゼン、広告会社の?」

「グッドウィン君が教えてくれました」

「二年前に結婚しました。わたしはバリーの顧客の一人、発明家のジュールズ・コーリーさんの秘書でした。わたしの父、タイタス・ポステルも発明家で、五年前に亡くなるまでコーリーさんとお付き合いがあったんです。バリーと出会ったのは、コーリーさんの事務所でしたの。心から愛していると思いました。何度も何度も見極めようとしてきたんです、あの人と結婚した本当の、嘘もごまかしもない理由を。わたしはただ望みのものを……」

ミセス・ヘイゼンは言葉を切り、唇を噛んだ。蠅を追い払うように、激しく頭を振る。「ウルフさんたら」と声に出す。「いいえ。わたしったら、だめね。あなたはすべてを知る必要はないんです。同情を買いたくて、余計なことまでしゃべっているのはわたし。主人を殺したい理由だって、教える必要はないのに」

ウルフはぼそぼそと答えた。「あなたの三十分間ですからな、マダム」

「夫を憎んでるわけじゃありません」また頭を振った。「軽蔑してるんだと思います、いえ、そうにちがいありません。それでも、離婚はしてもらえなくて。ですから、家を出ようとしました。実際に家出をしたんですけど、主人はああいう……わたしったら、同じことを！　なにもかもしゃべる必要なんてないのに！」

「お好きなように」

「好きで話しているんじゃありません、ウルフさん。必要だから話すのです」

「では、どうぞ必要なとおりに」

「話す必要があるのは、こういうことです。主人は寝室の引き出しに銃をしまっています。今、目の前の机に置いてある銃です。わたしたち夫婦の寝室は別です。ある考えを抱いていながら、急に心の表に出てくるまで、自分ではその存在に気づいていない状態、おわかりになります？」

「もちろんです。潜在意識は墓場ではなく、ため池のようなものです」

「でも、なにがたまっているか、本人にはわかりません。わたしにはわからなかった。一か月ほど前のクリスマスの翌日、わたしは主人の寝室に行き、銃を引き出しから出して、弾が入っているかどうかを確かめたんです。入っていました。そして、気づいたら考えていたんです、ベッドで寝ている主人を撃つのなんて簡単だって。『ばかね、本当におばかさん』と自分に言い聞かせて、銃を戻し、引き出しには二度と近づきませんでした。でも、その考えを頭から追い払えないんです。思い巡らしているんです。ことに、眠ろうとしているときに。おまけに、だんだん泥沼化してきて。つまり、主人が寝ているときに忍びこんで銃をとって撃つどころか、捕まらないためにはどう実行したらいいかと計画を練りはじめていたんです。ばかな考えなのはわかってますが、やめられませんでした。どう、いい、してても！　そしてある晩、ほんの二日前の日曜の夜、わたしは全身を震わせながらベッドから起きて、お風呂場で冷たいシャワーを浴びながら立ち尽くしていました。うまくいく計画を思いついたんです。内容までお話しする必要はないでしょう」

「お好きなように。必要なとおりにどうぞ」

「どちらでもかまいません。ベッドには戻りましたが、寝つけませんでした。寝ている間になにかしでかすのではと思ったわけではなく、自分の心がなにをしでかすのか不安だったんです。自分の心を抑えきれないとわかっていましたので。それで昨日の午後、いやでもあきらめられるように、封印しようと決めたんです。計画をだれかに洗いざらい話してしまえば、その計画は使えなくなります。計画が使えなければ、捕まることもありません。友人、本当の友人ではだめです。逃げ道が残るでしょうから。もちろん、警察に話すわけにはいきません。教会には行っていませんので、懺悔《ざんげ》する神父もいません。それで、あなたのことを思いついて、電話で面会の約束をとりつけ、ここにいるわけです。話はすみましたが、あと一つだけ。万一主人が撃ち殺されるようなことがあれば、わたしがここに来たこと、話したことを警察に教えると約束してほしいんです」

ウルフは唸った。

ミセス・ヘイゼンは指をほどき、胸を張って、大きく息をした。口を閉じたまま吸いこみ、口を開けて吐き出す。「さあ！」一言続けた。「以上です」

ウルフは客をじっと見つめていた。「わたしは話を聞くためだけに雇われたわけですが」そして、告げた。「一つお断りしておかなければならない。あなたの計略は自己抑制としては有効ですが、仮にだれかがご主人を撃ったらどうするのですか？　今の話を警察に教えたとします。あなたは苦しい立場に追いこまれるでしょう」

「やっていなければ、大丈夫です」

「くだらん。間違いなく、困ったことになります。すぐに犯人が明らかにならない限りは」

「やっていなければ、かまいません」ミセス・ヘイゼンは手のひらを上にして、片手を差し出した。「ウルフさん。あなたに話すと決めて面会の約束をしたら、一か月ぶりにぐっすり眠れました。だれも主人を撃ったりはしません。約束していただきたいんです、わたしが撃てないように」

「約束にこだわらないほうがいいと思いますが」

「どうしても必要なんです。ちゃんと自覚していなくては！」

「結構」ウルフの肩が四分の一インチ上下した。

「約束してくれます？」

「はい」

ミセス・ヘイゼンはなめし革の大きなバッグを開け、小切手帳とペンをとり出した。「現金より、小切手にしておきたいんです」と言う。「そうすれば、記録が残りますから。かまいませんか？」

「もちろん」

「グッドウィンさんには、百ドルとお話ししました。それで足りますか？」

ウルフは結構だと答え、ミセス・ヘイゼンはバッグの上に小切手帳を置いて記入した。立ちあがって手渡してもらうのも悪いので、ぼくから近づいて受けとった。が、ミセス・ヘイゼンはバッグを閉じて結局は立ちあがり、椅子の背からコートをとろうとした。そこにウルフが声をかけた。

「他にご用があれば、お時間がまだ十分残っていますよ」

「いえ、ありがとうございます。昨日グッドウィンさんには、あなたに話をしたいだけだと言いましたが、実際は少しちがいましたね。今、気がつきました。わたし、約束もしてもらいたかったんですね。本当に感謝しています、もうこれ以上……いえ、あと十分っておっしゃいました？」ミセス・ヘイゼンは手首をちらっと確認して、ぼくを見た。「ぜひ蘭を拝見したいのですけど……駆け足でもかまいません。どうかしら、グッドウィンさん？」

「喜んで」ぼくは本気でそう答えたが、ウルフが椅子を引いた。「十分間付き合う義務があるのはグッドウィン君ではなく、わたしです」そして、巨体を持ちあげた。「一緒にどうぞ。コートは必要ないでしょう」ウルフはドアに向かった。ミセス・ヘイゼンは曖昧な笑顔を一瞬ぼくに向けて、あとを追った。廊下にあるエレベーターの開閉音が聞こえた。

不満はなかった。この古い褐色砂岩の家の屋上にある温室三つ分、一万株の蘭は、ウルフのもので、ぼくのじゃない。ウルフは蘭を見せびらかすのが大好きなんだ。あの蘭が自分のものだったら、だれだってそうなる。ただ、ウルフが割りこんできたのは、そのせいじゃない。ウルフには何通か口述する予定の手紙があったが、蘭を見せにぼくを屋上へ行かせたら最後、いつ戻ってくるかわからないと考えたのだ。何年も前、ろくな証拠もないのに、ぼくは魅力的な若い女性と一緒にいると時間を忘れると、ウルフは決めつけた。いったんウルフが決めつけたら、もうそれで決まりなのだ。

電話が鳴った。ぼくは自分の机でとった。「ネロ・ウルフ探偵事務所。こちらはアーチー・グッドウィンです」ウルフのレシピに従ってソーセージ造りをしているニュージャージーの男から出荷の可否の確認だったので、厨房のフリッツにつないだ。免許を持った私立探偵の暇つぶしにはあれこれ嗅ぎまわるのが一番だと、ぼくはミンクのコートを手にとった。ラベルは〈バーグマン〉で、調査は不要と判定して、椅子に戻す。次に、ミセス・ヘイゼンが夫を射殺する凶器にするつもりのない銃をとりあげた。ドレクセルの三二口径。きれいに手入れをされている。弾倉にはすべて弾薬が詰まっていた。市中を持ち運ぶ許可を持たない女性には、無用の長物だ。小切手も調べた。イーストサイド銀行で、ルーシー・ヘイゼンのサインがある。これは金庫に入れた。腕時計をちらっと確認して、正午のニュースを聴こうとラジオをつけた。聴きながら、立ったままのびをする。アルジェリアは大騒ぎだ。スタテン・アイランドでビルを建設している業者は、政治家からの便宜の供与を否定している。フィデル・カストロはキューバ国民に、アメリカ政府の役人たちはごくつぶし（ぼくの言い換え）ばかりだと言い聞かせている。そして、

「今朝、マンハッタンのロワー・ウェストサイド、ノートン・ストリートに面したビルの間の小路で、男性の死体が発見されました。死亡したのはバリー・ヘイゼンさん。背後から撃たれ、死後数時間が経過していました。詳しい状況はまだわかっていません。ヘイゼンさんは有名な広告会社の顧問でし

た。国会で、民主党首脳クラスが中心的な問題としてとりあげる決定を――」

ぼくはラジオを切った。

第二章

ぼくは銃をとりあげて、銃口と銃身の臭いを確かめた。無意味とはいえ、自然な行動だろう。銃が最近発射されたかどうか知りたいときには、つい臭いを確かめてしまうものだが、発射されたばかり、三十分以内でかつ掃除の機会がなかった場合でなければ意味はない。立ったまま手のなかの銃をじっと見ていたが、結局、自分の机の引き出しにしまった。ミセス・ヘイゼンのバッグは赤革の椅子に置いてあったので、開けて中身を出してみた。〈バーグマン〉のミンクのコートを着ている女性が持ち歩きそうなものばかりで、それ以上の収穫はなかった。ぼくはまた銃を出して、弾薬をとり出し、拡大鏡で調べてみた。そのうちの一つ、あるいは二つかもしれないが、他のものより新しくて光っているものはないだろうか。どれも似たようなものだった。銃を引き出しに戻すと、エレベーターの降下する音、ずしんという着地の音、扉の開く音がした。ミセス・ヘイゼンを先にして、二人が入ってきた。ミセス・ヘイゼンは赤革の椅子からバッグをとりあげて、ウルフの机に向き直り、次にぼくのほうを向いた。

「銃はどこ?」と訊く。「持って帰ります」

「事情が変わったんです、ミセス・ヘイゼン」ぼくは彼女の目の前に立った。「ラジオのニュースをつけたら、一報が……聞いたとおりに繰り返します。『今朝、マンハッタンのロワー・ウェストサイド、ノートン・ストリートに面したビルの間の小路で、男性の死体が発見されました。死亡したのはバリー・ヘイゼンさん。背後から撃たれ、死後数時間が経過していました。詳しい状況はまだわかっていません。ヘイゼンさんは有名な広告会社の顧問でした』そうニュースで言っていたんです」

ミセス・ヘイゼンの目が飛び出しそうになった。「そんなの、う、う、う、う」最初から言い直した。「そんなの、嘘よ」

「そうじゃありません。本当のニュースです。ご主人は射殺されました」

バッグが手から床へと滑り落ち、顔が強張り、血の気が引いた。青くなった人は見たことがあるが、こんなに完全に、こんなに一瞬で真っ青になるのは、はじめて見た。ふらつきながら一歩さがったミセス・ヘイゼンの腕をとり、赤革の椅子へ座らせた。ウルフは部屋の真ん中で立ちどまっていたが、噛みつくように命じた。「なにか持ってこい、ブランデーだ」

ぼくは動きかけたが、ミセス・ヘイゼンが制した。「わたしなら大丈夫。本当のニュースなの？」

「そうです」

「主人が死んだ。死んだの？」

「はい」

ミセス・ヘイゼンは両手を握りしめてこめかみに押しあて、何度も叩いた。「わたしは厨房にいる」ウルフが背を向けて出ていこうとした。原因がなんであれ、ショック状態の女性はウルフにとっては単なる発作中なのであって、絶対に我慢できないのだ。が、ぼくは声をかけた。「待った。すぐによくなりますから」ウルフは戻ってきて、ミセス・ヘイゼンを見おろし、一声唸ると、自分の椅子に腰をおろした。

「電話をかけたいんですけど」ミセス・ヘイゼンは言い出した。「ちゃんと、確かめなくちゃ。だれに電話したらいいかしら？」握りしめた手は今、膝に載っていた。

「一杯飲んでも悪くないですよ、ブランデーかウイスキーを」ぼくは言い聞かせた。

「なにもいりません。だれに電話をかけたらいいの？」

「かけられません」にべもなく、ウルフが言う。「今はだめです」

ミセス・ヘイゼンの頭がさっとウルフのほうを向いた。「どうして？」

「先に、わたしが電話をかけるべきかどうかを、グッドウィン君に判断してもらわなければならないからです。警察に電話をして、あなたの話を教えるかどうかを。約束しましたのでね。アーチー、銃はどこだ？」

「ぼくの机の引き出しのなかです」

「最近発射されていたか？」

「わかりません。もし発射されたなら、きれいに手入れがしてありました。弾はすべて入っていて、弾薬の見た目はどれも大差ありませんでした」

「この女が夫を撃ち殺したのか？」

お約束の質問だ。ぼくの意見を、実績のある女性専門家の意見として聞きたがっているだけなのだ。女性に関しては、ぼくやぼくの交際方法をウルフは盲目的に信頼するが、山ほど矛盾はある。なのに、いつもおかまいなしだ。「今の段階での答えですが」ぼくは告げた。「やってません。決定的な答えを出すには、事実が必要です」

「わたしも賛成だ。ご主人を撃ち殺したんですか、ミセス・ヘイゼン？」

ミセス・ヘイゼンは首を振った。

「口がきけるのでしたら、声に出して答えていただきたいですな。殺したんですか？」

「いいえ」無理に押し出すような答えだった。

「わたしが約束した相手はあなたですから、もちろん、取り消すことが可能です。わたしから警察に電話をかけてほしいですか？」

「今ではないほうが」徐々に肌へ血の気が戻ってきた。「今はかけなくて結構です。もう必要ありません。主人は死にました。わたしはやらなかった」ミセス・ヘイゼンは立ちあがったが、足下がしっかりしているわけでもない。ただ、倒れそうではなかった。「もう、すべて終わった話です」

「座りなさい」命令だった。「そんなに簡単な話ではない。今朝十一時以降どこにいたかと警察に訊かれたら、なんと答えるつもりです？　いい加減にしなさい！　わたしの机に寄りかからず、座るんだ！　そのほうがいい。なんと答えるんです？」

「そんな……」ミセス・ヘイゼンは、椅子の端にちょこんと腰をおろしている。「そんなこと、訊かれるんですか？」

「当たり前です。もう犯人を捕まえて、疑問の余地のない証拠が揃っていない限りは。そこまで期待するのは、虫がよすぎますな。ご主人を最後に見たときから一分残らず所在を明らかにする必要がある。ここへは、タクシーで？」

「はい」

「では、そう答える。そう答えなくてはならない。なんのためにわたしに会いにきたかと訊かれたら、そのときはどう答えるんです？」

ミセス・ヘイゼンは首を振った。視線をいったんぼくに向け、ウルフに戻す。「そうね」と口を開く。「答えを教えていただかなくては」

ウルフは頷いた。「予想どおりだ」そして、こちらを振り向いた。「アーチー、さっきの答えの根拠は？」

ぼくは自分の椅子に戻っていた。「一部は個人的な根拠で」と説明する。「一部は探偵として判断しました。個人的なのは、全体の印象、特にぼくが出迎えたときの笑顔ですね。探偵としてみれば、重要な点は二つ。その一、あなたと約束をした上で昨晩夫を撃ち殺し、あんなふざけた話をここへ持ちこんだのなら、完全に頭がおかしいか、今まで見たこともないほど悪賢い人種となります。どちらもちがうと思います。その二、これが本命ですが、夫が死んだと理解したときの顔色です。気絶するとか、ふらつくとか、激しいヒステリーでも、演技はできます。が、芝居であんなふうに血の気をなくせる女性が、この世にいるはずがありません。さっきは決定的な答えを出すのに事実が必要だと言いましたが、こう表現するべきでした。ぼくの考えを覆すのには事実、確定的な事実が必要だろうと」

ウルフは唸って、ミセス・ヘイゼンにしかめ面を向けた。「グッドウィン君の根拠が妥当だとして、それでどうなる？　昨晩殺害された男性の未亡人が今朝わたしに会いにきたと知ったら、警察は耐えられないほど騒ぎたてるでしょう。あなたに借りはない。依頼人でもない。わたしの時間の三十分の対価として百ドル支払ったが、もう一時間以上に延長されている。約束も取り消されたので、一件落着だ。ここに来た理由を警察に訊かれたら、なんと答えるかを教えてほしいとの話でしたが、警察はわたしにも訊くでしょう。もしあなたがわたしの助言どおりに答えられず、わたしの説明とあなたの説明が食い違ったら、どうなるか？　なぜわたしがそんな危険を背負いこまなければならないと？

選択の余地はありません……なにをしてるんです？」

ミセス・ヘイゼンはバッグを開け、小切手帳とペンをとり出した。「小切手を書きます」と言う。「そうしたら、依頼人ですよね。わたし、どうしたら……おいくらですか？」

ウルフは頷いた。「その反応も予想の範囲内です。だめですな。わたしは恐喝犯ではないのだから。わたしの報酬は捜査活動に対するものであって、忍耐に対するものではない。かつ、あなたはわたしの捜査を必要としないかもしれない。必要となったら、改めて検討しましょう。さて、質問にいくつか答えてもらえますか？」

「もちろんです。でも、三十分以上かかっているわけですから、お支払いを——」

「不要です。あなたがご主人を射殺していないのなら、わたしたちはどちらも状況の罠に陥ってしまったのです。最初は質問ではなく、宣言です。銃を持ち帰ることはできません。この家で保管します。次に、時間と場所の——」

「でも、あった場所に戻すつもりなんです！」

「だめです。グッドウィン君の推測は仮説として受け入れますが、銃を持ち帰らせるわけにはいかない。時間と場所の確認ですが、ご主人を最後に見たのは？」

「昨晩です。自宅で。夕食にお客様があったので」

「詳しく。人数は？　名前は？」

「バリーのお客様でした。お得意様です……一人を除いて。ミセス・ヴィクター・オリバー。アン……ミセス・ヘンリー・ルイス・タルボット。ジュールズ・コーリー。アンブローズ・パーディス。それからテッド……セオドア・ウィードはお客ではなく、バリーのために働いています。バリーとわたしを入れて、全部で七人でした」

「客が帰った時刻は？」

「正確な時間はわかりません。バリーがお客様と話をするから席をはずせと言うので、コーヒーのあとで失礼しました。最後に主人を見たのはそのとき、お客様と一緒のときです。わたしは二階の寝室へ引きあげました」

「ご主人が寝室へ向かう音は聞こえましたか」

「いいえ。主人とわたしの部屋の間には、予備の寝室があるので。それに、くたくただったんです。さっきも言いましたが、一か月ぶりに夜ゆっくり休めたんです」

「今朝は会いましたか？」

「いいえ。いませんでした。主人は早起きなんです。メイドが……そう、そうよ！」

「なんです？」

「なんでも……あなたにはどうでもいいことです、ウルフさん。わたし、自分がいやなんです。今、主人は早起きなんですと言いましたけど、もう早起きだったと言ってもかまわないんだなと思って。歌でも歌いたい気がしたんです。本当に。だれかの死を喜ぶ権利があるほどの善人なんていません。わたしにはその資格がないことを、神様はご存じです。主人を愛したことが一度もなかったら？　結婚した理由が――」

　ウルフが遮った。「失礼。その話をする時間はあとでたっぷりとれるでしょう。メイドがどうしたんです？」

　ミセス・ヘイゼンは唇をぐっと結んで、感情を抑えた。「すみません。メイドは住みこみで朝食の準備をするんですが、主人がおりてこなかったと言ったんです。寝室に行ってみたらドアが開いていて、ベッドに寝た様子はなかったと。しょっちゅうではありませんが、以前にもあったことです。月に一度か二度は」

「どこに行くとも言わず、あとでどこにいたかを説明することもなかった？」

「はい」

「昨晩ご主人がどこに行ったのか、知っていますか？　見当はつきませんか？　一緒に出かけた人物、あるいは会いにいった相手は？」

「いえ。さっぱりわかりません」

「わたしはまだあなたがご主人を殺さなかったものと仮定していますが、どれだけ不安要素がありますかな？　あなたはずっと家にいたんですか……一軒家ですね、マンションではなく？」

「はい」

「昨晩寝室に入ってから今朝出かけるまで、ずっと家にいましたか？」

「はい」

「夜間にあなたが外へ出たら、メイドは物音を聞きつけたと思いますか？　こっそり出ていって、時間をおいて戻ってきたとしたら？」

「気づかないと思います。メイドの部屋は地下ですから」

ウルフは頷いた。「あなたには不安要素があるわけだ。今朝何時に家を出ました？」

「十一時五分です。時間どおりに、間違いなく伺いたかったので」

「ご主人の部屋の引き出しから銃をとり出したのは？」

「出かける直前です。ぎりぎりまで持ってくる決心がつかなくて」

「あなたがご主人を軽蔑していることを、どれくらいの人が知っていましたか？」

ミセス・ヘイゼンはウルフをじっと見返した。瞬きもせず、口もきかない。

「『軽蔑』はあなた自身が使った言葉ですよ、ミセス・ヘイゼン。それでは動機として不十分です。軽蔑しているだけで、男を殺す、もしくは殺したいと思う女性はいません。まあ、今はその点について深入りするつもりはありません、一日かかってしまうのでね。あなたがご主人を軽蔑していることを、どれくらいの人が知っていましたか？」

「だれも知らなかったと思います」かろうじて聞きとれる程度の声だった。ちなみにぼくは耳がいい。

「だれにも話したことはありません、親友にも。その人はもしかしたらと思っているかもしれません。そんな気がします」

「くだらん」ウルフが片手を振った。「例えばメイド。ばかでない限り、知っていますよ。もちろん、今この瞬間にもメイドは尋問されているんです。ご主人は裕福でしたか？」

「さあ。かなりの収入があったはずです。お金に不自由していませんでしたから。家も、持ち家でした」

「お子さんは？」

「いません」

「相続人はあなたですか？」

ミセス・ヘイゼンの目が光った。「ウルフさん、こんな話は時間の無駄です！　主人の財産なんか、一、セ、い、い、一セントもほしくありません！」

「わたしはあなたの立場を検証しているだけです。あなたは相続人ですか?」

「ええ、主人はそう言っていました」

「あなたに軽蔑されていることを、ご主人は知らなかった?」

「だれかが自分を軽蔑できるなんて、主人には想像もできなかったでしょう。精神異常だったのだと思いますけど。精神異常という言葉を、辞書で調べてみたことがあります」

「さぞ役に立ったことでしょうな」ウルフは壁の時計を見やった。「そろそろ帰ったほうがいい。ここにいたことを警察に話さなくてはならない以上、この家のラジオでご主人の死を知ったことも話したほうがいいでしょう。驚いたり、動揺したふりをする手間が省けます」ここで、ミセス・ヘイゼンに目を向ける。「先ほどあなたは困った立場に陥るだろうと言いましたが、実際そのとおりになりました。わたしとしては、あなたの依頼内容を訊かれたら、内密の相談だったので一切教えられないと答えるつもりです。いささか姑息な手ですが、あなたが殺人罪で逮捕されない限り、警察の圧力も堪えられないほどにはならないでしょう。ですから、ここへ来た目的については差し支えない範囲で話してもかまいません、もしくは差し支えない程度に黙っていても。おまかせします」

ミセス・ヘイゼンはバッグを開けた。「小切手を書きます。受けとってくださらなくては。どうしても!」

「だめです。あなたは危険な立場に追いこまれずにすむかもしれない。殺人犯は今日明日にも捕まるかもしれないのです。捕まれば、超過した時間についての請求書を送るかもしれません、わたしの気分次第ですが。もし、捕まらず、わたしに捜査の依頼したいのであれば、グッドウィン君の推察が間違いだと証明されない限り、改めて検討しましょう」ウルフは椅子を引き、立ちあがった。

ミセス・ヘイゼンも立ちあがったが、今回はしっかりしていた。ぼくはそっちへ行って、コートを着るのに手を貸した。

第三章

ミセス・ヘイゼンを見送って事務所に戻ると、ウルフは椅子に座ったまま背筋を伸ばし、身を乗り出していた。頭を傾け、匂いを嗅いでいる。一瞬、ぼくらの元依頼人に香水で空気を汚染されたと言いたいのかと思ったが、フリッツが貝殻ごとホタテを焼いている厨房からの香りを確かめようとしているだけだとわかった。いや、わざわざ嗅がなくてもぼくだって香りに気づいたから、フリッツがソースにエシャロットだけを入れたのか、それともタマネギも入れたのかを嗅ぎわけようとしていたんだろう。ぼくが椅子に座るまでには、ウルフは結論を出したようだ。ともかく、ぼくに目を向けた。

「わたしは」ウルフは宣言した。「殺人犯に便宜を図ってやるのはごめんだ。あの女の顔がどうした？　わたしは横にいたからな」

「賭け率は五十対一です」ぼくは言った。「どもったのは聞きましたよね。ぼくが、う、う、う、嘘をついているって。ちがう、ご主人は射殺されたとぼくが答えて、事実だと理解したとたん、ミセス・ヘイゼンの顔から血の気が引きました。三秒で完全に。耳を動かすことはできても、あれは無理です。だれにもできっこありません」

「結構だ。コーエン氏に電話をして、詳しい話を仕入れるように」

「特に聞きたいことは？」

「つかんでいる情報はすべて。ただし、凶器、もしくは銃弾が発見されたかどうかは知りたい」

「特ダネがあれば喜びますよ。例えば被害者の妻が今朝、ネロ・ウルフ探偵事務所を訪問したことと か。かまいませんよね、本人が警察に話すつもりなんですから」

「結構だ」

ぼくは受話器をとり、『ガゼット』紙の番号にかけ、すぐにロン・コーエンをつかまえた。ミセス・ヘイゼンがウルフに会いにきたと餌の骨を一本投げ与えると、コーエンは、肉はもちろん全部の骨をほしがった。が、今の段階で教えられるのはこれだけで、持ちつ持たれつでいこうと提案したら、承知した上でお返しをくれた。ぼくは礼を言って、電話を切り、ウルフに向き直った。

「死体は午前十時十八分に、トラックの運転手が発見しました。死後硬直が進んでいたので、最低でも死後五時間、たぶんもっと経過していたはずです。オーバーも含めて、服はすべて着用していましたが、帽子は地面に落ちていました。ポケットにいつも入れていた小物、数ドル分の小銭などは残っていたものの、鍵、財布、腕時計はありませんでした。もちろん先に見つけただれかが盗って、うっかり通報を忘れた可能性もあります。名前はポケットのなかの手紙に書かれていたので、身元判明を遅らせるために財布を持ち去ったわけではありません。背中に一発。弾は肋骨で止まって、警察が保管しています。三二口径。銃は発見されていません。警察は手がかりをつかんだか、あてがあったかしても、内緒にしてます。まあ、死体発見から三時間も経ってませんしね」ぼくは手首をちらっと確認した。「二時間四十九分です。ロンが言うには、ミセス・ヘイゼンをここに引き留めておいて、記者に写真を撮らせて、夫を殺したのはだれかと質問させてくれたら、五千ドル払うってことでした。次は覚えておくようにする、と言っておきました」

「弾は警察の手元にあるんだな?」

「そうです」

「警官はいつ来る?」

「きっとクレイマーじきじきのお出ましですよ。ミセス・ヘイゼンがここにいたと知ったらどんな反応を示すか、わかりますよね。二時間くらいかな、たぶんもっと早いと思いますが」

「ミセス・ヘイゼンはここでの話を警察にしゃべるか?」

「いいえ」

ウルフの口の端が片方、ちょっとあがった。「きみに我慢している理由は、そこだ。五十語で答えることもできたのに、一言で片づける」

「前から不思議に思ってたんですよ。ついでに、ぼくがあなたに我慢している理由も教えてください」

「見当もつかないな。保管中の銃から発射した弾がほしい。昼食後に先送りするべきではないだろう。あと二十分だ。ミセス・ヘイゼンに対するきみの推理が正しければ、ここにある銃は証拠ではない。殺人犯が犯行後に家に忍びこんでヘイゼン氏の寝室に行き、銃を引き出しに戻して、またこっそりと出ていったのでなければな。ただ、万一その銃が本当に証拠だったら、きみは証拠を改竄《かいざん》することになる。わたしがやろうか?」

「結構です。あなたはつま先を吹っ飛ばしかねませんから」引き出しから例の銃をとり出し、弾薬を一つ抜く。そして、所持許可を取得ずみのマーリーを保管している引き出しの鍵を開け、箱から三二口径用の弾薬を一つとり出した。その弾薬をドレクセルの空いた薬室に入れ、撃針のあたる位置にくるように弾倉を回す。廊下に出て、階段で地下の物置部屋へおり、電気をつけ、テーブルに二つ折りにして置いてある不要品のマットレスのそばまで行った。この作業は、前にもやったことがある。ぼくはリボルバーの撃鉄を起こし、マットレスから三インチの位置で構え、引き金を引いた。

三二口径の弾ならどれも同じ深さでマットレスに埋まると思うだろう。同じマットレスならなおさらだが、実際はそうじゃない。見つけるまで十五分かかり、一階に戻ったときには、ウルフは廊下を挟んで事務所の向かいにある食堂でテーブルについていた。ぼくはドレクセルから薬莢を出し、もともと入っていた弾薬を戻し、銃は金庫へ、発射ずみの弾は封筒に入れて机の引き出しにしまってから、テーブルの席についた。

事務所に戻り、ウルフが手紙の文面を口述してぼくに書きとらせている最中に、お客が来た。ぼくの読みは二つとも的中した。客はクレイマー本人で、玄関のベルが鳴って、ぼくが廊下に出てドアのマジックミラーを確認したのが二時五十五分だった。警視はポーチに立っていた。広くてごつい肩はすぼむ気配もなく、たてたコートの襟と、とっくにお役ごめんにしておくべきの灰色のフェルト帽のつばが、丸い赤ら顔を縁どっていた。約束はしていないのだから、チェーンの長さの二インチ分だけドアを開け、隙間から声をかけるのが妥当なところだが、それはいつもクレイマーの機嫌を損ねる。証拠を改竄したとなった場合に備えて、今はぼくにも取り柄があることを売りこんでも害にはならないだろう。で、ぼくは大きくドアを引き開けた。クレイマーは世間並みの挨拶はおろか、会釈もしないで敷居をまたぐと、ずかずかと廊下を進んで事務所に入り、ウルフの机に近づいて問いただした。

「ミセス・バリー・ヘイゼンは今朝何時にここへ来た？」

ウルフは頭をちょっと後ろにそらしてクレイマーを見あげ、こう尋ねた。「帽子にくっついているのは雪ですかな？」

ぼくは部屋に入って、警視をよけて通るところで、やっぱり帽子を見あげた。使用感以外にくっついているものはない。外では太陽が輝いている。家に入ったら帽子を脱ぐものだと指摘されたら、だれだってばつの悪い思いをするだろうが、クレイマーはウルフの前にいるときはなにがあっても動じない心構えになっている。へこたれずに、がなっただけだった。「こっちは質問したんだ！」

「十一時半です」ウルフは答えた。

「出ていったのは？」

「一時少し前」

クレイマーはコートを脱ぎ、ぼくが受けとろうとしているのを無視して赤革の椅子の腕にかけ、腰をおろした。「一時間半いたのか」もうがなりはしなかったが、ちょっとけんか腰の口調だ。ウルフと話しているときは、いつもそうだ。「あの女は、なにをしゃべった？」帽子には手も触れない。

ウルフは椅子を回し、背もたれに体を預けた。「クレイマー警視。ミセス・ヘイゼンの夫が射殺されたことは知っています。ニュースがこの家のラジオから流れたとき、彼女はわたしと一緒にいました。暴行死事件に少しでも関わりのある人物からわたしが相談を受けていたと聞くと、あなたは当然のようにわたしが捜査に役立つ証拠を握っていると思いこむ。あなたの思いこみがあたっている場合もありますし、はずれの場合もあります。今回は、はずれですな。これはわたしが熟慮した上での判断です。ミセス・ヘイゼンは内々でわたしに相談をしたのでね。もっとも、会話内容の開示を拒否すれば正義を妨げると判断する理由があれば、すぐにご連絡しますが」

クレイマーはポケットから葉巻を一本とり出すと、両手に挟んで転がし、口に差してがっちり嚙んだ。自分の口から出かかっている言葉が事態を好転どころか悪化させるとわかっているときに、十数えて待つ代わりにこれをやる。そして、口から葉巻をはずした。「いつか足下が崩れて痛い目に遭うぞ。今回は、そうなるかもな。尻に火がついてから白状したら、今こっちに情報を渡さなかったせいで正義を妨げたとなったら、そのときはあんたの皮をはいでやる。だれがなんと言おうとも、絶対にだ。ミセス・ヘイゼンがここへ来た、夫が殺されて九時間後に。その話の内容を教えろと、警察が頼んでいるんだ」

ウルフは首を振った。「断る。今の状況では、あなたの質問に事件との関連性があるとは思えない。方針を転換せざるをえない状況になった場合には……ところで、方針を転換するための機会を提供しましょう。アーチー、弾はどこだ？」

ぼくは引き出しから封筒をとり出し、弾を出して、ウルフに手渡した。クレイマーの鋭い灰色の目がぼくをとらえ、弾を追ってウルフへ戻った。ウルフは弾をつまみはしたが、ろくに見もしないでぼくに返した。「クレイマー警視に」ぼくが渡すと、ウルフはクレイマーに向き直った。「ヘイゼン氏殺害に使用された凶器が見つかっていれば、これは無意味になる。発見しましたか？」

「いや」

「殺害に使用された弾を見つけていない場合も、やはり無意味となる。どうですかな？」

「見つけた」

「では、鑑識にその弾と殺害に使用された弾を比較させるよう、提案します。同じ銃から発射されたと判明したら、すぐに連絡をください。情報を提供します。正式な鑑定報告書も見たいですな」

「見せてやるとも」クレイマーは目を細め、唇をぐっと結んだ。「この弾をどこで手に入れた?」

「教えるかもしれませんし、教えないかもしれない。報告書を見てからですな」

「ふざけるな」クレイマーの声が荒くなった。「これはたしかに関連性がある。こいつは証拠だ。あんたを引っ張ってやる、二人とも――」

「意味がわからん。なんの証拠です? わたしはわからないし、そちらだってわからないはずだ。その弾がヘイゼン氏殺害の凶器から発射されたものでなければ、証拠でもなんでもない。従って、結果がわかるまでは一切説明する義務はない。おもしろ半分で悪ふざけをしているわけではないんですよ、クレイマー警視。弾が一致する可能性があり、仮にそうなれば、その弾は立派な証拠になる。連絡してください」

クレイマーは口を開き、なにか言いかけたがやめにして、立ちあがった。弾をポケットに入れ、葉巻をぼくのゴミ箱めがけて投げ、はずした。ぼくが手伝おうとするのを無視して、コートをとって着こみ、ずんずん出ていってしまう。廊下に出たら、警視は外へ出てドアが閉まったところだった。事務所に戻るとウルフが不機嫌な声で言った。「邪魔ばかり入る、けしからん。あと四十分だな。ヒューイット氏への手紙はどこまで進んでいた?」ぼくは席についてノートを出し、進み具合を教えた。

四時になり、ウルフは午後の日課、二時間の蘭とのデートをこなすために、屋上の植物室へ行ってしまった。ぼくはタイプライターにかかりきりだった。心が別の興味や関心に向いてしまって、蘭の収集家や極上の食材の生産者に宛てた完璧な手紙を書くのが難しいときはいろいろあったが、今回は最悪の部類だった。クレイマーが帰ったのは三時二十分。すぐさま弾は鑑識に回されたことだろう。先方に届くのがたぶん三時五十分、遅くても四時。二つの弾丸を比較顕微鏡で検査するのは、単純作業だ。同じ銃から発射されたかどうかを判定するには十分もあれば充分だろう。それで四時十分。報告書は判事や陪審員向けに仕上げる必要はないから、作成に十五分。それで四時二十五分。クレイマーは部下を待たせておいただろう。四時半には電話がかかってくるか、四時四十五分には玄関のベルが鳴る。どちらも待ちぼうけを食らった。

五時十五分には、正しいキーを打つのに、歯を食いしばっていなければならなかった。これくらいのことでと思っても、大目に見てほしい。弾丸が一致すれば、ぼくは赤っ恥をかく。殺人犯が家に忍びこんでヘイゼンの部屋の引き出しに銃を戻す、そんなことがあるわけない。百万対一の賭け率だ。どこにそんな必要がある？　殺人犯はよく妙なことをするが、そこまで妙ではないだろう。つまり、ルーシーが嘘をついたことになる。夫を殺したか、犯人を知っているかの二つに一つだ。で、ぼくはばかを見る。手紙のうち三通は、打ち直さなければならなかった。

六時、ウルフが植物室からおりてきたときには、ぼくの緊張もほぐれはじめていた。ウルフは机に向かい、ぼくの置いた手紙を読みはじめた。必ず念入りに目を通すのだ。二通読みおえて、サインをしたところで、ぼくは声をかけた。「弾丸が一致しなければ、当然クレイマーはわざわざ電話をかけてきたりしないでしょう」

ウルフは唸った。

「鑑識が受けとったのは二時間以上も前でしょうから、大丈夫だと――」

玄関のベルが鳴った。ぼくの背骨の付け根がよじれた。クレイマーはウルフと確実に会える六時まで待っていたのだ。廊下に出て、ポーチの電気をつける。ぼくの背骨は元に戻った。客は知らない男だった。ぼくと同じか少し若いくらいで、帽子はなく、もじゃもじゃの茶色い髪が風で乱れていた。

知らない相手に出会ってこんなに嬉しかったのははじめてだったが、ドアを開けるときにはどうにか感情を抑えた。「ご用件は?」

「ネロ・ウルフに会いたいんです。ウィード、セオドア・ウィードといいます」

客は待たせて、まずウルフに伝える。それが決まりだったが、嬉しさのあまり、つい家に入れ、コートを脱ぐのを手伝った。それから事務所に行って、告げた。「セオドア・ウィードが会いにきました。例の夕食会の客の一人です。あの――」

「なんの用だ?」

用件を訊く暇などなかったことを、ウルフは百も承知なのだ。ぼくは答えた。「あなたに用だそうです」

「だめだ。関心もない問題に、もう充分すぎるほど邪魔をされた。ウィードさんにはそう言って――」

ウィードが入ってきた。赤革の椅子に向かい、まるで自分のもののようにどっかり腰をおろす。

「あなたの邪魔をするつもりはありません。雇うつもりですから」

ウルフはぼくを睨んだ。相談なしに客を入れたのはぼくだ。二人だけになったとき、この件については一言あるだろう。ウィードは話し続けていた。「依頼料が高いのはわかってますが、ちゃんと払います。手付け金が必要ですか?」

ウルフは怒りの視線をウィードに移した。「だめです。邪魔をしてるだけじゃない、先走っている。アーチー、お見送りしろ」

「いや、ちょっと待ってください。ぼくはあまり……」ウィードは言葉を切り、顎を動かしはじめた。立派な顎だ。ちょっとエラが張っているが、バランスを崩すほどではない。やがて、落ち着いた。

「わかりました。出だしを間違えたようです。もう一度最初から話します。今朝、ミセス・バリー・ヘイゼンがあなたに会いにきて、銃を置いていきましたね。どこにあるんですか?」

「邪魔、お先走り」ウルフは言った。「今度は差し出口。言っておくが――」

「それがどうした! 置いていったのは、わかってるんだ! 本人がそう言ったんだぞ! 死体が発見されたってニュースを聞いたとき、彼女はここにいた。そして、あんたを雇うために小切手を切ろうとしたのに、あんたは受けとろうとしなかった!」ウィードは顎を落ち着かせるために、言葉を切った。「だったら、ぼくが雇いたい。支払いもする。地方検事局を出たその足で来たんだが、彼女はまだあそこだ。会わせてもらえなかったが、いるのはわかってる。連中は彼女を殺人罪で起訴するつもりなんだ。あんたを雇いたいとは言ったが、それのどこがお先走りなんだかわからない……そっちは金をもらって働く探偵だろう、ぼくの金だって他のやつらの金と変わらないさ。たしかにいきなり銃の話を聞こうとしたのは早まったけれど、依頼人になれば、教えてはいけない理由はない」ポケットに手を突っこみ、さほど厚みのない札束をとり出して、広げた。

ぼくは決断を下そうとしていた。ウィードは、ルーシー・ヘイゼンが夫を殺したと思って騎士ぶっているのか、殺したとは思っていないのにそう考えているという見かたをウルフに売りつけたいのか。どっちにしても、ウィードは身銭を切るつもり満々で、ウルフの机に金を置こうと椅子から立ちあがった。

ウルフが口を開きかけたとき、電話が鳴り、ぼくは体の向きを変えて受話器をとった。ルーシー・ヘイゼンだった。ウルフと話したいと言うので、ぼくはちょっと待ってくれと頼み、ウルフに向き直った。「今朝ソーセージを持ってきた女性が、感想を聞きたいと言ってます。フリッツに確認したいなら、厨房の内線電話から話せますが」

ウルフは立ちあがり、厨房へ向かった。ぼくはそのまま待った。すぐにウルフの声が聞こえた。

「ネロ・ウルフです。ミセス・ヘイゼンですか?」

「はい。今朝、捜査が必要になったら、改めて検討しましょうと言いましたよね」声が震えていた。

「必要になりました。わたし、逮捕されるんです、それに――」

「今どちらに?」

「地方検事局です。わたしはなにも――」

「どうしても電話で話さなければならないことだけ、どうぞ」

「今、ボックス内ですし、ドアは閉まってます」

「くだらん。聞かれているだけじゃない、おそらく録音もされています。どうしても必要なことだけを」

「わかりました」間があった。「検事は弁護士に電話をしてもいいと言うんですが、わたしが知っているのは、夫の弁護士だけですし、その人には頼みたくありません。どなたか手配してくれますか?」

「一人そちらへ向かわせましょう。話してみたあとで、雇うかどうかを決めればいい」

「そうします、もちろん。でも、わたしはあなたも雇いたいんです。必要になったら引き受けると言いましたよね」

「必要になったら検討すると言ったんです」さっきより長い間があった。契約すれば、働かなければならない。ウルフは仕事より食事が好きなのだ。「結構です」嚙みつくような言いかただった。「引き受けます。質問が一つ。わたしとの会話の内容を告白しましたか？　はい、か、いいえで」

「いいえ」

「上出来です。指示が一つ。ご主人があなたに遺した財産を受けとらないつもりなら、それを口に出したり、ほのめかしたりしないように。支払いが必要な請求書が届きますから」

「でも、夫からは、なにももらいたくないんです。前にも言いましたけど——」

「今は電話ですのでね。弁護士は今の指示に従って、わたしに協力します。名前はナサニエル・パーカー。アーチー、パーカー先生をつかまえてくれ。ここから電話で話す」

第四章

　ぼくはいったん電話のボタンを押しこんでから、パーカーの自宅にかけて本人をつかまえ、厨房を呼び出してウルフにつないだ。ウルフはパーカーに必要な事実を伝えた。それ以上――ミセス・ヘイゼンが今朝ぼくたちにした話とか、銃について――は一切説明しなかった。ミセス・ヘイゼンが夫を撃たなかったという結論をぼくが出したこと、それを受け入れたことは、ちゃんと話した。パーカーは、保釈可能なら手続きをとり、殺人事件の本ボシとして勾留となれば、地方検事局で手に入れられるものを手に入れることになった。ウルフが事務所の戸口に来るまで待ってから、ぼくは受話器をおろした。ウルフは机に向かって腰をおろし、セオドア・ウィードに視線を合わせて、口を開いた。

「さて。ちょうどよかった。今の電話はミセス・ヘイゼンからでした。わたしは弁――」

「今どこに？」

「地方検事局です。勾留されそうだという話でした。わたしは弁護士を一人差し向け、彼女のための捜査を引き受けました。わたしがミセス・ヘイゼンの小切手の受けとりを拒否したのは、彼女が犯人か、少なくとも共犯だとみなしたためだと思っているようですが、それは間違いだ。もう、ミセス・ヘイゼンはわたしの依頼人です」ウルフは机の上の札に向けて、指を一本動かした。「あなたの金ですから。しまってください」

ウィードの顎ががっくりと落ち、口が開いた。それでも、声は出るようになった。「でも……ぼくにはわからないんだが……」

「わかる必要はないし、こちらにも説明する必要はない。なぜミセス・ヘイゼンが夫を殺したと思ったのです？　ただの憶測ですか？」

「ぼくは……ぼくは、ミセス・ヘイゼンが殺したなんて思っていない。彼女はやってない！」

「もしあなたの金を受けとっていたら、わたしになにを頼むつもりでした？」

「わからない、はっきりとは。ぼくは……相談するつもりだった。あの銃をどうしたのか、知りたかった。警察が持ってるのか？」

ウルフは首を振った。「ウィードさん、わたしはもうミセス・ヘイゼンのために行動しています。あなたは敵だ……敵の一人だ。あなたがヘイゼン氏を殺したか、もしくは犯人を知っていて、罪をミセス・ヘイゼンに着せたいと思っていたら？　理由はどうあれ、今朝わたしに銃を預けたのではと疑っていて、確かめようとしていたら？　もし、あなたが本当に敵だったら、どうなります？」

ウィードは座りこんだまま、ウルフをじっと見た。顎がまた動きはじめたが、止めて、「一つ」と切り出した。「確認しておきたいことがある。あんたの評判は知ってるし、あんたのことも知ってる。今、ミセス・ヘイゼンが電話してきて、彼女のために動いているって言ったな。本当か？」

「本当です」

「じゃあ、これも本当だ」ウィードは片腕を突き出した。「少しでも彼女のためになるんなら、この腕を切り落としてもかまわない。もう片方も。ありがちな言いぐさかもしれないが、かまわない。それがぼくの立場だ」

ウルフは目を細めてウィードを見つめた。ぼくも見た。本気のようだが、たとえ本気だとしても、ぼくらの味方になったわけじゃない。ルーシーを助けるために片腕を差し出す覚悟があって、彼女が夫をどう思っているのか知っていたのなら、夫を始末してやろうと行動したのかもしれない。運さえあれば、指一本なくさずにやれることだ。

ウルフは指先を合わせて三角形を作り、肘を椅子の腕に載せた。「ほほう」と言う。「あなたの腕に用はないが、情報は役に立つかもしれない。あなたが最後にヘイゼン氏を見たのは？」

「あの銃がどこにあるかを知りたい。ここにあるのはわかってる、彼女がそう言ったんだ」

「いつそう言ったんです？」

「今日の午後。彼女が帰宅したとき、ぼくがいた」

「他にはなにを言いました？」

「たいしたことは……時間がなかったから。邪魔が入ったんだ。ヘイゼンが自分の部屋の引き出しに銃を保管していることをぼくは知っていた。あるかどうか確かめてみたら、なかったので、ミセス・ヘイゼンに在り処を知ってるかと訊いてみた。警察が手に入れたのか？」

「いや。さらに答えてあげましょう、ウィードさん。ヘイゼン氏を殺害した弾は、あの銃から発射されたものではありません。既に知っているのなら、どうでもいいですが、もし知らなかったのなら、一安心――」

「弾がちがうと、どうして知ってるんだ？」

「知っているだけで充分です。さて、今度はあなたに答えてもらいましょう。最後にヘイゼン氏と会ったのは？」

「今朝です。死体置き場で。身元確認を要請されて、出向いた。生きてるときなら、最後に見たのはヘイゼン家で、昨晩だ」

「何時に?」

「九時半頃。五分、十分は前後するかも。警察はもっと正確な時間を教えろと言ったが、これで精一杯だった」

「そのときの状況は?」

「夕食にお客が来ていた。名前を知りたいですか?」

「はい」

「ヘイゼンの客たちだ。ミセス・ヴィクター・オリバー、未亡人。ミセス・ヘンリー・ルイス・タルボット、銀行家の奥さん。アンブローズ・パーディス、海運業界の大ボス。ジュールズ・コーリー、発明家。それからヘイゼン夫妻にぼく。七人です。夕食後、ヘイゼンは仕事の話をすると言って、ルーシー——奥さん——をさがらせた。ぼくもそのあとすぐ帰った。それが生きているヘイゼンを見た最後で、客たちと一緒だった」

「その後の六時間、なにをしていましたか?」

「オーバーシーズ・プレス・クラブまで歩いていった。歩いてすぐだ。真夜中頃までそこにいて、それから帰って寝た。それからはずっとベッドのなかです」

「あなたはヘイゼン氏と一緒に仕事をしているんですね?」

「雇われています」

「どういう仕事で?」

「主に文書作成を。ちらしとか、宣伝広告とか、一般的なあれこれで。それにコネを活用するのを期待されている。一年ちょっと前にヘイゼンに雇われたときは、新聞社に勤めていたから」

「仕事の話をするときに、なぜ席をはずしたんです？」

「必要とされていなかったから。もしくは、いろと言われなかったから」

「そういうことなら、そもそもなぜ夕食会に？」

ウィードは両手を椅子の腕につき、腰を浮かせたが、また深く座り直し、息をついた。今度は手のひらで椅子の腕をこする。「ルーシーが犯人だと思ってはいないでしょうね」ウィードは続けた。「そうじゃなきゃ、依頼を引き受けたりはしないだろう。ただ、犯人じゃないとしても、絶体絶命の立場だ。あんたが評判の半分も腕がよければ……ぼくにはわからない。たぶん、地方検事に同席の理由を訊かれたときとは、ちがう答えを言うべきなんだろうな。本当の答えを。たとえぼくがヘイゼンを殺したと思われても。殺してはいないが」

「殺したのなら、どんな答えを言おうと、どのみちあなたはおしまいだ」

「わかった。じゃあ、なぜあそこにいたのか話そう。あんたにだけ。ヘイゼンは奥さんと同じ部屋にぼくをいさせるのが好きだったんだ。ぼくの気持ちを知っていたから。なぜばれたのかは、わからない。ちゃんと顔には出さないようにしていたし、うまくいっていたと思う。ルーシーにだって気づかれなかった自信がある。でも、ヘイゼンは知っていた。とんでもないやつだったんだ。他人に対して第六感が働く、いや、第七感と第八感も持ってたのかもしれないな。ただ、盲点もあった。奥さんが自分のことをどう思っているのかは、本当に知らなかったんだ。もし知ってたのなら、ぼくが思ってたよりさらに上手だ」

「あなたは知ってたんですか？」

「もちろん」

「ミセス・ヘイゼンが打ち明けた？」

「まさか。親友にも打ち明けていなかったと思う。彼女に熱をあげて、ありもしないことを想像したとは思わないでほしい。ヘイゼンが触ったときの彼女の態度、それをとり繕おうとする様子をちゃんと見たんだ。これが、昨晩の夕食会にぼくが招待された理由だ。ぼくが気まずそうにするのをあてにしたり、見たがってたわけじゃないと思う。わざわざそんなことをしなくても、ヘイゼンはぼくの気持ちを知ってた。ああ、あいつはサディストさ。ただ、ものすごく悪賢い。二か月ほど一緒に仕事をしたら、なんとなく正体に気づいたけど、辞めはしなかった。理由は……彼女に会ったからだ」

「ミセス・ヘイゼンに対する想いは報われたんですか？」

「とんでもない。彼女にとってはただの夫の部下だったよ」

「少々哀れな状況ですな」

「ああ。ぴったりの言葉だ。『哀れ』。なぜあの場にいたかと訊かれたから答えた。あんたの仕事の進めかたが少しわかったし、あんたは彼女のために動いている。だから、もう一つ、耳寄りな情報を提供するよ。ヘイゼンの事業には、うさんくさいところがあってね。広告業なんてものは、たいてい高級ないかさま商売にすぎないんだが、たとえそうだとしてもだ。昨日来ていた四人を考えてみよう。ミセス・ヴィクター・オリバー、大金持ちの株式仲買人の未亡人で六十歳。月に二千ドルも払っていた理由は？　あの人が広告を必要とするのは、ぼくが頭に穴を必要とするようなものだね。ミセス・タルボットだってそうだ。月に二千五百ドル。銀行家のご主人ならたぶん広告のプロを使えるだろうし、使っているのが当然だとしても、なぜ奥さんが？　ジュールズ・コーリーの支払額は一定してない。二千ドルのときもあるし、もっと多いときもある。ぼくには理由がわからないが、発明家は世間との関係を大事にするとしても、ぼくが働いている間、コーリーは支払いの見返りをろくに手に入れていなかった。一番おかしいのは、アンブローズ・パーディスだ。あの人は経営している海運業では、大手の広告会社コッドレイを使ってる。なのに、この一年で四万ドル以上を個人的にヘイゼンへ支払ってる。これはみんな、ぼくが知らないはずの情報だ。気になったんで、記録を確かめてみたことがあってね」

ウルフは唸った。「男が別の男を自分の優秀さを演出するために雇うと、ろくなことはない。ヘイゼン氏がその金をだましとっていたと、言いたいんですか？」

「わからない。ただ、正当な収入じゃなかった。まあ、正当に稼いだ広告会社なんて、仮にあったとしても、ないに等しいですけど」

「その四人以外にもお客はいましたか？」

「もちろん。十人強かな。昨日の時点で、全部で十五人。全体の売上高は、年に二十五万ドル以上だった」

ウルフは時計を見あげた。「五分で夕食の時間になる。ミセス・ヘイゼンが夫を殺さなかったというわたしの推測が正しく、あなたも殺さなかったのなら、やったのはだれです？」

この質問には百回に一度くらい、役に立つ答えが返ってくる。ウィードがこの家のベルを鳴らす前にそこまで気を回す余裕がなかったのは間違いない。ルーシーが殺ったと思っていたか、自分で殺ったとわかっていたかのどちらかで、当て推量は用意していなかったのだ。ただ、用意する気は満々だった。その考えかたが気に入ったのだ。ただ、一から考える必要があり、五分では足りなかった。ウルフが夕食を棚上げにするべきだとウィードは思ったようで、口には出さなかったが、出したも同然の態度をとった。夕食後に戻ってくるとの申し出をウルフは断り、電話番号を置いていけば連絡すると言った。ぼくが返さなければ、ウィードはウルフの机の上に金を置いたままで帰っていただろう。

夕食を終え、コーヒーを持って事務所に戻ったときには、ぼくはもう個人的な不安を感じていなかった。弾丸が一致していたら、いくらなんでもクレイマーからもう連絡が来ていたはずだ。ウルフは机に載ったままのサイン待ちの手紙に集中し、最後の一通を片づけてぼくに渡すとこう訊いた。「ウィード氏がヘイゼン氏を撃ったのか？」

ぼくは首を振った。「ノーコメントです。コイン投げで決めなきゃなりません。いずれにしても、あの男はミセス・ヘイゼンについて一点だけはっきりさせてくれましたね。軽蔑しているというだけの理由で人を殺したいと思うものはいないと、さっきあなたは言いました。結構です。では、なにがミセス・ヘイゼンを悩ませていたのか？　ウィードです。ミセス・ヘイゼンはウィードの気持ちに気づいていなくって、想いが報われることはなかったって話でしたね。論外です。ウィードは嘘つきか、よほどおめでたいのか。ぼくが恋した一万人の女性は、一人残らず本人より先にこっちの気持ちに気づいてましたよ。ウィードがヘイゼンを撃ったかどうかについては、五分五分ですね。やつを逮捕させてミセス・ヘイゼンに請求書を送るのはなかなか難しいでしょうが、やつが犯人じゃないならあなたの出番です。どこからはじめましょうか？　どうやらヘイゼンはある種の――」

玄関のベルが鳴った。クレイマーがこんなにぐずぐずしていたなんて、あるだろうか？　ない。きっと、ウィードだ。さらに手助けする気になったんだろう。ちがう。目に入ったのは、もっと見慣れた姿だった。背が高くて痩せた中年男で、なで肩を補正しながらもやりすぎにならないよう裁断された濃灰色のオーバーを着ている。ナサニエル・パーカーは服を〈ストーヴァー〉で仕立てるのだ。ぼくがドアを開けて挨拶し、通すと、パーカーはオーバーを着たままホンブルグ帽を手に事務所へ向かった。ぼくはあとを追った。

ウルフが握手する相手は、ぼくを除いて八人、そのうちの一人がパーカーだ。パーカーは夕食の約束に一時間半遅刻しているからと椅子の勧めを断り、「電話の代わりに、直接来ました」と切り出した。「これを届ける必要があったので」ポケットから鍵をとり出し、ぼくに手渡す。「ミセス・ヘイゼンの自宅の鍵だ。それから、これも」内ポケットから畳んだ紙が一枚出てきた。「家に入って品物を回収していいという、ミセス・ヘイゼンからの許可証だ。やる気があるなら、回収するのは鉄の箱になる。ミセス・ヘイゼンは鉄と言っていたが、ブリキか、はがね製だろうな。ヘイゼンの寝室にある、整理ダンスの最下段の引き出しの下だ。引き出しを抜いて、下の支え板をはずす。箱はその下にある。中身がなにかは、知らないそうだ。一年ほど前に、ヘイゼンが板を持ちあげて箱を見せ、自分が死んだらこの箱をとり出して、錠前師に頼んで開けてもらい、中身は見ずに焼き捨てろと言ったらしい。そちらでは見たいんじゃないかと思ったし、ミセス・ヘイゼンもかまわないそうなのでね。きみはわたし、弁護士を介して、彼女のために行動することになる」

ウルフは唸った。「わたしは自分の自由裁量権を行使させてもらう」

「そうでしょうね。わたしに中身を教えたくなければ、空だったと言えばいい。箱を開けるときは立ち会いたいが、約束があるのでね。そうそう、ミセス・ヘイゼンは今朝あなたになにを話したんです？」

「本人に訊けばいい」

「訊きました。話そうとしませんでしたよ。あなたが話せと言った場合にのみ教えるそうで。もし彼女が殺人罪で起訴されるなら、教えてもらいたい。でなければ、手を引きます。ミセス・ヘイゼンは検事局に五時間以上いますが、さらに五時間は拘束されるでしょう。重要参考人として逮捕されれば、保釈については朝まで手の打ちようがありません。ヘイゼンの弁護士とは九時半に会う約束がありま す。遺書を持っているそうでね。他に今、知っておきたいことは？」

ウルフはないと答え、パーカーは部屋を出た。ぼくは見送って事務所に戻り、「特別な指示はありますか？」と訊いた。

「ない。警察はヘイゼン氏の家にいるかな？」

「いないと思いますね。被害者の住んでいた場所というだけで、そこで撃たれたわけじゃありませんから。手袋はつけますか？」

「いや。ミセス・ヘイゼンの許可証がある」

数年前に厄介な目に遭って以来ずっと、殺人犯の計画に横やりを入れる可能性のある仕事のときは、銃を持っていくことにしている。上着を脱ぎ、引き出しからショルダーホルスターとマーリーを出して装塡し、所定の位置に納め、また上着を着た。ポケットにルーシーの鍵が、別のポケットには許可証が入っていることを確認して、ぼくはコートと帽子をとりに廊下へ出た。

第五章

ヘイゼンの家はパーク・アベニューとレキシントン・アベニューの間の三十七丁目にあり、ぼくは道路を挟んで向かい側から眺めていた。煉瓦造りの灰色の家で、緑の塗装の縁どりがある。四階建て。ウルフの褐色砂岩の家より間口は狭く、道路から階段を三段さがったところに玄関があった。こういった細かい点は記録のために目を留めただけで、さほどの意味はない。意味があるのは、三階の三つの窓のうちの一つ、そこの右端の下から、かすかに細長い光が漏れている点だ。カーテンのひだをきちんと整えなかったときにできる隙間だ。

ヘイゼンの部屋がどこかは知らないけれども、あそこかもしれない。殺人課の刑事が捜索中だとも考えられるが、可能性は低い。調べる時間は十時間もあったのだから。住みこみのメイドかもしれないが、夜の九時半になにを？　メイドの部屋が三階の正面側にあるわけがない。そこにいるのがだれで、なにをしているのかはともかく、玄関のベルで邪魔はしないことに決めた。ぼくは道路を渡って、階段を三つおり、鍵を使って、慎重にドアを開けた。なかに入り、もっと慎重にドアを閉める。暗闇に目が慣れるまで、立ったまま耳を澄ませた。三十秒間はどこからも音は聞こえなかった。と、上階からずしんと重い音がして、人の声が続いた。ほんのかすかな、男の声だ。独り言でないなら、一人以上の人間がいるのだ。激しい運動の機会に遭遇する事態を考慮して、コートと帽子を脱いで床の上に置いた。忍び足で、手探りしながら廊下を進む。階段があったので、のぼっていった。

中程でぼくは足を止めた。別の声がしたんじゃないか？ ソプラノ？ たしかに聞こえた。いや、聞こえている。そして、またバリトンの声がした。ぼくはもっと慎重に、ゆっくりとのぼりはじめた。必ず階段の壁際に足をおろした。二階の廊下には、上階からの明かりが少し差していて、ざっと様子は見てとれた。二階から上へ、さらにゆっくりと進む。どの段で敵の射程内に入るかわからない。声はやんでいた。が、なにかを叩くような音がしている。四段目で、背伸びをすれば視線の高さが三階の床に達するようになった。廊下の作りは二階と同じらしい。建物正面側、突きあたりにある半ば開いたドアから光が漏れている。室内は一部しか見えない。椅子と、ベッドの一部と、窓にかかったカーテン。それから、椅子の背の上の女の後頭部。黒くて平べったい帽子の下から、銀髪がのぞいていた。

もう言葉は聞きとれるし、また声がするまで待っていてもよかったのだが、階段は戦略的に有利な位置ではない。明かりは敵方についていて、ぼくのほうにはないし、階段をあがりきってしまえばドアからの攻撃のほぼ射程外になる。ぼくは移動を開始した。最後の段の一つ手前に体重を移したとき、ものを叩く音がやんで、バリトンの声が聞こえた。「こんなことをしても無駄だ」ぼくは階段をあがりきり、壁際へ身を寄せた。ソプラノの声が応じた。「ないわ、コーリーさん」壁に張りついたまま、ドアのほうへ。別の女の声、もっと低音の声がした。「ここにはなさそうね。ルーシーの部屋かも。あの男らしいわ」野太い、別の男の声が答えた。「わかった。調べてみよう」ドアが大きく開き、目の前に男の姿が現れ、こっちへ進んできた。

次の二秒間は自慢にならない。ぼくは心の準備ができていたし、相手はそうではなかった。だいたい、ぼくはかなりすばしこいはずだ。言い訳としては、慎重に足を踏み出し、つま先をおろそうとしていたところだったことか。いずれにしても、ぼくの構えが整う前に男がかかってきて、危うくひっくり返されるところだった。体あたりで飛ばされてバランスを失ったときは、途中でなにかにつかまろうとするのは、かえってまずい。で、そのまま倒れることにし、床にぶつかるときに顎に膝を引き寄せ、転がって両足で相手の腰を思い切り蹴り飛ばし、反撃した。かなり体重がある相手だったが、吹っ飛んで、壁にぶつかって跳ねた。ぼくがすばやく立ちあがると、別の男がドアからこっちに向かってくるところだった。横によけて身を屈め、右手を引いて腎臓にフックを入れた。相手は体を折って腹を抱えた。ぼくは角に移動して向きを変え、これ見よがしにマーリーを構えた。

「来いよ」と声をかける。「頭蓋骨を砕いてほしいなら」

最初の男、がっちりした男は、壁に寄りかかって荒い息をしている。小柄な男は、体をまっすぐに起こそうとしていた。戸口には女の姿があった。椅子に座っていた女だ。もう一人は、その後ろにいた。

「それから」ぼくは付け加えた。「こいつは装塡してある。だから、たばこを探したりするなよ。全員、部屋に入れ。おとなしくするんだ。肩か足を狙うつもりだが、射撃はあんまり得意じゃない」

がっちりした男が訊いた。「だれだ、おまえは?」

「ビリー・ザ・キッド。さあ、入れ。体操は不要だ。部屋の奥に行って、壁に向かって立て」

みなが動きだした。男二人がドアに近づいていくと、女たちはさがり、ぼくをしんがりに全員部屋に入った。銀髪の女がごちゃごちゃ言いはじめたが、ぼくは銃を軽く動かし、壁際へ行けと命じた。全員が指示どおりの位置につくと、ぼくは後ろから男たちに近づいて、武器を持っていないか触って確かめ、動くなと釘を刺し、横向きにベッドのほうへ移動した。ベッドの上にはコートや帽子、女たちのバッグが置いてあった。男たちの名前はもうわかっていた。大男は海運業界の大物、アンブローズ・パーディスで、あちこちで写真を見たことがあった。もう一人はコーリーと呼びかけられる声を聞いた。が、女たちは紹介してもらう必要がある。バッグの一つを開けて、中身をベッドにぶちまけた。パーディスが振り向いたので、ぼくは決めつけた。「動くな。手加減してやってるんだぞ。そっちへ行って銃で殴りつけてやろうか？　壁を向いてろ」

パーディスは背を向けた。バッグから出てきた革のケースは、運転免許証、クレジットカードなど、信用証明書で一杯だった。何枚かにはアン・タルボットとあり、他のには、ミセス・ヘンリー・ルイス・タルボットと記載されていた。若い女のほうだ。前から見ても後ろから見ても魅力満載で、ぼくの目は仕事中なのについ引き寄せられてしまった。革製のキーケースがあったので、パチンと開けて鍵を調べ、そのうちの一つとぼくのポケットに入っているこの家の鍵を比べてみた。一致しなかった。品物を一つずつバッグへ戻し、別のバッグの中身を空けた。銀髪の女は、ミセス・ヴィクター・オリバー。ぼくの持っているものと似た鍵はバッグにはなかったし、おもしろいものもなかった。四人全員のコートのポケットも調べてみたが、鍵は見つからなかった。

ベッドの端を回って近づいていくと、目についていた細かい点に、ぼくは思わずにやりと笑ってしまった。全員、手袋をつけているのだ。こういう場にふさわしいゴム手袋ではなく、ただの手袋だった。「さて、そちらの名前もわかったことだし」ぼくは言った。「ここは公平に、ぼくの名前も教えよう。アーチー・グッドウィン。私立探偵のネロ・ウルフといえば聞き覚えがあるかもしれないが、その助手だ。ウルフさんはミセス・バリー・ヘイゼンに雇われた。ぼくはこの家の鍵と、住居への立ち入りを許可する文書を持っている。あんたたちのうちのだれが鍵を持っているのか、突きとめる必要がある。だから、これから突きとめる。こっちを向いてもかまわないが、その場から動くな。服を脱いで、床にひとまとめにして置け。靴と靴下、あるいはストッキングもだ。ただし、下着までは必要ないだろう。改めて考える」

四歩分離れて、連中はぼくと向かい合っていた。アン・タルボットが口を開いた。「いやです。いくらなんでも非常識よ」喜んで目を向けたくなるような女性だ。

「やれやれ」ぼくは言った。「海辺かプールにいるんだと思えばいい。無理やり脱がせてほしいのかい？　やらないと思ったら、大間違いだぞ」

「鍵は持ってません」ミセス・オリバーが言った。喜んで目を逸らしたくなるような女性だ。顎がたるみ、小さな黄色い目が落ちくぼんでいる。「メイドが入れてくれたのよ。今は外出中だけど、帰ってきたら訊いてみるといいでしょ」

「否定されるさ」ジュールズ・コーリーが言った。バリトンの声の持ち主だ。しまった体つきの浅黒い男で、尻が薄い。

「いいか」ぼくは言った。「あんたたちは四人で、こっちは一人だ。手間をかけて服をはぐとなれば、荒っぽいやりかたになる。自分で脱ぐのに、一分やろう」ぼくは視線を落とさないように、手首を目の前に持ってきて、時計を確認した。「まずは手袋だ。それもいる」

「こんなことが必要なのか？」パーディスが問い詰めた。「どうやって入ったかが、そんなに大事か？」

「大事だ。ヘイゼンのポケットには鍵が入っていなかった。二十秒経過」

女性が服を脱ぐときには背を向けるか、最低でも目を逸らすくらいの礼儀はちゃんとわきまえているのだが、目の前の女性についてはどちらかが足に銃を隠し持っているかもしれないので、この際礼儀は忘れることにした。男性陣は女性の二倍の時間がかかった。アン・タルボットのブラとパンティーはそのままにしておくことにした。鍵をそこまで奥に隠す理由などないだろう。ミセス・オリバーのガードルはきつすぎて、たとえ鍵を滑りこませようとしても無理だった。コーリーはジョッキーパンツで、下着のシャツは着ていなかった。パーディスは膝まである、明るい青の絹でできた上下一体型の下着だった。ぼくはまたみんなに後ろを向かせ、蹴りが届かない位置から、敷物越しにパーディスの服の山を足で引き寄せた。

片手に銃を持っていたせいで、余計な時間がかかった。もちろん、鍵だけでなく、他に手がかりになりそうなものも探してみた。空振りだった。コーリーはキーケース、パーディスはキーホルダーを持っていたが、やはり空振りだった。さほどがっかりしたわけではない。みんなが服を全部脱ぎ、背中を向けたときから、予想はついていた。もしだれかがヘイゼンの鍵を持っていたら、捨てようとするか、先に見せて言い訳しようとするだろう。全員が大砲も爆弾も持っていないとわかり、一息ついた。服を着るように言い、ベッドの頭側にあるナイトスタンドへ移動して、受話器をとりあげ、かけようとしたとき、パーディスの声がした。

「おい！　ちょっと待て！」少し訛りがあるようだ。「話がある。警察に電話してるのか？」

「いや」ぼくは受話器を置いた。「手短に、さっさと話してくれ」

男と男の話し合いをするには、パーディスは不利だった。シャツは着ているが、ズボンは手に持ったままだったのだ。「おまえは警察官じゃないんだな」と言う。

「ちがう。さっき説明したとおりだ」

「この人、アーチー・グッドウィンよ」アン・タルボットが口を挟んだ。「〈フラミンゴ・クラブ〉で見かけたことがあるもの」

「私立探偵だな」パーディスが念を押す。

「そのとおり」

「じゃあ、金で仕事をするわけだ。この家から出ていって、ここにいたことを忘れてくれたら、五万ドル払う。明日の朝に現金で半分、残りはもう少しあとでだ。ちゃんと保証はする、そうだな、なにか文書でも」

「あとって、具体的には?」

「今すぐには答えられない。微妙な問題なんだ。ある問題に決着がつくまで、きみがちゃんと忘れていてくれるという確証が必要になる」

「ずいぶん煮え切らない話だ。服を着ろよ。あとで話そう」受話器をとりあげて、ダイヤルしたところ、パーディスが向かってきた。銃を見せても止まらず、なにかしゃべっているので、電話を手放し、応戦しようと移動した。パーディスはぼくを避けて、まっすぐ電話に向かいやがった。指関節を傷めるのはいやだったので、銃で軽めに殴るつもりだったが、避けられて逆を突かれた。そこで、後ろからつかまえて左腕を顎の下に入れ、お尻のあたりに腰を入れて体を浮かせ、投げた。やつは九フィート飛んで、四つん這いになった。「お馬さんごっこはやめて、ズボンをはけよ」ぼくは電話に戻って、かけた。呼び出し音が九回聞こえたあとで、ウルフの声がした。「はい?」

「ぼくです。五万ドルはいりますか?」

唸り声。「箱の中身か?」

「いえ。それはまだ手に入れていません。今、ヘイゼンの寝室にいます。お客が四人いて、男二人、女二人が壁に向かって並んで立っています。昨夜の夕食会に来た例の四人です。この部屋でなにか探していましたが、まだ見つけていません。パーディスはついさっき——」

「だれかがヘイゼンの鍵を持っている」

「持ってません。服を脱がせて、徹底的に調べてみました。連中の話じゃ、メイドが入れてくれたそうです。メイドは留守です。買収したに決まってます。パーディスはついさっき、ここを出て訪問したことを忘れるのと引き替えに、ぼくに五万ドルを申し出ました。あなたと山分けにしますよ。きっと倍は出すと思います」

「くだらん。大丈夫か?」

「もちろんです。電話したのは、今からお客と一緒にそちらへ行くと伝えたかっただけです。二十分くらいかな、たぶんもっと早く」

沈黙。ウルフは働かなければならなくなる。明日ではなく、今……おまけに女が二人。やがて、「しかたあるまいな」と電話は切れた。

パーディスは仲間と一緒に壁に向かって立っていた。ぼくが受話器を置くと、声がかかった。「倍出す。十万ドルだ」

「やめとけよ」ぼくはベッドの足下側へ移動した。「妻への説明に困るじゃないか、いたらの話だが。ネロ・ウルフに三十分以内に着くと話したのは、聞いたな。ただし、あんたたちには選択権がある。この家から出て好きなところへ行き、ここにいた記憶を消そうとする。その場合、ぼくはクレイマー警視に電話をして、今回の出来事を一つ残らず報告する。それがいやなら、ネロ・ウルフのところに来て、話し合いの機会を持つ。警視には今回の件を耳打ちするかもしれないし、しないかもしれない。考えるのに二分やろう」腕時計に目をやった。

「ねえ、グッドウィンさん」アン・タルボットが言い出した。服は身につけていたが、着用の有無にかかわらず、すばらしい目の保養になった。「わたしたちは、自分たちのものを探していたところなの。泥棒じゃないのよ。善良な――」

ぼくは遮った。「悪いけど、ぼくに言っても無駄だ。ただの使い走りだからね。ネロ・ウルフか警察か。ネロ・ウルフを選ぶなら、この部屋でちょっと用があるから、少し手間どる。あんたたちは荷物を持って階下に行き、外に出てタクシーを二台つかまえる。そのうちの一台に全員で乗って、家の正面でぼくを待つ。もう一台はぼく用だ。すぐに追いつく、たぶん二分以内に。面倒な点が一つある。あんたたちがまとまれずに、一人か二人が別の場所に行くことを選んだら、すぐに警察に通報する。したいわけじゃないが、しかたがない」

パーディスとミセス・オリバーの二人がしゃべりはじめたが、ぼくは黙らせてベッドからどいた。アン・タルボットがベッドまで来てコートをとりあげた。コーリーが着せかけてやり、次に自分のを着た。アンがパーディスとミセス・オリバーに言う。「他に選択肢がある？」パーディスはミセス・オリバーのコートをとって着せかけ、ミセス・オリバーはベッドのバッグをとりにきた。

パーディスが最後に出ていき、階段をおりはじめると、ぼくはドアを閉めて椅子を手前に置いてから、左側の壁際にある大型の頑丈な整理ダンスへ近づき、最下段の引き出しを抜いた。なかには畳んだ毛布が入っていた。しゃがんでタンスの開口部を覗きこむ。引き出しの載っていた支え板は、べニヤではない丈夫な板で、平らでぴったりはまり、緩みもない。親指の爪で端を持ちあげようとしたが、とても無理だった。ポケットナイフをとり出し、中央のわずかな隙間に刃先をなんとか押しこんで、そっと押しあげるようにすると、浮いた。板の手前の切り口は斜めになっていて、きれいに仕上げてあった。そこに片手を突っこんだところ、金属に手が触れたので、指を下に入れて、とり出した。ちゃちな作りとはほど遠い、はがね製の箱だった。十二インチかける六インチの大きさで、厚さは二インチ。重さはたっぷり四ポンドはある。錠前は爪やすりでは歯が立ちそうにない。揺すってみたが、ものが動く音はしなかった。とはいえ、なんの証拠にもならない。板をおろして引き出しを戻し、椅子をよけてドアを開けた。階段の入口へ行ってみたが、下から声は聞こえてこなかった。このまま下に行き、ヘイゼンの部屋で見つけたとしか思えない鋼鉄製の箱を持って廊下で連中と出くわしたら、大騒ぎになる。ぼくは二階におり、三十秒耳を澄ませて、さらにおりた。一階の廊下の電気はつけっぱなしだった。ぼくの帽子とコートはそのまま床に置いてあった。マーリーをホルスターに納め、帽子とコートを身につける。箱はコートの下に隠し、ポケットに手を入れて持つことにした。電気を消し、玄関のドアを開ける。

連中は指示どおりに動いていた。二台のタクシーがいて、四人全員が後ろのタクシーに乗っていた。なかをちらっと確認して、運転手についてきてくれと声をかけ、ぼくは前のタクシーに乗りこんで住所を告げ、車は走りだした。

第六章

ポーチまで階段を七段のぼり、西三十五丁目の古い褐色砂岩の家の玄関から廊下へ入る。左手にある最初のドアは、ぼくたちが応接室と呼んでいる部屋だ。事務所のドアは同じ側のずっと奥にある。応接室と事務所の壁とドアは、防音仕様だ。客たちを応接室へ護送して、長くは待たせないと断ってから、ぼくは廊下に戻ってコート掛けに帽子とコートを片づけて事務所に入り、ウルフの机のマットの上に例の箱を置いた。

「絶好のタイミングでした」ぼくは言った。「あと一、二時間もすれば、連中はこいつを見つけていたでしょう」

ウルフは手を伸ばし、指先を箱の縁に滑らせた。「開けていないんだな」

「はい。立派な錠なので。お客は応接室にいます、四人とも。連中にはあなたか警察かの選択肢を与えて、あなたが選ばれました。電話で話した内容に付け加えることはありません。箱を開ける前に、ぼくの推理を表明しておきたいですね。中身がヘイゼンの握っていた連中のネタかどうかじゃありませんよ、それは確実ですから。ぼくの推理は、ミセス・オリバーに関するネタの内容だけです。夫を殺したんですよ。本人を見れば、わかりますって」

ウルフは顔をしかめた。「不愉快な展開になるだろうな。鍵を持ってきてくれ」

ぼくは奥の壁際にある戸棚へ行き、引き出しを開けて選んだ。鍵の専門家として証言台に立つ資格があるとは言えないが、オイラーからホッチキスまで一通り心得ているし、クリップでスーツケースを開けることもできる。気長に待ってくれればの話だが。ぼくは箱を自分の机に持っていき、席について作業をはじめた。種類別に分けた鍵の小さな箱は四型分、選んでおいた。三分で最初の箱を除外し、さらに三分後には二つ目もあきらめた。三つ目の箱は脈ありで、いい線まできたときにウルフが怒鳴った。「ハンマーとドライバーを持ってこい」

それと同時に、かちりと音がして、成功した。蓋を持ちあげてみる。空っぽ。ぼくはウルフにも見えるように、箱を逆さまにした。「たしかに」ぼくは言った。「不愉快な展開ですね」

ウルフは一ブッシェル近く息を吸いこみ、吐き出した。「どのみち同じだ。おそらく面倒な問題が出てきただろうから。それも一つ以上。ヘイゼン氏は妻にしゃべったのは間違いだったと判断して、中身を移してしまったのだろう。家の別の場所は？」

「見こみ薄ですね」

「同感だ」ウルフは椅子にもたれ、目を閉じて、唇を突き出した。すぐに引っこめて突き出し、突き出して引っこめる。仕事をしてるんだ。一分経過、二分、三分……。ウルフは目を開け、体を起こした。「箱に鍵をかけて、きみの机に置いてくれ。鍵は片づけるように。客を入れるときは銃を持ったままだ。で、席に戻って、待機する。進めろ」

進めた。箱に鍵をかけ、鍵は戸棚に戻し、黄色い椅子を四脚移動して、ウルフの机と向かい合うように一列に並べ、銃を用意してから、応接室へのドアを開けて連中を事務所へ通した。女性二人、続いて男性たち。ぼくは机に戻って、名前を告げた。四人が腰をおろすと、ぼくも席につき、銃を持った手を太ももの上に置いた。

ウルフの目が右へ移動し、それから左へ移動した。「長くはかかりません」ウルフは言った。「まずは状況説明を。婉曲語法に頼るつもりはありません。あなたがたはヘイゼン氏に恐喝されていた。まとめてか――口を挟まないでいただきたい――まとめてか、個別にか。他にも被害者はいたが、あなたがた四人だけで、年に十五万ドル近く支払っていた。表向きは仕事上の取引だったが、それは単なる口実だ。その件を警察が把握しているかどうかはわかりませんが、おそらく知らないのでしょうな。ですが、わたしは知っている。疑いの余地があったとしても、あなたがたがあの家に忍びこんで探し物をしている現場をグッドウィン君が見つけて、多額の謝礼の申し出を受けたとき、確信となりました。この話は――」

「わたしはお金の話なんかしてない」ミセス・オリバーがたまりかねて口を出した。「したのは、パーディスさんよ」

「くだらん。あなたはその場にいた。反対しましたか？　この話は終わりです。さて、わたしは依頼人、ミセス・ヘイゼンのために行動しています。ミセス・ヘイゼンは夫を殺した容疑で勾留中ですが、わたしにある情報を提供しました。その細目です。一年ほど前、ヘイゼン氏は妻に箱、寝室に保管してある金属製の箱を見せた。その箱を見せるために、ヘイゼン氏は整理ダンスの一番下の引き出しを抜き、引き出しが載っていた板をこじ開けた。箱は板の下にあった。もし自分が死んだら、この箱を出して錠前師に開けてもらい、中身を見ずに焼き捨てろと言ったのです。今夜グッドウィン君がミセス・ヘイゼンの鍵と許可証を持ってあの家に出向いたのは、問題の箱を入手するためでした。あなたがたが寝室を出たあと、グッドウィン君は引き出しを抜いて板を持ちあげ、箱を確保したのです。あなた箱は今、グッドウィン君の机の上にあります」

いかにもウルフらしい。箱を手に入れる前に連中を寝室から追い出したこと、連中が箱をまだ目にしていないことは、ぼくは一言もしゃべっていない。当然だと思っているのだ。ぼくを買ってくれているのは嬉しいが、いつか買いかぶりになるんじゃないだろうか。ウルフがどんな方向を、なにを狙っているのかはさっぱりわからないが、多少の演出があっても悪くないだろうと思い、ぼくは銃を右手に持ったまま、左手で箱を持ちあげてみせた。四組の目がその箱を見た。釘付けになる。アン・タルボットはなにやら呟いた。パーディスは立ちあがったものの、考え直し、ぐったりと椅子にもたれた。ジュールズ・コーリーは小声で言った。「じゃあ、あそこにあったのか」銃を持ってはいたものの、相手は四人だ。ぼくは立ちあがり、連中を迂回して金庫に行き、箱を入れ、扉を閉めてダイヤルを回した。席に戻ると、ウルフがしゃべっていた。

「提案があるのですが、その前に質問を一つか、二つ。わたしの目的はもちろん、ミセス・ヘイゼンが夫を殺さなかったと立証することです。昨晩、あなたがたはヘイゼン家で食事をした。食事がすむと奥さんは自室にさがり、ほどなく、ウィード氏も辞去した。あなたがたが帰宅した順序、時間についてお尋ねするつもりはありません。どこに行き、なにをしたかも。その点についてはすべて警察が聴取ずみでしょうし、そんな細かい話で解決できる事件なら警察のお家芸で、わたしより先行もしている上に人手もたっぷりある。ただし、奥さんとウィード氏が退席したあとのヘイゼン氏との会話について、お訊きしたい。なにを話しました？」

「なにも」コーリーが断言した。

「意味がわからん。ヘイゼン氏は奥さんに、あなたがたと話し合うと言ったのですよ。内容は？」

「とりたてて言うほどのことは、なにも。シャンパンを開けた。株式市場について話し合った。どんな芝居を見たかとミセス・タルボットにヘイゼンが尋ねた。船についてパーディスにしゃべらせた」

「毒の話もしたぞ」パーディスが口を出した。

「奥さんの父親の話もしたわね」ミセス・オリバーが言った。「奥さんの父親は偉大な発明家で、天才だったって」

ウルフは顔をしかめた。「しらじらしいにもほどがある。ヘイゼン氏があなたがたとの特殊な関係における問題を議論にとりあげたのなら、警察に教えなかったのは当然だ。だが、わたしはその関係を知っているし、警察は知らないままだ。どんな内容だったか、是が非でも教えてもらいます」

「わかってませんね、ウルフさん」アン・タルボットが訴えるように身を乗り出した。「あなたはあの男を知らなかった。あの男は怪物でした、悪魔だったんです。話し合いなんて望んでなかったのよ。わたしたちをあの家に集めたかっただけ。わたしたちは行くしかなかった。あの男一流の拷問よね。それぞれに他の人の顔を見せ、代わりに相手に顔を知られたことを思い知らせたかったのよ。わたしたちがまるでただの……ただの夕食会みたいにふるまおうとしているのを見るのが好きだった。あなたはあの男のことをわかってない」

「あいつは悪魔だった」パーディスが言った。

ウルフは四人をざっと見渡した。「ヘイゼン氏はあなたがたのうちだれかに、握っている他人の弱みの内容を漏らしたことはありますか？　昨晩、もしくは別の機会でも？　あるいは、ほのめかしたことは？」

アン・タルボットとコーリーは首を振った。ミセス・オリバーは、「まさか、とんでもない」と言った。パーディスは、「ほのめかした、と思う。例えば、毒の話だ。それとなく匂わせてるなと、思ったが」と意見を言った。

「ただし、細かい話はなかった?」

「ああ」

「ヘイゼン氏が立派な人間でなかったことは、認めざるをえませんな。結構。ヘイゼン氏は死に、われわれはここにいる。さっきも言ったとおり、提案があります。あなたがたに対するヘイゼン氏の要求のネタがなんであれ、あの箱に保管していた可能性はきわめて高い。いや、ほぼ確実だ。箱はわたしの金庫のなかです。中身は見たいとも思いませんし、見るつもりもありません。しかし、ミセス・ヘイゼンが依頼人である以上、わたしは彼女の人格と財産の両方を守ることになっている。ミセス・ヘイゼンには箱の中身を焼き捨てろという夫の指示に従う義務はない。それほど莫大な価値のあるものを廃棄するのは、現実的ではないでしょう。箱はあなたがたに、あなたがた四人に渡しますよ。百万ドルで」

四人は目を剝いた。

「大金ですが、法外な額ではない。仮にヘイゼン氏が生きていれば、あと七年で、あなたがたはそれ以上の額を払っていたでしょう。かつ、支払いは終了ではなかった。これは終わりです。最初で最後になります。あなたがたに負担額の割り当てを任せれば言い争いになるでしょうし、時間もないので、一人二十五万ドルずつとします。現金でも、支払い保証小切手でもいいので、二十四時間以内に。ミセス・ヘイゼン、もしくはわたしによる恐喝の可能性はありません。わたしたちは箱の中身を見ていませんから。ミセス・ヘイゼンの代理人としてわたしに言えるのは、お望みであれば今の値段で箱の中身を手に入れられる、ということだけです」

「箱を開けていないんだな」パーディスが言った。

「はい、開けていません」

「もし、空だったら？」

「あなたがたはなにも手に入れられないし、なにも払わない」ウルフは時計を見あげた。「箱は全員の立ち会いのもと、明日の夜、午前零時にここで開けます。条件が満たされたときは、もっと早く。箱が空なら、それで終わりです。空でなければ、当然一つ厄介な問題が出てきます。だれも自分に関連した品を他人にじろじろ見てもらいたくはないでしょう。わたしも一切見たくありません。そこで提案です。グッドウィン君なら口の堅さは折り紙付きですから、中身を一つずつとり出して、だれにかかわるものかを判断するために必要最低限の閲覧をして引き渡す。もし、もっとよい方法を提案できるのでしたら、ぜひどうぞ」

ミセス・オリバーは唇を舐めては、唾をのみこんでいた。パーディスは背を丸め、唇を引き結んでいる。ごつくて広い肩が呼吸に合わせて上下していた。コーリーは顎をあげ、長くて薄い鼻先越しに、目を細めてウルフを見つめていた。アン・タルボットの目は閉じられ、きれいな首筋の脇の筋肉が痙攣していた。

「わかっています」ウルフは続けた。「それだけの大金をごく短時間で用意するのは、容易ではないかもしれません。ただ、不可能ではありませんし、あえて延長するつもりもありません。あの箱及び中身はたしかにミセス・ヘイゼンの財産ですが、警察は間違いなく殺人事件の捜査における証拠だとみなすでしょう。箱についての知識を二十四時間以上伏せておく保証はできかねますので」ウルフは椅子を引き、立ちあがった。「よいお返事をお待ちしています」

ウルフの話は終わっても、客のほうは終わっていなかった。ミセス・オリバーはこの場ですぐ箱を開け、ぼくに中身を見させろと主張した。コーリーは恐喝の可能性はたしかに存在する、二十四時間以内に百万ドル支払うか否かと迫られたと主張した。パーディスはルーシーと話し合いをする時間と機会を与えろと主張した。とはいえ、もちろん彼女は拘置所のなかだ。アン・タルボットはただ一人なにも主張しなかった。立ちあがって椅子の背につかまっている。首の筋肉はまだ痙攣していた。ぼくは客たちのコートを持ってきたらなにかの足しになるのではないかと思い、そうした。アン・タルボットは三度やり直して、ようやく袖の入口を見つけた。

客が引きあげ、ドアが閉まり、ぼくは事務所に戻った。ウルフは机の後ろの椅子を離れていた。

「意見が一つ」ぼくは切り出した。「ミセス・ヘイゼンは明日の午前中の中頃には保釈されて、連中と接触できるようになるかもしれません。あなたは十一時まで植物室にいて、連絡不可能です。ミセス・ヘイゼンがぶちこまれたままでも、あの連中には弁護士だのコネだのがあったりします。特に、パーディスには。地方検事とポーカー仲間かもしれません。パーカーに電話して、午前中にミセス・ヘイゼンと面会させましょうか。どんな話を聞かされてもあなたは精神異常ではない、ただの天才で、このぼくを含めて他のだれにも目的がわからないときでも、自分ではちゃんと心得ている、そう伝えてもらえますよ」

「必要ない」ウルフはドアまで行って、振り返った。「金庫の鍵をちゃんと確かめるように。疲れた。おやすみ」

ぼくが必ず金庫の鍵を確かめることを、ちゃんと承知しているくせに。とはいえ、百万ドルの価値を見こめる品を保管することは、めったにない。三階の自分の部屋に行って服を脱ぎながら、ウルフの計画では次になにが来るのか見極めようとあれこれ考えてみたが、どれも気に入らなかった。

結局、ウルフの計画で次になにが来るのか決めたのは、ぼくでもウルフでもなく、クレイマー警視だった。ウルフはいつもどおり午前十一時に植物室からおりてきた。ぼくもいつもどおり郵便物を開封し、事務所内の埃を払い、ウルフの机の花瓶に新鮮な水を入れておいた。ウルフはまず机の前に来て、花瓶に蘭を一枝生けた。オドントグロッサム・ピイラムスだった。そして、ぐるっと回って椅子に向かった。着席と同時に、玄関のベルが鳴った。ぼくは確認のため事務所の戸口に行き、クレイマーが来たと教えた。ウルフは机を平手で叩き、ぼくを睨みつけてなにも言わない。ぼくは玄関に行って、ドアを開けた。家に入り、ぼくにコートと帽子を預けたときの、クレイマーの顔つきが気に入らなかった。にやりと笑いかけそうなくらいだった。その上、ずかずかと事務所に向かうのではなく、普通に歩いていっただけだった。赤革の椅子に腰をおろし、ゆったりと足を組んで、ウルフに話しかける。「あまり時間がない。ミセス・ヘイゼンが昨日ここへ来た用件をあんたから聞きたい。要点だけで結構だ。あとでグッドウィンを本署に連れていって、一部始終の供述書を作成させるから。ご自慢の記憶力を使ってもらってな」

ウルフは顔をしかめてクレイマーを睨みつけていた。「クレイマー警視。そんなことが――」

「うるさい。あの女は殺人罪で捕まったぞ。銃を押さえた。月曜の夜、ヘイゼンは車をガレージから出した。そいつが二十一丁目に駐めてあるのが見つかったんだ。ダッシュボードの小物入れに銃があったよ。そいつから発射されていたのが、ヘイゼンを殺した銃弾でね。出所を調べた。六年前、ヘイゼンが買った銃で、許可証もとっていた。寝室の引き出しに保管してあったもので、昨日の朝、主人が朝食におりてこないので様子を確かめにいったメイドが見かけている。ミセス・ヘイゼンがそのあと銃を引き出しから出して、二十一丁目に駐めておいた車まで行き、車内に置いてきた理由は訊くな。おれは知らん。だが、あんたは知ってるんだろう。さて、聞かせてもらおうか」

第七章

ぼくは目をぎゅっとつぶっていた。もし開けていたら、飛び出してしまっただろうから。クレイマーをいい気にさせるのはまっぴらだった。それでも、ぼくは必要なときにウルフを助けることになっている。今は頭を整理する数秒間を稼げれば、絶対に助けになるだろう。そこで、ぼくは目を開けて、ただの興味本位で訊いた。「銃の種類は？」

クレイマーは無視した。ウルフを眺めているのが愉快でたまらず、ぼくにかまっている暇がなかったのだ。ウルフはまたしてもぼくの顔をたててくれた。ルーシーがシロだという推測の責任者はぼくだが、ウルフはこっちに目もくれなかった。顎を引き、鼻の先を掻いて、クレイマーを十秒間見つめてから、ぼくに向き直る。

「アーチー。クレイマー警視の今の言葉を記録しておいたほうがいいだろう。タイプしてくれ。逐語的に頼む。ダブルスペースで、写しが一枚」

ぼくがタイプライターに手を伸ばすと、クレイマーが口を開いた。「反対はしない。首の骨を折らずに引き下がる方法を見つけるのに、当然、時間稼ぎが必要だろうからな」

ウルフはなにも言わなかった。ぼくはタイプライターに紙を入れ、キーを叩いた。長く複雑な会話を、記憶が薄れるほど時間が経ってから報告する修練を何年間も積んでいたので、こんなことは朝飯前だった。ぼくがノブを回して紙をはずすと、ウルフが声をかけた。「原本にイニシャルをサインしろ」ぼくは言われたとおりにして、手渡した。ウルフは急ぐでもなく、最後まで目を通した上でペンをとりあげ、イニシャルをサインしてぼくに返し、クレイマーに向き直った。

「時間稼ぎではない」ウルフは言った。「あなたが今話したことが本当なら、あなたの情報開示の要求は、正当な理由があることになる。もし、事実に反するのであれば、依頼人との秘密の通信を、嘘をついて開示させたことになる。わたしには、記録が入り用で――」

「じゃあ、あの女はあんたの依頼人なんだな？」

「今はそうです。昨日あなたがここへ来たときはそうではなかったが、そのあとパーカー先生を介して雇われた。わたしにはあなたの言葉の記録が入り用で、そちらは確保できた。また、もっと事実も入り用です。あなたの提供した事実が、他の事実で修正されないことを確認するために。当然の用心でしょう。月曜の夜、ヘイゼン氏が車をガレージから出したのは、何時ですか？」

「十一時過ぎだ」

「夕食の客が帰ったあと？」

「そうだ。客は十時四十五分に引きあげた」

「ガレージではだれかと一緒でしたか？」

「いや」

「十時四十五分以降、車中、車外、どこでもいいですが、ヘイゼン氏と一緒にいた人物は？」

「いない」

「ヘイゼン氏は死体発見現場の小路で撃たれたとみられているんですか？」

「いや。車のなかだ」

「ミセス・ヘイゼンの事件への関与を示す、補強的な事実はありますか？　なんでもいい。ただ、憶測ではなく、事実ですよ。例えば、車に乗っているか、近くにいるところ、運転しているところを目撃された？　夜の間に二十一丁目に駐めてあった車で、あるいは――あなたが主張したように――昨日ダッシュボードの小物入れに銃を置きにいったときに見られたとか」

「いや。もう事実はない。こっちはあんたから仕入れられると思ってたんだがね」

「提供はしますよ。ミセス・ヘイゼンがわたしに会いにきていたことを知って、当然あなたは彼女に目をつけた。ですが、むろんのこと彼女だけに狙いを絞ったわけではない。夕食の客がヘイゼン家を辞去したあとの足取りも調べましたか？」

「ああ」

「そのなかで、完全に容疑が晴れた人物はいましたか？」

「いや。完全にではない」

　ウルフは目を閉じた。そして、すぐに開けた。「それで充分なようだ」ウルフは息を吸った。「もちろん、わたしとしてはおもしろくない。ただ、そちらはそう思っているかもしれないが、あなたはわたしに無理に口を開かせたわけじゃない。あなたからしか手に入れられない情報を必要としていなければ、わたしはなにも言わず、その結果を甘受していたでしょうな。昨日ミセス・ヘイゼンがわたしに預けた銃の出所を、知る必要がある。もし承知して――」

「あの女があんたに銃を預けただと？」

「そうです。説明はしますし、銃も渡しますよ。できるだけ早くその来歴を教えてくれるのであればね。約束していただきたい」

「そんなこと、できるか。ミセス・ヘイゼンは殺人罪で起訴されてるんだぞ。あんたに銃を預けたんなら、そいつは殺人事件の捜査における証拠になる」

ウルフは首を振った。「ならない。わたしの捜査ではなるが、警察の捜査では証拠にならない。警察は銃を、殺人犯が使用した銃を入手ずみだ。ここにある銃についてわたしに話したからといって、なにを困ることがあるんです?」

クレイマーは考えこんだ。「あの女がその銃について話した内容を教えるんだな?」

「教えます」

「いいだろう。聞こう」

「約束しますね?」

「ああ」

「銃を出せ、アーチー」

ぼくは金庫に移動して、しゃがんでダイヤルを回した。いつもなら事務所にいる間は金庫に鍵はかけないのだが、例の箱が入っているため、危険は避けることにしたのだ。だから、数字を合わせて銃をとり出したあと、ぼくは扉を閉めてダイヤルを回しておいた。クレイマーのそばへ行きながら、ぼくは声をかけた。「ところで、さっきの質問に答えてもらってませんよ。そっちの銃の種類は? ヘイゼンを殺したほうの」

「ドレクセルの三二口径」

「こいつと同じだ」ぼくは銃を手渡した。「もちろん、ドレクセルの三二口径は何百万丁とありますが」

クレイマーは銃を眺めた。臭いを嗅いだのは言うまでもない。前にも言ったとおり、これは無意識なのだ。その上弾倉を出して、ちらっと確認した。

「昨日発射されています」ウルフが注意した。「撃ったのはグッドウィン君で、弾をとり出すために。あなたに渡した弾です」

クレイマーは頷いた。「そうか。あんたは遠慮って言葉を知らないんだな。可能性がないわけじゃ……くそ、こいつじゃなかったからな。しかたない。話を聞かせてもらおう」

ウルフは白状した。ぶちまけるのを喜んでいたわけじゃなかったし、ぼくも同じだ。とはいえ、ぼくらにはさっきの銃の情報が必要だったし、自分たちでやれば何日もかかるかもしれない。ウルフは細かい点を省いた。発言を引用することもなかったが、ラジオからニュースが流れる前後の経緯をどちらも正直に話した。ルーシーが夫を射殺しなかったとぼくが判断した理由も言わなかったが、気にはならなかった。クレイマーを混乱させては悪い。それでなくとも、クレイマーは少々混乱していた。話が終わりに近づくと、クレイマーは眉をひそめ、時折唇をぐっと引き締め、目には疲労の色を浮かべた。ウルフの話が終わったとき、クレイマーは座ったまま銃を見つめていたが、やがて口を開いた。

「なにを省略した?」クレイマーが追及した。

ウルフは首を振った。「実質的には、なにも。あなたは要点だけと言った。で、そのとおりにした。銃の出所を突きとめるのに、どれくらいかかりますか?」

「合点がいかないな。そんなおとぎ話を持ちこんできた女を、夫に関するニュースが流れて、警察が身柄を押さえてるのを知った上で、あんたが依頼人にしただと? 合点がいかない。あんたが殺人犯を依頼人にしたことは、一度もなかったじゃないか。あんたがクソいまいましいほどついてるのか、なんなのかは知らんが、ともかくなかった。なぜあの女の依頼を引き受けた？」

ウルフの唇の片端があがった。「グッドウィン君の意見を求めたところ、シロだと答えたので。三十歳以下の女性に関するグッドウィン君の判断は、絶対です。銃の出所を突きとめるのに、どれぐらいかかりますか？」

「知るか」クレイマーは立ちあがった。「一時間かもしれないし、一週間かもしれん。グッドウィンは連れていくぞ、地方検事の事務所で供述書を作る。例の会話の完全な報告だ。あんたの分の作成には、二時にだれかを寄こす。連れていっても、どうせ――」

「供述書にサインするつもりはない。そんな義務はない。人を寄こしたら、家には入れない。質問があるなら、今どうぞ」

クレイマーの丸い赤ら顔がさらに赤くなった。が、それで終わりだった。ウルフを署まで引っ張っていったことが三回あるが、そのときの記憶のせいで思いとどまったんだろう。クレイマーは銃をポケットに突っこみ、ぼくに向き直った。「来い、グッドウィン。あとで考える」

立ちあがったとき、電話が鳴り、ぼくは手を伸ばしてとった。ナサニエル・パーカーだった。慌てている。「アーチーか？　ナット・パーカーだ。ミセス・ヘイゼンは殺人罪で勾留されている。もちろん保釈はなしだ。彼女に面会する前にウルフに会いたい。昨日なにを話したのか、知る必要がある。二十分以内に行く」

「いいとも」ぼくは答えた。「ウルフさんは答える気満々だよ。どうぞ」電話を切って、ウルフに伝える。「パーカーが二十分以内にここへ来ます」そしてコートと帽子をとりに、廊下へ出た。クレイマーがすぐ後ろについてきた。

第八章

それから九時間、頭のなかを整理してみる機会はいろいろあった。パトカーで地方検事局に行く途中、そこから二十丁目の西署殺人課へ向かうとき。いろいろな法の執行官が次にどう攻めるかを決めるまでの待ち時間。検事本人も一度は攻めあぐねたのだ。

三時頃、検事補がご親切に電話の使用を認めてくれたが、事態はもうとっくにこんがらがっていた。ぼくはウルフに電話をした。もちろん、聴取は〝ボタンボタン、ボタンを持っているのはだあれ〟というゲームのような調子だった。だれが銃を持っていたのか、いつ、どこで？　どっちの銃についても。ルーシー・ヘイゼンが嘘をついたとしたら、どの程度か？　火曜の朝メイドが引き出しに入っているのを見た銃は、ヘイゼンを撃ち殺した凶器か、ルーシーがウルフのところへ持ってきたものか？もし、前者なら、ルーシーは嘘つきで、殺人犯か真犯人を知っているかのどちらかだ。もし後者なら、銃を引き出しに入れたのはだれで、いつやったのか？　そして、その理由は？　可能性のある理由がまったくなかったのではない。ありすぎた。おまけにそのうちの圧倒的多数が、ルーシーに一杯食わされたという見かたを強く支持するものだったので、ぼくとしては受け入れられなかった。

最初の一時間かそこらは、知らない相手でもないマンデルという名前の検事補と、殺人課の警部補がぼくの相手をしてくれた。口に出しては認めなかったが、銃関連の難問はぼくと同じく、連中にも歯が立たないのが見え見えだった。その後、休憩とは言われないまま、マンデルの机でサンドイッチとコーヒーの食事をとっていると、電話がかかってきた。マンデルは警部補を連れて別室へ向かった。戻ってきたとき、二人の態度はがらりと変わっていた。もう銃に興味がないことが、はっきりとわかった。ルーシーがウルフやぼくに向かってなんと言ったか、その正確な言葉にもっぱら集中していた。三時少し前、ようやくマンデルは速記者を呼び、ぼくに供述しろと言った。もちろん、部屋には盗聴器がしかけてあった。あとでぼくの口述した調書と、その前に話した内容を比べて、楽しむつもりなんだろう。そのとき、ぼくは電話をかける用事があると言い張って、電話ボックスに案内されたのだった。

ウルフが出た。「ぼくです。地方検事局の電話ボックスからです。盗聴されている可能性があります。今週の終わりまでには、放免されるでしょう。連中は銃に興味を持っていたんですが、電話が一本かかってきて、興味を失いました。あなたに知らせたほうがいいかと思いまして」

「もう知っている」ふさいだ口調ではなかった。「一時少し過ぎ、クレイマー警視が電話をしてきた。渡した銃は簡単に出所がつかめた。ミセス・ヘイゼンの父親、タイタス・ポステル氏が一九五三年に購入し、五年前の一九五五年にあの銃で自殺している」

「で、彼女が持っていたんですか？」

「立証はされていない。パーカー先生に今日の午後の面会時に訊いてみてくれと話してある。その間に、ソールに連絡して仕事を頼んだ」

どんな仕事か訊きたいところだったが、通話にお供がいるかもしれないときは、褒められたやり口じゃない。ソール・パンザーは、ぼくたちに応援が必要になったときの第一候補で、一番の実力者だ。

料金もニューヨークのフリーの探偵で一番だが、その五倍の価値はある。ぼくは夕飯に間に合うように帰宅できるかもしれないし、できないかもしれないと伝えた。

速記者に供述書の内容を話しながら、ぼくはともすれば離れていこうとする心を引き戻し続けなければならなかった。警察にとって、銃の難問はもう解決ずみだ。連中はミセス・ヘイゼンを犯人だと思いこんでいるのだから。夫を撃ち殺したあと銃を家に持ち帰って引き出しに入れ、翌日にとり出して車まで戻しにいくような大ばかだという説を採用する必要はなくなった。ずっとすっきりした。ルーシーは月曜日に引き出しから銃をとり出しておき、手元にあった父親の形見の銃を代わりに入れ、夫を殺害して凶器は車に置きっぱなしにした。そして火曜日、引き出しの銃をとり出して、ウルフのところへ持ちこみ、おとぎ話の小道具に使用した。銃には番号があって追跡可能だということはむろん知らなかった。これ以上、上出来の話がどこにある?

ただ、ぼくにとっては、これ以上まずい話はない。ミセス・ヘイゼンを依頼人失格として切り捨てる覚悟ができない限りは。さっきまでは、答えがありすぎたが、今は一つもなくなった。ルーシーがウルフの事務所で話した内容を一つ残らず含めることになっている供述をして、それがタイプされたあとは念入りに目を通しながら、事件の整理をしなければならず、ぼくはかなり大変だった。それから地方検事本人の事務室に連れていかれ、検事とマンデルに一時間がみがみ言われた。それが六時半頃に終わり、ようやくおしまいだと思ったら、西署の殺人課でクレイマーが呼んでいると告げられた。いやだと言えば重要参考人として逮捕されるだろうし、パーカーは朝まで助けに来られないだろうから、しかたなく承知した。

一つだけ、検事局よりましなことがあった。クレイマーの命令でサンドイッチを買いにいった西署殺人課の刑事がたまたま紳士的な男で、犬でも自分の好みのものを食う権利があると考え、ぼくは自分の頼んだもの、ライ麦パンのコンビーフサンドとミルクを手に入れられたのだ。それを除けば、また同じことの繰り返しだった。二時間以上もクレイマーとパーリー・ステビンズ巡査部長の相手をさせられた。ロークリッフ警部補をどもらせる新記録達成に挑戦する楽しみさえなかった。ぼくはロークリッフを二分二十秒でどもらせた記録を持っていて、それをあと三回で二分ちょうどにするという賭けを、ソールとしていたのに。

クレイマーとステビンズは、もうたくさんだとようやく見極めた。警察署の待合室を抜けて出入り口に向かったのが、ぼくの腕時計で九時三十二分。壁掛け時計は九時三十四分だったが、間違っていた。そのまま外へ出て、歩道に立ち、たっぷり三呼吸分の冷たい新鮮な空気を吸って肺を喜ばせ、どっちに曲がろうかと考えた。右の八番街方面なら、タクシーだ。左の九番街なら、十五分歩いて帰ることになる。歩きに一票。三歩進んだところで、肩をつかまれ、背後から思い切り引っ張られた。いかにも実感のこもった声が言った。「汚いドブネズミ野郎め！」

引っ張られたとき、体が多少回転したので、続きは自分でやって振り返った。セオドア・ウィードだ。両手を握りしめ、右手の肘を曲げて一フィートほど引いている。目は怒りに燃え、骨張った顎が緊張している。

「ここはだめだ、ばかだな」ぼくは言った。「一発で倒したとしたとする。それ自体ありそうにないけど、ぼくが倒れるときに大声で警察を呼べば、あっという間に駆けつけてくるじゃないか。それに、ぼくは意識があるうちに、なぜ自分がネズミ呼ばわりされるのか、知る権利がある。理由は？」

「教えるまでもないだろ。おまえは最低の裏切り者だ。ネロ・ウルフもな。ルーシーのために働いてるだと？　笑わせるな。警察に銃を渡しただろうが」

「なぜ渡したとわかるんだ？」

「警察の質問の内容だよ。否定するのか？」

長い一日だったので、ぼくの頭は少々疲れていたが、それでも懸命に働いた。こいつは容疑者リストからはずすわけにはいかない。ルーシーを助けるためなら両腕をやると言ったが、言っただけだ。自分の気持ちは彼女に気づかれていないと言った同じ口で。ちょっと話してみても害はないし、手がかりになるかもしれない。とはいえ、ウルフの計画がなにを予定しているのか判明するまでは、家に連れ帰るわけにはいかない。計画があればの話だが。

ウィードはまだ拳をかためたままだった。「まあ聞けって」ぼくは続けた。「角を曲がって〈ジェイクの店〉に行こう。一杯おごるから、話し合おうじゃないか。それでもまだ、ぼくを殴りたかったら、ジェイクに見物させてやれば、奥にある部屋を貸してくれる。片づいたら髪も整えられるぞ、力が残ってればね。その髪は櫛で整える必要があるよ」

ウィードは気に食わないようだったが、かといって、他にどうしようがある？　通行人が二人ばかり、ウィードの構えや握り拳に気づいて、見物しようと立ちどまっていたし、署から出てきたお巡りも足を止めていた。で、ウィードは一緒に来た。

〈ジェイクの店〉に入り、壁際のテーブルについて、白エプロンのボーイに注文をした上で、ぼくは電話をかけなければならないと告げた。やつは立ちあがって、電話ボックスまでついてきた。失礼きわまりないやつだ。が、咎めはしなかった。ドアを閉められないように、ボックスの入口に立つのを認めてやったほどだ。電話をかけたら、応答があった。

「ぼくです。八番街の電話ボックスからで、セオドア・ウィードがすぐそばにいます。あなたとぼくが銃を警察に渡した最低の裏切り者だって教えるために、歩道でぼくを引き留めたんです。なぜぼくらが銃を渡したと知っているのか訊いたら、警察の口ぶりでわかったという話でした。筋は通ってます。西署の殺人課からちょうど出てきたところでしたから。ロークリッフから聴取を受けてたんでしょう。あのロークリッフですよ。ぼくは一杯おごるところですが、あなたは依頼人をオオカミの群れに投げ与えたことを個人的に謝罪したいかなと思ったもので。ウィードは目を血走らせてます」

「だめだ。すぐに帰ってこい」

「ソールがいるじゃありませんか」

「ここにはいない。きみが必要だ。ミセス・オリバーとパーディス氏が応接室にいる。ミセス・オリバーは七時からそこで待っている。コーリー氏はいつ来てもおかしくない。わたしは一日中このくだらん電話機に悩まされているのだぞ。ミセス・タルボットは三十分前に五回目の電話をかけてきて、十時までには着くようにしたいと言っていたが、もうじきだ。考え直して、ウィード氏を連れてくるように。質問したいことがある」

「まずやつの角をつかんで、ぶっ倒さなければなりませんよ」

「くだらん。連れてくるんだ。どれぐらいで着く？」

十五分、と答えて電話を切った。「一杯やる時間はなくなった」ぼくはウィードに言った。「ぼくを倒す余興のショーもなしだ。ウルフさんに呼ばれたんでね。来たかったら、一緒に来てもかまわない」

「行くところだったんだ」ウィードはむすっとして答えた。「そのとき、あんたを見かけたんだよ」

「そりゃよかった。ただ、落ち着けよ。ウルフさんはベルトにナイフを挟んでいて、相手の背中を刺すからな」

出ていくとき、ぼくはギルという名前のボーイに二ドル渡した。外に出てタクシーを停め、アップタウンに向かって走りだすと、ぼくはウィードにことをわけて説明しはじめた。「いいか」ぼくは言った。「もしぼくらが裏切り者でミセス・ヘイゼンを警察に売ったとしたら、きみにできるのはせいぜいぼくらを射殺することくらいだ。それだって、彼女の助けにはまったくならない。本当を言えば、きみとちがって、ぼくらは彼女のことをわかってる。ミセス・ヘイゼンが夫を殺した犯人じゃないことを、ぼくらは知っているんだよ。きみは、ミセス・ヘイゼンが犯人だと思っていてまだその考えを捨てていないか、じゃなければきみ自身が犯人だ。もし、最初のほうなら、彼女への想いには汚れがついてしまってるぞ。あとのほうなら、たいしたもんだ。ミセス・ヘイゼンに責任をとらせるように、ちゃんと手を回してる。顔を洗って出直してくるんだな」

「なんで警察に銃を渡したんだ？」

「もう一回顔を洗ってこいよ。ぼくらはミセス・ヘイゼンのために捜査してるんだ。きみのためじゃない」

返事はなかった。タクシーが曲がって三十五丁目に入ったとき、「ルーシーがやったとは思っていない」と声がした。

「よく言ってくれた。ありがたいね」

「それに、ぼくは犯人じゃない」

「その点はさほど重要じゃないけど、覚えておくようにする」

古い褐色砂岩の家の正面には、運転手の乗った黒いリムジンが歩道際に駐まっていた。ミセス・オリバーの車だろう。七つの階段をのぼってポーチにあがり、鍵を回した。ところが、チェーンがかかっていて、ベルを鳴らしてフリッツを呼ばなければならなかった。ぼくが自分のコートをかけているとき、ウィードのコートを預かったフリッツがこう言った。「ありがたいよ、アーチー。ありがたい」

ぼくは理由を尋ねた。「帰ってきてくれたからだよ。てんやわんやだったんだ。夕食の間に三回も電話がかかってきて、おまけに女の人が応接室にいたんだからね」

「なるほど。今、応接室には何人いる？」

「三人だ。その女性と男性が二人」

つまり、コーリーは到着したわけだ。ぼくはウィードを事務所に連れていった。ウルフは机で本を読んでいた。ウィードがつかつかと近づいていきながら、話しかけた。「ぼくが知りたいのは、なぜ――」

「うるさい！」ウルフが怒鳴った。

ウルフの怒鳴り声は、飛びかかろうとしている虎だって止めるだろう。ウィードは立ったまま、ウルフを睨みつけていた。ウルフは段落の区切りまで読み通し、しおりを挟んで本を置き、命じた。「座りなさい。わたしは視線をまっすぐにしておきたい。座りなさい！　月曜の夜の夕食会でヘイゼン家に着いたとき、他の人はもういましたか？」

「ぼくが知りたいのは、なぜあんたが銃を渡したのか――」

「ばかな。きみは愚か者かね？　そうにちがいない、わたしに説明しろとわめいたりできるのだから。座れ！　きみはミセス・ヘイゼンを助けるためなら腕一本差し出すと言ったではないか。腕はくれなくていい。少し情報をくれれば、それですむ。質問を繰り返す必要があるかね？」

黄色い椅子が五脚用意してあった。ウィードは一番近い椅子に腰をおろした。もつれた髪を指で梳かしたが、櫛とブラシがなければ手に負えないだろう。「ミセス・オリバーはいた」ウィードは説明をはじめた。「コーリーも。パーディスとミセス・タルボットは、ぼくのすぐあとに来た。理由がわからな――」

「わたしが知りたかったのは、そこだ。きみがヘイゼン家にいる間、ヘイゼン氏の寝室に往復できるくらい、席をはずしていた客はいたか？　よく考えてほしい。くだらない腹立ちはしばらくおいて、事件に直接関係のあることに集中してもらいたい」

ウィードは努力した。言われたとおりにするためには、ウルフから視線を逸らす必要があったようだ。ウィードは頭を後ろに傾け、天井を睨んだ。納得いくまで考え、頭を戻す。「いなかったと思う。全員部屋から一歩も出なかった。食堂に入る前も、入ったあとも。間違いない。もちろん、ぼくが帰ったあと、みんなが残ったわけだから――」

玄関のベルが鳴った。ぼくは廊下に出たが、フリッツがもうドアを開けていた。新しく来た客が通されるとぼくは事務所に戻り、ウルフに頷いた。「ミセス・タルボットか？」とウルフが訊く。

「はい」

「ウィードさんを廊下へ。その上で四人をここに通し、入れ替わりでウィードさんを応接室に。あとで用があるかもしれない」

「ぼくはここに残る」ウィードは宣言した。「ぼくの用がすむまでは――」

「だめだ。わたしにはやるべき仕事があり、口論している暇はない。出ていけ。早く！」

「そうはいくか――」

「出ていけ」

ウィードは戸口に立っているぼくを見た。ウィードが受けとったのは石のように冷たい視線だった。腰をあげ、ぼくの前を通過して廊下に出る。四歩進んだところで、ぼくは応接室のドアを開けるためにそこから離れた。

第九章

ぼくはアン・タルボットを一番近い椅子に座らせた。顔つきにしても、動作にしても、いつ何時気付け薬が必要になってもおかしくない様子だったし、ぼくの引き出しには用意があったからだ。アンの隣がジュールズ・コーリー、そして、ミセス・オリバー、アンブローズ・パーディスと続いた。事務所に通したとき、三時間以上も待っていたミセス・オリバーからは特に、なにか一言あるだろうと思ったが、だれからも声一つあがらなかった。葬式の先導をしているような気分だった。

ウルフは客たちをじっと見つめた。「ここに来たからには」と切り出す。「皆さん、わたしの提案をのむ用意ができているのでしょうな？　ミセス・オリバー？」

ぼくから見えるのは横顔で、落ちくぼんだ黄色の目は見えなかった。この角度から見ると、垂れた頬の肉がなおいっそう見苦しかった。ミセス・オリバーはバッグを開け、一枚の紙切れをとり出した。「預金小切手よ」と言う。「ニッカーボッカー信託銀行で、二十五万ドル、自己宛小切手。裏書きはします。もしかしたら、しないかも」

「もちろん、成り行き次第ですな。ミセス・タルボット？」

アン・タルボットの唇は開いたが、声は出てこなかった。仕切り直して、押し出すように言う。

「六万五千ドルの支払い保証小切手と現金四万ドルを用意しました。残りはできるだけ早く払います。

一か月以内にはなんとかなると思いますが、もう少しかかる可能性もあります。もちろん書き付けとかにサインさせるんでしょうね、あなたの言うとおりに。一生懸命やったのに……」ミセス・タルボットは唾をのみこまなければならなかった。「やったのに……」もう一度、のみこむ。「できるだけのことは、したんです」

「パーディスさん？」

「自分の分の支払い保証小切手を用意してある」

「全額分の？」

「ああ」

「コーリーさん？」

「なにもない」

「ほほう。では、なぜここに来たんです？」

「箱の中身が知りたい。わたしにとって、二十五万ドルの価値のあるものが入っていれば、買う」

「最終期限は夜中の十二時です」ウルフはちらりと時計に目をやった。「あと九十分あります」

「はったりだな。ミセス・ヘイゼンがこんなことを承知しているとは思えない。ミセス・ヘイゼンが知らないうちに、わたしたちから金をむしりとるつもりだろう。あんたがなにを企んでいるとしても、わたしは箱の中身が知りたい」

「結構」ウルフはコーリーから視線をはずし、全員を見た。「今の状況はわたしの提案条件に含まれていませんでしたな。お二人は条件を満たす準備を整えた。コーリーさんの異議で損害をこうむるのは公正を欠く。ミセス・タルボット、あなたに関しては最善を尽くしたという誠意を喜んで汲みましょう。もちろん差額の支払いに関する書面にサインされるという約束で。コーリーさんに関してですが、あなたが頑固ならわたしも頑固でしてね。箱になにが入っているにせよ、あなたに関する品は午前零時に警察に引き渡されます。アーチー、箱と鍵を出してくれ」客に話を続けた。「合いそうな鍵をあらかじめ用意しておきました」

もったいをつけたほうがいいだろうと思い、ぼくはまず引き出しからマーリーを出して装塡した。それから戸棚へ鍵をとりにいき、金庫へと移動する。番号を合わせる間は背を向けていたが、扉を開けて箱を出すと同時に四人に目を配った。体裁のためだけではない。パーディス、もしくはコーリー、もしくは二人とも、機会があり次第ただで品物を手に入れる気にならないとも限らない。四人は全員、座ったまま体をひねってぼくを目で追っていた。ぼくが連中をよけてウルフの机に向かうと、ひねりは戻った。箱を置いたとたん、電話が鳴った。間が悪い。ウルフに出てくれと頼もうとしたが、その必要はなかった。

ウルフは受話器をとった。「はい？……ああ、ソールか……ほほう……いや、必要ない……見事だ……いや、そっちにいてくれ。ここにはアーチーがいるから……どの程度確実かな？……実に見事だ……いや、一時間ほどでまたかけてくれ」

電話を切ったウルフの目は光っていた。「開けろ」ぼくは鍵を差して、少しガチャガチャさせたあと、首尾よく開錠し、蓋を全開にした。それらしく一瞬見つめてから、宣言する。「空です」パーディスが飛びあがって、近づいてこようとした。この場の演技は終わりとまだ言われていなかったので、ぼくは銃を持った手をすばやく構えた。それから、銃をポケットに戻し、底を支点にして箱を斜めに傾け、金属が光る内側を全員に見えるようにした。パーディスがウルフに怒りを爆発させた。「この野郎！　盗りやがったな！　鍵を持ってたな！」ミセス・オリバーはなにやらわめいた。アン・タルボットは頭を垂れ、両手で顔を覆った。ジュールズ・コーリーは立ちあがった。が、なにをするつもりだったにせよ中止したらしく、また腰をおろしてこう言った。「頭を使えよ、パーディス。ウルフは空だってことも知らなかったんだ。なのになぜ――」

「それはちがう」ウルフがぴしゃりと遮った。「空だとちゃんと知っていた。昨晩、提案をしたときには、知っていたのです」

四人はなにも言えなくなった。アン・タルボットは顔をあげた。「あんな提案をしたのは」ウルフは続けた。「気まぐれでもなく、あなたがたをいじめるためでもなく、ある目的があったからです。目的は達成されました。銃は持っているな、アーチー？　戸口に立ってくれ。部屋からだれも出すな」

ぼくは言われたとおりにした。まだ立ったままのパーディスが邪魔で、椅子の後ろを通っていくことにした。パーディスはギャーギャー言っていて、コーリーはまた立ちあがっていた。ぼくはドアを閉め、背中をあてて、銃を手に持ったが、もちろん次になにが起こるのかは見当もつかなかった。が、ウルフはついていているらしい。連中を無視して受話器をとりあげ、電話をかけている。電話帳は調べていなかった。ウルフがわざわざ記憶しておく電話番号は三つしかない。だから、だれをつかまえようとしているのか、クレイマー警視の呼び出しを頼むのを聞くまでもなく、ぼくにはわかっていた。ほどなく、警視が出たようだった。

「クレイマー警視？　予想どおりに事態は展開しています。ミセス・ヘイゼンを連れてくるのに、どれくらいかかりますかね？……いや、だめです。三十分以上前に、ほぼ確実に連絡すると言ったではありませんか。だめだ。ミセス・ヘイゼンの立ち会いが欠かせないだろうと言いましたよ。連れてこなければ、あなたは入れられませんな……そうです。身代わりを提案する用意はできています……そうです……そうだ！」

ミセス・オリバーも立ちあがった。アン・タルボット以外は、全員が立ちあがっていた。ウルフが電話を切ると、パーディスが歯を食いしばりながら言った。「このげす野郎。警察に渡したんだな！」

「ちがう」ウルフは言った。「あなたはぼんくらですか？　わたしがただの暇つぶしでそんな意味のない行動を企てたと？　いい加減にしろ、座らないか！　クレイマー警視が到着する前に説明しておきたいことがある、そちらにも耳寄りな話だ」

「わたしは帰ります」ミセス・オリバーが言った。「なにもかも、計略だったんでしょ。いつか思い知るわよ。わたしは帰りますから」

「だれもこの部屋から出しません。グッドウィン君はあなたを撃ちはしないでしょうが、それは必要がないからだ。座りなさい」

コーリーは膝のすぐ後ろに椅子があったので、ただ足を曲げるだけですんだ。パーディスは椅子に戻るとき、ミセス・オリバーにぶつかったが、謝らなかった。ミセス・オリバーは戸口にいるぼくに向き直り、ウルフの言ったとおりでぼくには撃つ必要もないと悟って、腰をおろした。

「電話での話を聞きましたね」ウルフは続けた。「クレイマー警視がまもなくここに来ます。ミセス・ヘイゼンも一緒のはずです。あなたがたとへイゼン氏との特異な関係の本質については、クレイマー警視に説明せざるをえないと思います。しかたがないことなので。ただ、昨日の夜に家宅侵入を犯したことまでは知らせる必要はないでしょう。公平を期するために——口を出さないでください、時間があまりない――」

パーディスが言い張った。「われわれとヘイゼンとの関係など、なんの証拠もない」

「くだらん。あなたはグッドウィン君を買収しようとしたのでは？ 公平を期するために、あなたがたのうち三人には、箱について説明しておくべきでしょうな。昨晩あなたたちに話したことはすべて本当です。ヘイゼン氏は箱を妻に見せ、自分が死んだらとり出して中身を焼くように話した。グッドウィン君はあなたがたを部屋から出したあとで、引き出しの下から持ち出した。パーディスさんはわたしに箱を開けたかと訊いたので、開けていないと答えました。ただし、グッドウィン君が開けたのです。箱は空でした」

「信じない」ミセス・オリバーが口を出した。「罠よ」

ウルフは頷いた。「わたしは罠をしかけた。それは間違いない。ただし、箱が空だったのは事実です。その点、あなたがたのうち三人には知る権利がある。以前入っていた中身がどこにあるのか知りたい、あなたがたの望みを控えめに表現するとこんなところでしょうな。しかし、わたしには見当もつかない。グッドウィン君も同じです。ミセス・ヘイゼンもまず間違いなく知らないと思います。そうなると、ヘイゼン氏が自分の気に入った別の場所へ移したというのが、言わずもがなの推理です。そ
わたしに提案できたとしても――」

「あの女が持ってるのよ」ミセス・オリバーが決めつけた。「ルーシー・ヘイゼン。あなたは知らなかったんでしょうね、じゃなきゃ、わたしたちに金を持ってこさせたりしなかったでしょう。あの女は夫を殺したあとで、中身を持ち去った。今度はあの女よ。刑務所行きだろうけど、わたしたちは一生あの女から逃げられない」

「わたしはそうは思わないけど」アン・タルボットが口を開いた。箱が開けられてから、一言も口をきいていなかったのだ。「ルーシーはそんなことはしないでしょう。でも、前よりもっと悪くなった……今となってはわからない……あんなに一生懸命やったのに……」

「空だったとは思えないな」コーリーがウルフに言った。「あんた、嘘をついているんだろう」

「それはちがうんじゃないか」パーディスは言った。「なぜそんなことを？　今、目の前に六十万五千ドルあるんだぞ」パーディスの目がウルフをとらえた。「ただ、そのクレイマーというやつ、警視なんだろう？　あんたの言う、ヘイゼンとわたしたちの特異な関係について、教える必要があるって言ったな。どこにそんな必要が？」

玄関のベルが鳴った。ぼくは張り番だったので、フリッツに任せてもよかったのだが、全員椅子に座っているし、ドアを開けて廊下に出た。拘置所からミセス・ヘイゼンを連れてくる時間はなかったから、クレイマー一人だろうと思ったが、一緒にポーチに立っていた。ミセス・ヘイゼンのすぐそばには、パーリー・ステビンズ巡査部長がいた。ウルフが一回目の電話をかけたとき、二十丁目に移送させておいたにちがいない。銃をポケットにしまって出ていこうとしたとき、表の応接室のドアが開き、セオドア・ウィードが飛び出して玄関に向かった。壁と扉は防音仕様だから、音を聞きつけたはずはない。窓から外を見ていたか、ルーシーに対する想いには個人用電波受信機みたいなものが備わっているんだろう。

ウィードの楽しみを台無しにする理由もなかったので、ぼくは玄関を開ける役を任せた。クレイマーは入りがけにちらっと目を向けた。ルーシーは入ってきてウィードを見ると、足を止めた。ルーシーはウィードを見つめ、ウィードが見つめ返す。ウィードは片手を動かしたが、そのままおろした。後ろにいたステビンズが不機嫌な声で言った。「前へ、ミセス・ヘイゼン」ルーシーはぼくを見て、視線をウィードに戻した。「すべて順調です、ミセス・ヘイゼン」ぼくは声をかけた。ウィードが一歩さがった。ぼくはそのときも今も同じ考えなのだが、ウィードはウルフとぼくが裏切り者だと注意するつもりだったと思う。ところが、ルーシーを見ただけで、ウィードはなにもできなくなってしまった。突っ立ったまま、クレイマーとステビンズがコートを脱ぎ、ぼくがルーシーのコートを預かってハンガーにかけるのを見ていた。ぼくらが事務所に入ろうとすると、ウィードもついてきたが、応接室に戻したところで意味がない。ウルフが切り札を持っているか、持っていないかのいずれかだ。

事務所に三歩入った時点で、クレイマーは立ちどまり、室内を見回した。ぼくだってクレイマーの立場は羨ましくもなんともない。目の前にいる四人はそんじょそこらの雑魚ではないのだ。その正反対だ。必要とあれば、地位もコネも弁護士も活用できる。金だってたっぷりある。そこへ、殺人罪で起訴された女を連れて、警視がのこのこと私立探偵の事務所にお出ましというわけだ。もちろん、そうしたのには立派な理由がある。クレイマーはへまをしたかもしれないと気にしているのだ。ウルフが先に電話をかけたとき、ぼくはいなかったが、もうじきルーシーの代わりを引き渡す用意ができるはずだと言ったのだろう。クレイマーはウルフを知りすぎるほど知っている。

だが、当然クレイマーはそんな理由をこの場の観客に教えたくはなかった。そこで、四人に向かってこう言った。「わたしがここに来たのは、あなたたち四人が来るとウルフから聞かされたためです。ウルフがあなたたちになにを話すのか知っておきたい。ミセス・ヘイゼンを連れてきたのは、ウルフの口ぶりからして、この場に立ち会うことが正義を利するのではないかと考えた結果です。法を司る警察官としてはっきり断っておきますが、職務上で私立探偵に助力を求めることはありません。ましてや捜査に口出しさせるなど、論外です」

クレイマーは赤革の椅子に腰をおろした。ステビンズはパーディスの隣の空いている椅子にミセス・ヘイゼンを連れていき、その後ろに立った。クレイマーはミセス・ヘイゼンの前、三歩しか離れていない場所にいるし、自分たちの犯人の包囲をかためたわけだ。ウィードは大型地球儀のそばの椅子に向かった。ぼくが迂回して机に戻ると、ウルフは口を開いた。

「ステビンズ巡査部長。ミセス・ヘイゼンはあなたの管理下の被疑者であり、もちろんあなたには監視する義務がある。ただ、ミセス・ヘイゼンが突発的に暴力行為に訴えることはないと思いますよ。ヘイゼン氏を殺害した犯人のそばにいたいのなら、コーリーさんのそばへ移動することをお勧めします」

沈黙。部屋は静まりかえった。反応をきちんと記録すると、四人——クレイマー、ルーシー、ミセス・オリバー、アン・タルボット——は、ウルフを見つめたままだった。パーディスとステビンズ巡査部長はコーリーへ視線を移した。奥の大型地球儀のそばにいたウィードは、立ちあがって一歩前に出て、そこで止まった。コーリーはゆっくりと頭を後ろへ傾け、細長い鼻の頭越しにウルフの姿を目でとらえた。「わたしの名前ですな」コーリーは言った。「この部屋にいるコーリーはわたしだけだ」

「そのとおり」ウルフの頭が向きを変えた。「クレイマー警視。さっき言ったとおり、あなたの事件の解釈に代案を提示する用意が整いました。ただし、提示するだけです。決定的な証拠どころか、証拠は一切ありません。示唆に富む事実が少々あるだけです。第一に、ヘイゼン氏は恐喝犯でした。広告代理業を隠れ蓑に、ここにいる四人だけでなく、他の人たちからも大金を巻きあげていました。ヘイゼン氏は——」

「そんなこと、証明できない」ミセス・オリバーが思わず口を出した。

「いや、できる」ウルフは言い返した。「あなたのバッグのなかには二十五万ドルの小切手が入っている。なんのための金ですか？　説明しなさい。忠告しますが、マダム、口は慎んだほうがいい。クレイマー警視には、わたしの見解を裏打ちするのに必要な事柄だけを話したいのですが、あなたが追いこめばそれ以上に踏みこむことになる。わたしに異議を唱えるべきではなかった。唱えた以上訊きますが、あなたが表向き広告代としてヘイゼン氏に支払った金額は、実際強制だったのでしょう？」

ミセス・オリバーは膝の上のバッグに視線を落とし、また顔をあげた。「そうです」

「では、邪魔をしないように」ウルフはクレイマーに向き直った。「ヘイゼン氏は要求をのませるための、さまざまな品物を押さえていた。内容は知りません。昨晩わたしは、その品物を手に入れ、百万ドルで引き渡すと四人に告げました。こちらの条件を満たすまでの期限は、二十四時間です。全員、来ました。このうち三人は――」

「品物はここにあるのか？」クレイマーが追及した。

「いえ。どこにあるのかは、わからない。見たことがないので。四人は全員、ここにいますから、わたしの説明がすむまで質問は待ってもらったほうが、話が早い。このうち三人――ミセス・オリバー、ミセス・タルボット、パーディスさん――は金を支払う覚悟でやってきました。それこそが、こちらの狙いだった。わたしは仮説、もちろん検証するだけの価値のある仮定に基づいて行動した。脅迫の犠牲者のうちの一人が犯人だとしたら、ヘイゼン氏が金を搾りとる武器にした品物もしくは品々を確保できない限り、犯行は無意味だ。少しの間、推測のために事実は無視しましょう。コーリーさんは実際にその品物もしくは品々を手に入れた。なんらかの計略を用いて、たぶん大金を餌として約束したんでしょう。月曜の夜ヘイゼン氏がガレージから車を出し、どこかへ運転していき、品物もしくは品々を持参するように仕向けた。この推測は、根拠がないわけではない。今夜ここに来た他の人たちは金を払う準備を整えていた。しかし、コーリーさんはちがった。わたしが脅しを裏書きするものをなに一つ持っていないことを知っていた。九十分後に関係する品物を警察に渡すと言っても、平気だった」

「事実に戻れ」クレイマーは嚙みついた。頭の向きが変わる。「コーリーさん、なにか言いたいことは？」

「なにも」コーリーの笑顔を見れば、楽しんでいると思ったかもしれない。「お見事だ。百万ドルの分担金を持ってこないと決めたのは、ウルフが恐喝のネタになるようなものを持っているとは、信じられなかったせいだったんだが」

ウルフはコーリーを無視して、クレイマーに話し続けた。「月曜の夜、ミセス・ヘイゼンとウィードさんが引きあげたあとの集まり、そこでの会話の内容を事実として提示しますよ。もちろん、あなたがた警察も詳しく聞いたでしょうが、ヘイゼン氏が脅迫者であったこと、餌食から金をむしりとるだけでなく、苦しめて喜んでいたことは知らなかったでしょう。その会話で、ヘイゼン氏は明らかに客の急所を当てこすった話題を持ち出している。例えば、毒です。今ここにいるだれの急所にあたるのかは知りませんし、関心もない。ただし、話題の一つは明らかにコーリーさんを指している。ヘイゼン氏は、妻の父親が偉大な発明家、天才だったと発言した。ミセス・ヘイゼンの父親タイタス・ポステル氏はコーリーさんと付き合いがあった。ですから、ヘイゼン氏が握っていたコーリーさんの弱みは、なんらかの形でタイタス・ポステル氏に関係があると思われます。しかし、その話を聞いた昨日の夜の段階では、コーリーさんだけに特別な注意を払う理由は皆無だった。いずれ利用可能な事実として、記憶にとどめておくだけにしたのです」

ウルフは一息入れた。「が、今日起こった二つの出来事が、コーリーさんだけを選び出した。一時少し過ぎ、あなたが電話をかけてきて、わたしの渡した銃がタイタス・ポステル氏のものであり、五年前に氏がその銃で自殺したことを教えてくれた。そのすぐあと、コーリーさんは今夜ここに来るが提案は拒否すると電話で通告してきました。はっきりとそう言ったわけではありませんが、主旨は同じです」

コーリーが低く鼻を鳴らした。クレイマーが言った。「なんですか、コーリーさん？」

「なんでもない」コーリーが答えた。

ウルフは話を続けた。「次は銃です。ヘイゼン氏の銃、氏を射殺して車に残してあった銃を、銃Hとしましょう。今朝わたしが渡したポステル氏の銃は、銃Pです。銃についてのわたしの説明は確固たる事実ではありませんが、単なる推測にはとどまりません。高い確率の蓋然性に基づいています。あの悪趣味な夕食会に行った月曜の夜、コーリーさんは銃Pを持参していた。その間に――」

「持っていたことは証明できるのか？」

「もちろん、できない。わたしはなにがあったかを話しているのであって、証明できることを話しているわけではない。コーリーさんはその夜の間に、ヘイゼン氏の寝室へ行く機会を見つけたか、もしくは作って、引き出しから銃Hを盗み、代わりに銃Pを置いた。それには二重の目的があった。その一つ、小さなほうの目的は、ヘイゼン氏が引き出しを確認しても、銃がちゃんとあることだ。二丁の銃は同じ作りだった。その二、大きな目的は、ミセス・ヘイゼンを巻きこむことだった。ヘイゼン氏を殺害したあと、コーリーさんは銃Hを車に置いてくるつもりだった。もちろん、凶器がヘイゼン氏の銃だったこと、寝室の引き出しにしまってあったことを警察は調べだすだろう。そのとき、銃Pが代わりに置いてあるのを発見する。ミセス・ヘイゼンの父親のものだった銃だ。警察は当然、ミセス・ヘイゼンが捜査の目をごまかそうと浅知恵を働かせたのだと考える。ところで」ウルフの頭が向きを変えた。「ミセス・ヘイゼン。お父さんのものだった銃ですが、あなたがお持ちだったのですか？」

ルーシーの唇が、「いいえ」という形になったが、五歩しか離れていない場所に座っていたぼくにも、ほとんど声は聞こえなかった。

「最後に見たのはいつですか？」

ルーシーは首を振った。「わかりません」今度は声が聞こえた。「警察からあなたのところへ持っていった銃が、父が自殺に使ったものだと聞かされましたが、嘘だと思いました。どういうことか、わからないんです」

「やむをえませんな。警察にもわからないのだから。あなたはその銃を、お父さんの銃を保管していたことがありますか？」

「しばらく手元に置いていました。警察がくれたんです、父が……父が亡くなったあとで。遺品と一緒にしまっておきましたが、紛失しました」

「お父さんの死後、どのくらいでなくしました？」

「わかりません。ないと気がついたのは、二年くらい経ってからでしたが」

「だれが持ち去ったか、心あたりはありますか？」

「ありません。でも、たぶんコーリーさんの奥さんだろうと。確かめはしませんでした。奥さんは銃を持っているのはよくないと思っていたんです。思い出すだけだと……」ルーシーは言葉を切った。

「夫が脅迫者だったというのは、本当ですか?」

「はい。そして、あなたの元雇用主は殺人犯であるばかりではなく、あなたを身代わりにしようとしたんです。付き合う男性を選ぶ目がありませんでしたな。ただ、選ばなかった人物に関しては、重荷から解放してあげられます。お父さんです。お父さんは自殺をしたのではなかった。殺されたのです。コーリーさんに」

「ちがう」コーリーが口を出した。「まだ言うのか。どこまで話をふくらませるんだ」

ウルフは視線の高さをコーリーに合わせて、見つめた。「あなたの自信には感服しますよ」皮肉は感じられなかった。「もちろん、わたしが最初に言った言葉、証拠はないとの言葉を頼みにしているのでしょう。いくらなんでも楽天的すぎですな。証拠はほぼ確実に存在している。ただ、それを手に入れるのには、権力と専門家の大群が必要になるのです。わたしにはどちらも持ち合わせがない。貴重なヒントをくれたヘイゼン氏には感謝していますよ。奥さんの父親が偉大な発明家で天才だったという発言です。これはポステル氏の才能から生まれた利益を、あなたがだましとっていた可能性を示唆するもので、今日あなたと電話で話したあと、ある人間をすぐ捜査にあたらせました」

ウルフはクレイマーに向き直った。「ソール・パンザーですよ。彼の能力は知っていますね。あなたに電話をかける少し前、一時間ほど前に、電話がありました。その報告は、わたしのミセス・ヘイゼンに対する言明、コーリーさんがミセス・ヘイゼンの父親を殺害したという発言の根拠となるものでした。内容に触れるのは控えます。直接パンザー君から聞けるでしょうから。それに、なにが暴かれたのか、コーリーさんには明かしたくないのでね。あなたも同じでしょう。さっきも言ったとおり、わたしは一つの考えを提示しているだけです。ただし、コーリーさんの行動の自由を制限し、捜査員を仕事にかからせるようにあなたを納得させるだけの説得力は、充分にあるものと信じています。コーリーさんはなにかの役に立つこともあるのではと、ヘイゼン氏の鍵を持ち去った可能性がある。まだ持っているかもしれません、身につけてはいないでしょうが。鍵を見つけなさい。徹底的な家宅捜索をするんです。例の品物もしくは品々は確実に持ち去ったはずですが、それさえ、まだ持っているかもしれない。見つけなさい。コーリー氏が接触を許される前に奥さんと会ったら、銃Pについてなにか情報を得られるかもしれない」ウルフは片手をちょっと動かした。「しかし、これは蛇足ですな。あなたはご自分の職務をわきまえている。もしわたしが――」

コーリーは動きだしていた。慌てた様子はなく、動揺はかけらも見られなかった。それでも、立ちはした。「いくらなんでも」コーリーは言った。「限度というものがある」ドアへ向かうには、ミセス・オリバー、パーディス、ルーシーの目の前を通過していくのが直線経路となるが、人の鼻先を横切るのは失礼だ。それで、コーリーは迂回しはじめた。ミセス・オリバー、パーディス、ルーシー、その肩のそばに立つステビンズの後ろを抜ける。そのとき、クレイマーが声をかけた。「止めろ、パーリー」コーリーはくるりと向きを変え、歯を食いしばりながらこう言った。「触るな」

「知らん」パーリーは言って、銃を持っていないかと、丁寧に身体検査をはじめた。たぶん銃Xだろう。いずれにしても、コーリーは廊下には出られなかったはずだ。セオドア・ウィードが戸口をふさぐように立っていたのだから。

第十章

しまらない結末が二つ残ってしまうことになった。

第一に、アン・タルボット、ミセス・オリバー、パーディス、そしておそらくさまざまなヘイゼンの顧客に関連する品物もしくは品々だ。出てこずじまいだった。少なくとも、警官たちは見つけられなかった。ヘイゼンの客の一人の仕業だとしても、そいつは吹聴したりしなかった。だから、夕食会でヘイゼンがまき散らしたヒントに好奇心をかきたてられたとしても、ぼくには満足させることができない。

第二に、ウルフが確実に稼いだ報酬の額だ。ルーシーはヘイゼンの遺産の受けとりを一切拒んだ。家さえ受けとろうとしなかった。ヘイゼンがどうやって手に入れたかを考えれば、ルーシーの行動は立派だ、いや、見あげたものだ。が、私立探偵は食わなければならない。間違いなく、ネロ・ウルフは食わなければならない。コーリーがタイタス・ポステルの発明を二つほど盗んでいた証拠をクレイマーが発掘したおかげで、最終的にコーリーの財産からかなりの額を手に入れる可能性はあるのだが、今死刑囚棟に収監されているコーリーは、弁護士があっちこっちに飛び回っている状態で、なに一つ認めていないし、妻も同じだった。というわけで、ウルフが三十六時間の労働でいくら稼いだのか知りたいと言われても、こちらも満足させることはできない。

好奇心を持つ人もいるかもしれない、第三。ルーシーとセオドア・ウィードがお互いの気持ちに気づいたかどうか。これはご想像にお任せする。一つ以上答えが必要なら、なにがこの世界を動かしているると思うのかな?

殺人規則その三

第一章

はじめてミラ・ホルトを見たのは、玄関のドアを開けたときだった。彼女はポーチに向かって七段の階段をあがってくるところで、厄介の種だった。まあ、そのあと起こったことに比べれば、ほんのちっぽけな厄介だったが。

ちょうどそのとき、ぼくは無職だったのだ。ネロ・ウルフのために働き、その家で暮らしていた年月に、辞職も解雇も同じくらい経験した。だいたい、三、四十回だろうか。たいがいはただの憂さ晴らしだったが、多かれ少なかれ本気のときもあった。その九月の月曜の夜には、ぼくは本気で愛想を尽かしていた。夕食のメインディッシュは、ポークのビール煮こみ。ウルフもフリッツも、ぼくがその料理なしで生きていけることを百も承知なのだ。食堂から廊下を横切って事務所に入り、フリッツの持ってきたコーヒーをウルフが注いだのを合図に、ぼくは切り出した。「ところで、アンダーソンには改めて明朝の約束を確認する電話をかけると言ったのですが」

で、ウルフは答えた。「だめだ。断れ」そして読みかけの本、ジョン・ガンサーの『現代ロシアの内幕』を手にとった。

ぼくは仕事用の椅子から、ウルフの机越しに雇い主を見やった。体重七分の一トンで、いつだって大きくみえるが、癪に障ったときには、余計に大きくみえる。「では、こういうことですかね」ぼくは訊いてやった。「あのポークで腹がふくれたら、態度もでかくなると?」

「そんなばかな」ウルフは本を開いた。

ぼくがらくだで、その本が一本のわらだとしたら、らくだの背骨が折れる音がしたことだろう(『わら一本でらくだの背骨が折れる』という諺を踏まえたもの。わずかでも限度を超せば大変なことになるの意)。コーヒーを飲みおえるまで本を開いてはいけないことは、指摘されるまでもなく、ウルフは承知しているんだ。ぼくはカップをおろした。「わかってますよ」と続ける。「あなたは楽隠居の気分なんだ。預金残高はたっぷりあって、フリッツとセオドアとぼくの給料を何か月分も払えるし、豚肉とビールを貨車一両分買えるし、今持っている一万株の蘭を買い増しすることもできる。いいでしょう、私立探偵には理由があろうとなかろうと依頼を断る権利があるのも認めます。ただ、夕食前に説明したとおり、アンダーソンはぼくの知り合いなんです。で、あなたと十五分だけ会わせてくれと個人的に頼んできた。だから、明日の朝十一時に来るようにと答えたんです。税率区分がもう高すぎなので、働かないつもりなら結構です。アンダーソンに依頼は受けないと言うだけでいい。十一時にここに来ますから」

ウルフは広げて持った本に視線を落としたままだったが、返事はした。「わかっているはずだな、アーチー。約束については、相談してもらわなくては困る。その男に借りがあるのか?」

「今はあります。頼みごとをされて、承知したんですから」

「その前には?」

「ありません」

「では、きみは約束したが、わたしはしていないわけだ。仕事は受けないのだから、わたしにとっても、相手にとっても時間の無駄になる。電話して来ないように伝えなさい。わたしには別の約束があると」

で、ぼくは辞職した。ぼくの辞職がウルフに道理をわきまえさせるためのショック療法で、単なる脅しにすぎない場合があったことは認める。しかし、今回はちがった。ラバがいやだと足を突っ張ったら、動かそうとしても無駄だ。ぼくは椅子を回し、メモ帳をとり出して書きこむと、ページを破って席をたち、ウルフの机に近づいて、手渡した。

「アンダーソンの電話番号です」ぼくは言った。「忙しすぎて、来るなと電話をかける暇もないなら、フリッツに頼めばいいでしょう。ぼくは辞めます。今晩は友達のところに泊まって、明日荷物をとりにきます」

ウルフの目が本から離れ、ぼくを睨みつけた。「くだらん」

「同感です」ぼくは言った。「くだらないにもほどがある」背を向けて、事務所を出た。廊下の棚から帽子をとったとき、今後二十年の見通しがはっきり立っていたとは言わない。いや、二十時間後すら、わからなかった。ウルフはこの家の所有者だが、なかにあるもの全部を所有しているわけではない。三階のぼくの部屋にある調度品は、自分で買って、支払いもすませたものだ。家具は引っ越し先が決まるまで待たなければならないにしても、服や他の細々したものは明日とりにくればいい。十一時前に来て、アンダーソンという客の来訪予定があるかどうか、フリッツに確かめる。それとも、午後にして、アンダーソンが迎えいれられ、十五分間の相談時間を与えられたかどうかを確認したほうがいいだろうか？　そういう問題と向き合いながら、ドアを開けたのだった。すると、間髪入れずに次の問題に向き合うことになった。一人の女性が、ポーチに向かって七段の階段をのぼってくるところだったのだ。

第二章

ぼくは彼女に声をかけて、用件を尋ねることはできなかった。ネロ・ウルフに会いたいと言い出すのは間違いないし、もう辞めたぼくが事務所に戻ってウルフにお客と会うかどうかを訊いて、元の鞘に収まるわけにもいかない。いずれにしても復職する気はなかった。かといって、なにも訊かずに脇へより、今開けたドアからそのまま彼女を入れるわけにもいかない。ウルフに恨みを抱いているさまざまな人間の一人という可能性もあるからだ。自分で射殺するならありかもしれないが、見も知らない他人にウルフが撃たれるのは嬉しくない。で、ぼくは外に出てドアを閉め、邪魔にならないよう脇へよけ、階段をおりようとした。そのとき、袖をつかまれ、ぐっと引っ張られた。

「ちょっと」彼女は言った。「あなた、アーチー・グッドウィンじゃないの?」

ぼくは視線を下に向けて、彼女の目に合わせ、「第六感かい?」と応じた。

「ちがうわよ。〈フラミンゴ・クラブ〉で見かけたことがあるの。礼儀をよく知らないみたいね、人の鼻先でドアを閉めるなんて」あえぐような口調は、空気の量を心許なく思っているみたいだった。

「ネロ・ウルフに会いたいんですけど」

「この家だよ。ベルを鳴らすといい」

「でも、あなたにも用があるの。入れて。案内してよ」

目が薄暗い明かりに慣れ、相手が若くて魅力的で、不安げな顔つきの女性なのが見てとれた。庇つきの帽子をかぶっている。普通の状況なら、彼女を表の応接室に案内して、ウルフをせっついて面会させるのも楽しかっただろうが、目下の情勢では検討の余地もない。「残念だけど」ぼくは説明した。「もうここでは働いていないんだ。辞職したところでね。今晩泊まる場所を、今からつてをたどって確保しにいくところさ。だから、ベルを鳴らしてもらわなきゃならない。ただ、一言忠告しておくべきだと思うけど、今のウルフさんの気分じゃ、万に一つも望みはないよ。やめておいたほうがいい。きみが抱えている問題が急ぎなら――」

「問題は抱えていないけど」

「そりゃよかった。きみはついてる」

彼女はぼくの袖に触れた。「信じない、辞めたなんて」

「本当だよ。辞めてないなら、そう言うと思うかい？　きみが新聞記者で、明日の一面に見出しが躍る危険があるのに？『有名な私立探偵のアーチー・グッドウィンは、同じく探偵のネロ・ウルフと決別した。一般には――』」

「やめてよ！」彼女はぼくに近づいて、腕をつかんだ。そして、手を離し、一歩さがった。「いえ、ごめんなさい。わたしのみたところじゃ……ネロ・ウルフは会ってくれそうにないと思うのね？」

「思うんじゃない。はっきりわかっているんだ」

「どっちみち、あなたにも会いたかったから。依頼のことだけど、ウルフさんより、あなたのほうが向いてるかも。ちょっと助言がほしいっていうか……ううん、そうじゃない。相談があったの。現金で五十ドル払うわ。なかに入れない？」

もちろん、ついてるなと思った。辞職したことだし、ニューヨーク市内で他に働きたい場所はなかったから、この先は開業するしかない。で、歩道にたどり着きもしないうちに、相談にのるだけで美人が五十ドル払うと持ちかけてきたのだ。

「悪いけど無理だ」ぼくは答えた。「ぼくはもうこの家の人間じゃないから。あのタクシーがきみを待ってるなら、そこで間に合うよ。おあつらえ向きに、運転手もいないし」ちらっと見ただけだが、歩道脇のタクシーの運転席にはだれもいなかった。たぶん、待つように言われて、十番街の角にある〈アルの食堂〉へ行ってしまったんだろう。あそこはタクシーの運転手に人気がある。

彼女は首を振った。「ちょっと都合が……」言いかけて、やめる。そして、ちらっと周囲を確認した。「ここでどう？　たいして時間がかかるわけじゃないし……賭けに勝てるように、力を貸してほしいだけなの」彼女は二段さがって、階段の一番上の段に腰をおろした。座るとき、少しふらついた。

「どうぞ」

まだウルフの居住地内にいることになるが、ウルフが屋外部分を使用することはめったにないし、彼女から金をもらったら、間借り賃としてドアの下から一ドル滑りこませておけばいい。隣に腰をおろしたが、狭くはなかった。ここに座って、近所の子供たちがストゥープ・ボール（野球に似た遊びで、壁や階段にボールをぶつける）をするのをよく眺めた。

「前払いにする？」彼女が訊いた。

「いや、大丈夫だよ。信用するから。で、どういう賭けだい？」

「それが……」薄暗い光のなか、横目でぼくを見る。「友達と口喧嘩しちゃって。その子の話じゃ、ニューヨークには女性のタクシー運転手が九十三人いるらしいんだけど、タクシーの車内では、男性じゃなきゃ対応しきれないことが起こったりするから危険だって言うのよ。そんなのタクシーのなかに限らないってわたしが反対したら、言い争いになって、タクシーの車外では起こるはずのない危険な出来事があると証明できるってほうに、彼女が五十ドル賭けたの。彼女、いくつか考えだしたんだけど、それは他の場所でも起こるって納得させたのね。そうしたら、女性のタクシー運転手が用事で空のタクシーを駐めて建物に入って、戻ってきたとき車内に女の人の死体が置いてあったらどうだって言うの。これで賭けは勝ちだって。それで困ってるんだけど、わたし、死体を見つけたらどうすればいいのかをよく知らないの。で、それを教えてほしいのよ。絶対に向こうが間違ってる。あなたには五十ドル払うから」

ぼくも横目で彼女を見返していた。「そんなふうには見えないな」ぼくは感想を言った。

「なにに見えないって？」

「頭がおかしいようには、さ。理由は二つ。第一に、タクシーじゃなく、自家用車を運転してたって、同じことが起きる可能性があるだろう？　なぜそう指摘しなかったんだい？　第二に、今の話のどこが危険なんだ？　電話を見つけて、警察に通報すればすむ話じゃないか。面倒にはちがいないが、きみは危険と言った」

「ああ、たしかに」彼女は唇を噛んだ。「言い忘れてた。タクシーは本人の車じゃなかったの。運転手にはタクシー運転手の友達がいて、タクシーを運転したらどんな感じか知りたいって、貸してもらってたのよ。それで、警察には通報できない。タクシーを貸すのは、法律違反になるでしょ。運転してた当人だって法律違反をしてるのよ、免許もなしにタクシーを運転したんだから。ね、自家用車を運転していたのとは同じじゃない。それに、わたしが賭けに勝つには、危険じゃないって証明するしかないの。運転してた人は、死んだ女性がどうやって車のなかに入りこんだかとか、一切知らない。だから、タクシーの外に死体を出せば、それですむわけよね。ただ、ちゃんとやらないと危険かもしれない。で、そこを教えてほしいのよ。わたしが取り返しのつかない間違いをしないように……その、友達に危険じゃないってことを説明するときに間違っちゃいけないでしょ。どういう場所に行けばいいかとか——死体をタクシーから出すのにね——夜中まで待たなきゃいけないかとか、車内に一つも痕跡が残っていないって確かめるにはどうしたらいいかとか」彼女はもう一度唇を噛み、指を丸めて握り拳を作った。「そんなようなことを知りたいわけ」

「わかった」ぼくは彼女を見つめるのをやめていた。「きみの名前は？」

彼女は首を振った。「必要ないでしょ。相談してるだけだから」そして、手を上着のポケットに突っこんだ。尖った襟の灰色がかった上着で、着古した感じがする。そこから財布を出して、開けた。

ぼくは手を伸ばして、ぱちりと閉めた。「あとでいい。はっきり言っておくけど、名前を知らないまま、金を受けとるつもりはないんだ。もちろん、名前はなんとでもつけられるよ」

「どうしてそんなことを？」彼女は肩をすくめた。「わかった。名前はミラ・ホルトよ。ミラはｉが一つ」また財布を開ける。

「待った」ぼくは言った。「質問が二つある。タクシーのなかで運転手が見つけた女性の死体……見覚えはあったのかな？」

「あるわけないでしょう」

「生きているときに知り合いだったら、あるだろう」

「知り合いじゃなかったのよ」

「よかった。それは助かる。運転手は用事があって、空のタクシーを置きっぱなしにして、建物に入ったって言ったね。どんな用事だい？」

「ああ、べつに。知らない。そんなこと、関係ないでしょ」

「関係あるかもしれないけど、知らなきゃ話せないよな。ミス・ホルト、はっきりさせておきたいんだが、ここまでのきみの話をぼくは疑問を持たずにすべて受け入れた。ぼくはプロの探偵だからね、いつだって人の話を鵜呑みにしたりはしない。だけど、きみはとっても無邪気で賢いし、目の保養になるから、ぼくは疑いをこれっぽっちも持っていない。きみのことを誤解するような気のきかない男なら、きみの話は嘘かもしれないと気を回して、あのタクシーを覗きにいったりするかもしれないが、ぼくはそんな男じゃない。運転手がどこにいるのかも、訊かないでおくよ。角へ行って、ライ麦パンのハムサンドとコーヒーにありついてるんだと思ってるからね。つまり、ぼくはきみを全面的に信用しているんだ。わかったね？」

ミラは唇をぐっと結んでいた。眉を寄せていたのだろうが、帽子の庇で見えなかった。「そうなんでしょうね」曖昧な答えかただった。「でもきっと……もしそんなふうに思ってるなら……たぶん、話を簡単にしたほうが……」

「だめだ、今のままのほうがいい。ずっとね。きみの友達が考えた状況、賭けに勝ったという主張には、いろいろ攻めかたはある。死体を発見したとき、どう対処するべきかよくわからないって話だったね。真っ先にするべきなのは、速やかに警察へ通報することだ。だれにでもあてはまるけど、特に私立探偵、例えばぼくにとっては至上命令だ。私立探偵の免許を取り消されたくないなら。ここまではいいかい？」

「ええ」ミラは頷いた。「わかった」

「それに、死体やその周辺のものにも触っちゃいけない。見張りをつけずにその場を離れてもいけない。まあ、これはそれほど大事じゃない、警官を呼ぶのに離れなきゃならないこともあるから。死体をタクシーの外に出せば一件落着、だから死体を捨てる場所とか、夜中まで待ったほうがいいかとかの考えかたは、たしかにうまくいく可能性がないわけじゃないし、実際に役立つ知恵はあれこれ教えてあげられるよ。だけど、万に一つの危険もなくできるってことを証明しなければいけないわけだろ？　いくらなんでもそれは欲張りすぎだ。きみの泣き所はそこだね。あきらめたほうがいい。ただ、友達の勝ちが決まったわけじゃない。きみの友達は、女性がタクシー運転手として特別な危険を冒しているっていう状況を考えだすことになっていたね。この場合、危険な目に遭ったのは、その女性がタクシーを運転して*いなかった*せいだ。だから――」

「それじゃあ、だめよ。わかってるでしょう――」

「やめろって。いや、ごめん」

ミラはまた、握り拳を作った。「実際に役立つ知恵を教えられる、って言ったわよね」

「口が滑ったんだ。死体を捨てるって考えは悪くない、考えるだけならね。ところで、確認もせずに当然だと思いこんでいたことがあるな……亡くなった女性は暴行死だと、きみの友達ははっきり限定していたのかな？　これが自然死なら――」

「ちがう。刺されたの。ナイフが、ナイフの柄が見え――」

「じゃあ、ありえないな。タクシーの運転手が自分の車を他人に運転させるのは、ちょっとした法律違反だ。免許なしでタクシーを運転するのも。だけど、ナイフの突き刺さった死体を乗せてその場から走り去り、死体を別の場所に捨てて、黙《だんま》りを決めこむとなると……これは重大な法律違反だ。最低でも懲役一年。たぶん、もっとだろう」

ミラは握り拳を開いてぼくの腕をつかみ、身を乗り出した。「でも、うまくやれば大丈夫よ！　だれにも知られなければ！　わたし、一つ嘘を言ったの。運転してた人は死体に見覚えがあったの！　生きているときに知り合いだったのよ！　だから、どうしても──」

「待った」ぼくは鋭い口調で制した。「急いで金をくれ。支払いだ。一ドル札、五枚……ぼさっと座って、こっちを見てる暇はないぞ。パトカーが目に入らないのか？　通過してくれれば……いや、停車する……早く金を！」

ミラは動揺しはじめていた。立ちあがろうとしたが、ぼくの手が肩に載っていて、押さえつけられた。ミラは財布を開けて、数えもせずに畳んだ紙幣をとり出した。ぼくはそれをつかんで、ポケットに入れた。「見てもかまわないよ」ぼくは声が大きくならないように気をつけた。「パトカーは注目を集めるからね。ここで、口を閉じてるんだ。ぼくが見てくる。当然、好奇心を刺激されたんでね」

本音だった。ぼくは本当に好奇心を刺激されていた。パトカーはタクシーの横に停車して、運転手ではない警官が一人降りてぐるっと回り、パトカー側のタクシーのドアへ近づいた。ぼくが歩道に降りたったとき、警官はドアを開けるところだった。面の皮の厚さに定評があるなら、使わない手はない。ぼくは自分に近いドアに歩みより、引き開けた。座席は空だったが、その前に茶色いキャンバス地の布が広げてあった。下になにかがある。布の端に手をかけていた警官が、ぼくに噛みついた。

「おい、さがれ」ぼくは半歩さがったが、ドアを閉めろとは言われなかったので、警官がキャンバスをはがすところをじっくり見学した。もう少し明かりがほしいところだったが、キャンバスを持ちあげていたものが女性であることが、いや、であったことがわかったし、ナイフの柄が肋骨あたりに垂直に突きたっていて、根元まで深々と刺さっているのもわかった。

「大変だ」ぼくは真顔で言った。

「そこのドアを閉めろ！」警官が怒鳴った。「いや、いい。触るな」

「もう触りましたが」

「それは見た。消えろ！　いや待て！　名前は？」

「グッドウィン。アーチー・グッドウィンです。ここはネロ・ウルフの家で――」

「知ってる。おまえのことも知ってるぞ。こいつはおまえのタクシーか？」

「まさか。ぼくはタクシーの運転手じゃない」

「それも知ってる。おれが訊いてるのは……」ここで言いさした。どうやら死体を発見した巡査の役目は、野次馬と言い争うことではないと気づいたらしい。頭が急に後ろを向いた。「降りてこい、ビル。到着時既に死亡《DOA》。おれが報告する」運転席の警官が車から降り、指示を出した警官が乗りこんだ。

ぼくは階段をあがって依頼人の隣に座った。ミラは帽子を脱いで、隠してしまっていた。

　ぼくは声を低めて話を続けた。もっとも、警官は無線でしゃべっているのだから、そこまでする必要はなかっただろう。「八分ぐらいで」ぼくは教えた。「専門の捜査員が到着しはじめる。知らない連中じゃないんだ。ぼくの承知している限りじゃ、きみは賭けに勝つ方法を訊くためにここへ来ただけだから、連中が質問をはじめたら、喜んで代わりに答えてあげるよ。きみが望めば、だけど。ぼくは質問に答えるのに慣れてるから」

　ミラはまたぼくの腕をつかんでいた。「覗いてたわよね。見たんでしょ――」

「やめろって、今度はごめんとは言わないよ。きみはしゃべりすぎる。仮にぼくがまだここの住人兼従業員だったしても、なかには入らない。不自然だからね。パトカーに乗った警官が、歩道脇に駐車中のタクシーの車内で、死体を見つけた以上……いや、言い忘れてた。あのタクシーのなかに、女性の死体があったんだよ。その話はしゃべるのが自然だから、しゃべったわけだ。で、成り行きを見物するのが自然だから、近くを離れずに見物する。ぼくがしゃべってるのは、きみをしゃべらせないためだ。ここではしゃべってるのが自然だしね。ぼくは質問に答えるのに慣れてるだけじゃなく、規則も心得ている。総合的に考えて、いくらかでも使えそうな規則は、三つだけだ。なかなかの握力だね」

「ごめんなさい」指は少し緩んだが、離れはしなかった。「その三つの規則って、どういうもの？」

「規則その一。口をつぐむ。一切答えない。その二。真実をありのままに話す。一つ残らずだ。その三。簡単で必要最低限の嘘をつく。余計な調整はなし。そして、最後まで頑張りとおす。手のこんだ嘘や、事実と嘘をごちゃ混ぜにしたり、一部の事実を話して一部を隠そうとしたりしたら、負けは決まりだ。もちろん、ただの暇つぶしでこんな話をしてるんだけどね。ぼくの知ってる限りでは、今の状況ならきみが真実を話していけない理由はなさそうだし」

「代わりに答えてくれるって言ってたじゃない」

「たしかに。でも、警察のほうが認めてくれないよ。この管轄区じゃ、ぼくにしゃべらせるくらいなら尋問しないって連中がほとんどだからね。それというのも……やあ、お出ましだ。もうおしゃべりをやめてもかまわない。注目するのが自然だから」

見覚えのある警察車両がパトカーの後ろに停まり、西署殺人課のクレイマー警視が降りたった。

第三章

死体が見つかったという報告で、わざわざ警視がやってきたら驚くかもしれないが、ぼくは驚かなかった。報告では当然、現場の住所が伝えられたのだ。西三十五丁目九一八番地の前。その住所はクレイマー以下、西署殺人課の面々にとってあれこれ思い出を、たいていは苦い思い出を呼び覚ますものだ。どのような形であれ、ネロ・ウルフに関係のある変死には、連中は神経を尖らせる。それに、アーチー・グッドウィンがその場にいて、首を突っこんできたことも、きっと報告に含まれていただろう。

依頼人とぼくは特等席から、型どおりの捜査を見つめた。作業はすばやく、効率的で、かつ徹底していた。通行車両は九番街の角で迂回させる。タクシーを囲んで、通りと歩道をロープで仕切る。投光器がタクシーとその周りに集中して光を投げかける。写真係がさまざまな角度から撮影する。両方向から通りかかった歩行者たちは、道路の反対側でロープの外側に集まっている野次馬たちのほうへ追いやる。二十人ほどの制服、私服の公僕たちが、巡査の無線連絡から三十分と経たないうちに現場へ集まっていた。そのうち五人は名前、四人は顔を知っている。第二の投光器が点灯したとき、クレイマーはタクシーの前方を回って階段に近づき、三段のぼって、ぼくと向かい合った。ぼくが座っていたので、それでちょうど目の高さだった。

「いいだろう」クレイマーは言った。「なかへ入ろう。おまえとウルフ、一緒に会いたい。この女性もだ。話が簡単になる。ドアを開けろ」

「それどころか」ぼくは動かなかった。「話が複雑になりますよ。ウルフさんは事務所で本を読んでいて、この騒ぎについてはなにも知らないし、ましてや関心など持っていません。ぼくが行って、あなたが会いたがっていると用向きを伝えたら、答えは見当がつくでしょう。ぼくもつきます。時間の無駄ですよ」

「あのタクシーに乗ってきたのはだれだ?」

「知りません。タクシーについては、なに一つ知りませんよ。ぼくが外へ出てきたときには、縁石のそば、あそこに駐めてあったんです」

「出てきた時間は?」

「九時二十分」

「なぜ出てきた?」

「宿泊場所を探すためですよ。辞職したんです。どうしてもウルフさんに会いたいのなら、玄関のベルを鳴らすしかありませんね」

「辞職しただと?」

「そのとおり。もうここでは働いていません」

「驚いたな。おまえとウルフはうまい言い逃れを使い尽くしたと思っていたんだが、こいつは初耳だ。信じるとでも思ってるのか?」

「言い逃れじゃありません。本当ですよ。二度とこの家の屋根の下で眠らないという誓約書にサインするつもりはありません、それはある問題に対するウルフさんの対応次第なので。ただ、この家を出たときは本気でした。ある問題というのは、あのタクシーや積載物とは一切無関係です」

「この女性も一緒に家を出たのか？」

「いえ。ぼくがドアを開けて外に出たら、ちょうどポーチにあがってくるところだったんです。ネロ・ウルフに会いたいと言うので、ぼくはもうウルフさんの助手じゃないし、どのみち会ってはくれないだろうと説明したら、自分の用件にはウルフさんよりぼくのほうが適任だと思うと言い出したんです。賭けをしたので、勝つための相談にのってくれたら、五十ドル払うと。で、ここに座って、相談したんです。十五分か二十分したらパトカーが来て、ぼくが家を出たときから駐まっていたタクシーの横で停車しました。もちろん何事だろうと思って、見にいきました。警官に名前を訊かれたので、名乗りました。警官は無線連絡をしにいき、ぼくは依頼人のところへ戻ってきました。ただ、この騒ぎのせいで、相談はあまり進んでいません。こんなところです」

「以前、この女性に会ったことがあるのか？」

「いえ」

「相談したいという賭けの内容は？」

「それは彼女の問題ですから。ここにいるんだし、本人に訊いてください」

「この人はあのタクシーに乗ってきたのか？」

「知りませんね。本人に訊いてください」

「タクシーから降りるところを見たか？」

「いえ。ぼくがドアを開けたとき、階段をのぼってくる途中でした」

「あのタクシーから降りた人物を見たか？　近くにいたとか？」

「いえ」

「この女性の名前は？」

「本人に訊いてください」

クレイマーの頭が向きを変えた。「名前はジュディス・ブラム？」

ぼくにとっては新情報ではなかった。開いたドアから車内を覗いたとき、枠に納まった運転手の写真と名前を確認しておいたのだ。薄暗い場所で判別した限りでは、写真はぼくの依頼人ではなかった。

「ちがいます」ミラは答えた。

「では、名前は？」

「ミラ・ホルト。ｉが一つのミラです」落ち着いて、はっきりした声だった。

「あのタクシーを運転してここへ来ましたか？」

「いいえ」

「乗ってきましたか？」

「いいえ」

つまり、ミラは規則その三、簡単で必要最低限の嘘を選んだわけだ。

「ネロ・ウルフと会う約束があったのか？」

「ありません」

「住所は？」

「東八十一丁目七一四番地」

「職業は?」

「モデルです。ファッションモデルを中心に」

「結婚は?」

「しています。ただ、夫とは一緒に暮らしていません」

「ご主人の名前は?」

ミラは口を開いたが、いったん閉じた。「ウォルド・カーンズ。わたしは旧姓を使っています」

「離婚したんですか?」

「してません」

「ここに着いたとき、あのタクシーは駐まってましたか?」

「わかりません。気づきませんでしたけど、たぶん駐まってたんだと思います。腰をおろしたあとに、走ってはこなかったので」

「どうやってここへ?」

「関係があるとは思えませんけど」

「関係があるかないかは、こちらで決めます。どうやって来た?」

ミラは首を振った。「だめです。例えば、だれかがここまでとか、この近くまでわたしを車で送ってくれたとします。その人に事情聴取するでしょう? そうしてほしくないのかも。だめです」

結構だ。ミラは〝調整なし〟の意味もちゃんと理解していた。

「忠告しておくが」クレイマーは忠告した。「どうやって来たのか、話したほうがいいぞ」

「やめておきます」

「相談したいことがあったとかいう、賭けの内容は？」

「それも関係ありません。友達との個人的な賭けだから」ミラの頭がこちらを向いた。「グッドウィンさんは探偵よね。だったら、知ってるはずでしょ。ここにあなたと座っていただけなのに、個人的なことまで警察に話さなきゃいけないの？」

「もちろん、そんなことはないよ」ぼくは請け合った。「きみの私事と警察の公務の関連性を警視が示さない限りはね。今のところ示していないから、完全にきみの気持ち――」

「こいつはいったいなんの騒ぎだ？」ネロ・ウルフの怒鳴り声が響いた。

ぼくは体をねじって振り返った。ぼくの依頼人も振り返った。玄関のドアが大きく開いていて、敷居の上にウルフの巨体がそびえ立っていた。「なにがどうなってる？」ウルフは詰問した。

ぼくはただの元使用人でクレイマーは警視なんだから、答えるのはクレイマーだろうと思ったが、返事はなかった。ウルフが目の前で屋外に顔を出したので、仰天して口もきけないらしい。ウルフは一歩前に出た。「アーチー。わたしは質問したんだぞ」

ぼくは立ちあがっていた。「はい、聞こえていました。ミス・ホルト、こちらはウルフさんです。このかたはミス・ミラ・ホルトです。ぼくが家から出たとき、ちょうど彼女が階段をのぼってきたんです。面識はありませんでした。もうあなたの助手ではないと説明したら、あなたよりぼくのほうがいいと、相談を持ちかけられまして。金を払ってくれました。で、話し合いのため、ぼくらは腰をおろしたわけです。歩道の脇に運転手のいない、空のタクシーが駐まっていました。そのうちにパトカーが現れて停車し、警官がタクシーのなかでキャンバス地の布の下から女性の死体を発見したんです。警官がキャンバスをはいだとき、ぼくもその場で覗いていました。そのあと、ポーチに戻って、依頼人と一緒に座ったんですが、成り行きを見物していて、相談は一時棚上げに。すぐにクレイマー警視を含む、警官たちが到着しました。警視は手が回るようになるとここに来て、質問をはじめたわけです。ぼくはタクシーも、その中身についても、なにも知らないので、そう話しました。ミス・ホルトはタクシーを運転してここに来たのではない、乗車もしなかったと答えました。そして、名前と住所と職業を教えましたが、個人的な事柄についての質問には返答を拒否しました。例えば、ぼくになにを相談していたか、とか。その点は完全に彼女の気持ち次第だと説明しているときに、あなたが出てきたわけです」

ウルフは唸った。「なぜミス・ホルトを通さなかった？」

「ぼくの家じゃないからです。勤め先でもないし」

「意味がわからん。表側の応接室があるではないか。形式にこだわりたいのなら、依頼人との協議に使うことを、わたしから勧めよう。この騒ぎのなか、こんなところに座っているなんて、ばかばかしいにもほどがある。まだクレイマー警視に提供できる情報があるのか？」

「ありません」

「あなたはどうです、ミス・ホルト？」

ミラはぼくと並んで立った。「なにもありませんでした」そして付け加える。「見当もつきませんし」

「では、この騒ぎから退避なさい。なかへどうぞ」

クレイマーは声を出せるようになった。「ちょっと待て」とポーチまであがってきて、ぼくのすぐそばに立ち、ウルフをじっと見つめた。「よくできた話だ。できすぎだ。グッドウィンは辞職したと言っている。本当か？」

「そうです」

「なぜだ？」

「くだらん。ばかばかしすぎてお話にならない。おわかりのはずだ、クレイマー警視」

「そいつはミス・ホルトか、彼女が相談にやってきた内容と関係があるのか？」

「ありません」

「じゃあ、あんたの玄関の前に、タクシーが死体を乗せて駐まっていた事実と関係があるのか？」

「ない」

「ミス・ホルトが来ると知っていたのか？」

「知りません。明らかに、グッドウィン君も知らなかった」

「タクシーがここにあることを知っていたのか？」

「知らなかった。こっちは我慢して付き合っているのですよ、警視。あなたは理不尽な難癖をつけているのですから。グッドウィン君かわたし、もしくはミス・ホルトが、あなたをここへ呼び出した状況に関わりがあるとしたら、二人が漫然とこんなところに座って、あなたの襲撃を待っていると思いますか？　グッドウィン君のことは、わかっているはずだ。わたしのことも。来なさい、アーチー。依頼人も一緒に」ウルフは背を向けた。

ぼくはクレイマーに声をかけた。「供述書をタイプして届けるのは、大歓迎ですよ」そして、ミラ・ホルトの腕に触れ、彼女のあとから家に入った。ウルフは先に入ってしまっていた。

ドアを閉めて、鍵をかけると、ウルフが言った。「表の応接室には電話がない。必要になる場合も考えられるから、事務所のほうがいいだろう。わたしは自分の部屋へ行く」

「ありがとうございます」ぼくは丁寧に礼を言った。「ただ、ぼくらは裏口から出ていったほうがもっといいと思います。事情を説明したら、あなたもこの家に置いておきたいとは思わないでしょう。ミス・ホルトは、あのタクシーを運転してここに来たんです。ジュディス・ブラムという名前の彼女の友人が、ニューヨークに九十三人いる女性のタクシー運転手の一人で、ミス・ホルトに車を貸したんです。もしかしたら、ミス・ブラムに無断で、ミス・ホルトが使ったのかもしれません。ミス・ホルトは――」

「ちがう」ミラが口を挟んだ。「ジュディが使わせてくれたの」

「そうかもしれないな」ぼくは一歩譲った。「きみは天才的な嘘つきだから。最後まで言わせてくれよ。ミス・ホルトは空のタクシーを置いたまま所用である建物に入り、戻ってきたら、死体が乗っていたんです。女性で肋骨の間にナイフが突き刺さっていました。キャンバスはかけてあったのか、彼女がかけたのか――」

「わたしがかけたの」ミラが言った。「運転席のそばの、パネルの下にあったから」

「ミス・ホルトは冷静だったようですね」ぼくはウルフに言った。「ある程度までは。ミス・ホルトは警察に通報するわけにはいかなかった。友達と一緒に法律を破っただけじゃない、亡くなった女性に見覚えがあったんです。顔見知りでした。で、あなたとぼくに相談しにくることに決めたんです。ぼくと出くわしたのは、ポーチにあがる途中でした。友達とした賭けがどうのこうのと、口からでまかせを持ち出しましたが、その話は省略します。さっき言ったとおり、ミス・ホルトはある程度までは冷静だったんです。でまかせはばれればれだと、ミス・ホルトにはそれとなく伝えましたが、彼女が実際に口に出して認めたりしないようにしました。ですから、ぼくはクレイマーに嘘は言っていません。ただし、ミス・ホルトは嘘をつきました、それも上手に。とはいえ、そう長くは通用しないでしょう。ジュディス・ブラムが第三者にタクシーを使わせたことを否定することも考えられなくはないですが、遅かれ早かれ——」

「ジュディと電話で話そうとしたの」ミラは口を挟んだ。「でも、出なかった。車を盗まれたって説明してもらうつもりだったけど」

「邪魔しないでくれ。指紋って言葉を聞いたことがあるかい？　警察が調べているのに気づいたかい？　つまり、ぼくの依頼人は正真正銘の危険にさらされているわけです。ミス・ホルトがちゃんと説明してくれたら、もっと事情がわかってくるでしょう。肝心なのは、あの女性を殺したのはミス・ホルトなのか、です。そうだと思ったら、ぼくはさっさと手を引いていたでしょう。助かりそうにないからと、とっくにさじを投げていたと思います。ですが、ミス・ホルトは犯人ではありません。十対一の確率で、彼女はやりませんでした。もしやったとしたら——」

今度の邪魔は言葉ではなかった。ミラの唇がぼくの唇に押しあてられ、彼女の両手がぼくの耳をふさいだのだ。ミラがウルフの依頼人なら、こんなふるまいはウルフの機嫌を損ねるだけだから、すぐに突き放しただろうが、ミラはぼくの依頼人で、彼女の気分を害したところで意味がない。で、逆に肩を撫でてやった。ミラの気がすんでから、ぼくは先を続けた。

「ミス・ホルトがやったとしたら、死体を客にしたタクシーを運転してきて、あなたに、一歩譲って相手がぼくだとしても、友人と賭けをしたなんて寝ぼけた話を聞かせはしなかったでしょう。万に一つも考えられません。死体をどこかに投げ捨ててしまったと思います。これで二十対一。それから、一緒にポーチに座っていたときの観察の結果を加味すると、三十対一。で、彼女が払った報酬をまだ持っているわけです。それに……ちょっと待った」ぼくはポケットに手を入れて、ミラがくれた紙幣を出し、広げて数えた。二十ドル紙幣が三枚、十ドル紙幣が三枚、五ドル紙幣が一枚。二十ドル札二枚と十ドル札一枚をポケットに戻し、残りを差し出す。「お釣りだよ。五十ドルはもらっておく」

ミラはためらったが、受けとった。「あとでもっと払います、当然だけど。これからどうするつもりなの？」

「いくつか質問に答えてくれたら、計画がもっと見えてくると思う。すぐに答えてもらいたいのが、一つ。帽子はどうしたんだい？」

「持ってる」ミラは胸を撫でた。

「わかった」ぼくはウルフに向き直った。「じゃあ、ぼくらは出ていきます。親切な申し出には本当に感謝していますが、いつ何時クレイマーが玄関のベルを鳴らすかもしれないので。裏から出ます。ミス・ホルト、こっちへ」

「だめだ」ウルフがぴしゃりと決めつけた。「実にけしからん。あの五十ドルの半分を寄こせ」

ぼくは片方の眉をあげた。「なんのために？」

「わたしに払うためだ。きみはこれまで、数多くの問題でわたしに手を貸してくれた。今回はわたしがきみに手を貸せる。正義の騎士を気どっているわけではないぞ。わたしたちの長年に及ぶ関係が終わったなど、きみの自分勝手な決定を認めてはいないが、仮に終わったとしても、きみとわたしの声価は表裏一体だ。そして、きみの依頼人は苦境に陥っている。わたしはこれまで、きみの手助けなしに仕事をしようとしたことは一度もない。なぜきみはわたし抜きでやろうとしなければならないのだね？」

ぼくはにやりと笑いたかったが、ウルフは誤解するかもしれない。「わかりました」ぼくは報酬をしまったポケットから二十ドル札を一枚出し、自分の財布から五ドル出して、ウルフに渡した。ウルフは受けとり、背を向けて、事務所に向かった。ミラとぼくは、そのあとに従った。

どこに座るかが微妙な問題だった。ウルフのことではない。当然、机の奥にある特注特大椅子へ向かった。依頼人の席でもない。ウルフが指を一本動かし、自分と向かい合う赤革の椅子を指し示した。問題はぼくだった。ウルフの机に対して直角の位置にある机は、もうぼくの席ではない。黄色い椅子の一つに手をかけ、持ってこようとしたら、ウルフが嚙みついた。「いい加減にしないか。つまらない意地を張るのはよせ。仕事があるのだぞ」

ぼくはさっきまで自分の席だった椅子に腰をおろし、尋ねた。「進めていいですか?」

「もちろんだ」

ぼくはミラを見た。明るい光のなかで帽子を脱ぐと、泥沼に落ちてしまったとはいえ、うっとりするほどの美人だった。「まず」ぼくは口を切った。「ちゃんと確認しておきたい。あの女性を殺したのかい?」

「ちがう。殺してない!」

「わかった。話を聞かせてもらおうか。今回は規則その二、真実だ。ジュディス・ブラムはきみの友達なんだね?」

「そうよ」

「タクシーを貸してくれた?」

「そう」

「なぜ?」

「頼んだから」

「なぜ頼んだ?」

「それは……話が長くなるけど」

「できるだけ短くしてくれ。あまり時間がないかもしれない」

ミラなら二人座れそうな椅子に、彼女はちょこんと腰かけていた。「ジュディとは、知り合って三年になる。やっぱりモデルだったんだけど、性に合わなかったのね。ジュディはとっても自由気ままな子だから。相続した財産があって、一年くらい前にタクシーを買って免許をとった。気が向けば町を流すけど、若い娘の運転するタクシーに乗るのは洒落てるって思う固定客が何人かいて。わたしの夫もその一人。よく――」

「夫?」ウルフが追及した。「ミス・ホルトでしょう?」

「別居中なんです」ぼくは説明した。「離婚はしてませんが、旧姓を使ってるんですよ。ファッションモデルですからね。続けてくれ、でも、手短にね」

ミラは素直に従った。「夫の名前はウォルド・カーンズ。絵を描くけど、一枚も売ったことはありません。金持ちよ。出かけるときはよくジュディを呼ぶんだけど、昨日の夜わたしがジュディと一緒にいるときに電話をかけてきて、今夜八時に迎えに来てくれって言ったの。で、代わりに行かせてってジュディに頼んだ。話し合いをするために何か月も会おうとしてきたんだけど、向こうが承知しなくて。手紙を出しても返事をくれない。わたしが離婚を望んでるのに、あの人は反対だから。理由はきっと――」

「それはいい。続けて」

「ええと……タクシーを使っていいっていう話になって、今日の午後七時にわたしがジュディの家に行ったの。ジュディがガレージからタクシーを出してきて、わたしは帽子と上着を借りて、そのあと向かった――」

「彼女の家はどこ？」

「ボードン・ストリート、一七番地。グリニッチ・ヴィレッジよ」

「知ってるよ。そこでタクシーに乗ったのかい？」

「そう。で、フェレル・ストリートまで運転していったの。ヴァリック・ストリートの西で、下に――」

「場所はわかってる」

「じゃあ、その道が行き止まりなのは知ってるでしょ。突きあたりに近いところで、建物の壁に挟まれた小路があって、奥に小さな家があるの。そこが夫の家。一年くらいはそこで一緒に暮らした。着いたのが八時ちょっと前で、向きを変えて小路の真正面で待ってた。ジュディはいつもそこで待ってるって言ってたから。夫は来なかった。わたし、家には行きたくなかった。わたしだってばれたら、すぐにドアを閉めちゃうだろうし。でも、八時半になっても来なかったから、車から降りて、家のほうへ――」

「時間は間違いないかい？」

「ええ。時計を見たもの。当然でしょ」

「今は何時だい？」

ミラは手首を持ちあげた。「十一時二分」

「ぴったりだ。小路に入ったんだね？」

「そう。家のほうへ向かった。ドアには真鍮製のノッカーがあるけど、ベルはないの。ノッカーを鳴らしてみても、だれも出てこない。何度か鳴らしてみた。家のなかからラジオかテレビの音がかすかに聞こえたから、思い切り鳴らしてみた。かなり暗くて、帽子を目深にかぶっていたから、窓から見てわたしだとわかったはずはないのよ。もちろん、夫がモートンって呼ぶ使用人がラジオをかけていたのかもしれないけど、ちがうと思う。ノッカーの音を聞いたら、玄関に出てくるはずだから。結局あきらめてタクシーに戻って、乗りこむときに気づいたの。最初は夫のいたずらかと思った。でも、よくよく見てみたら、ナイフが目に入って、それから相手がだれだかわかったの。死んでた。目を背けて力一杯ハンドルを握っていなかったら、気絶したんじゃないかと思う。一度も気絶したことはないんだけど。運転席に座って――」

「死んでいたのは？」

「フィービー・アーデン。夫が離婚を望まないのは、フィービーのせいよ。間違いないと思う、最低でも原因の一つに決まってる。わたしと結婚したままなら、フィービーは結婚を期待できないでしょうから。他の女もね。でも、座っていたときは、そんなこと考えていなかった。どうしたらいいか、考えてたのよ。正解は警察を呼ぶことだってわかっていたけど、ジュディのタクシーを運転していたし、おまけに死んでいる人を知ってるって認めなきゃならなくなる。そうしたら、警察はフィービーと夫の関係を探り出すでしょうしね。どれくらい座っていたのかは、覚えてない」

「かなり長い時間だったはずだ。タクシーを降りて家に向かったのが、八時三十分。どれくらい車を離れていたんだい？」

「さあ。何回かノックをして、窓を覗いて、また何度かノックをしたから」ミラは考えていた。「最低でも、十分」

「じゃあ、きみは八時四十分にタクシーに戻った。現場からここまではせいぜい十分だ。で、着いたのが九時二十分だった。三十分も座りこんでいたのかい？」

「そうじゃない。わたし、フィービーを……あれを、タクシーから降ろそうと決めた。それで、パネルの下からキャンバス地の布を見つけだしたのよ。捨てるなら、どこか川岸が一番だと思って走ってみたけど、いい場所がなくて。二度、タクシーを探してる男の人にもつかまった。一度は、信号待ちで停まってるときにドアを開けられて、配達の途中だって断ったのに、勝手に乗りこまれそうになったの。だからどこかに、どこでもいいから、車を乗り捨てようと思った。電話ボックスに入って、ジュディにタクシーを盗まれたことにしてくれって頼もうとしたけど、出なかった。そのあと、ネロ・ウルフとあなたのことを思いついて、ここまで走ってきたの。賭けの話は来る途中に考えただけだったから、うまく仕上げる時間があまりなくて。しゃべってるうちに、自分でもいまいちだとは思ったんだけど」

「同感だね」ぼくは眉を寄せて、ミラを見た。「一つ、断っておきたいことがある。殺していないというきみの話は信じたけど、全部を鵜呑みにしたわけじゃない。例えば、離婚を巡る状況だ。本当はきみの夫がフィービー・アーデンと結婚できるからと離婚を望んでいて、きみが渋ったのなら、事情は変わってくる」

「ちがいます」ミラも眉をひそめて、ぼくを見た。「あなたには本当のことを話したのよ。一言残らずね。外では嘘をついたけど、今そんなことをしたら、自分の首を絞めるようなものでしょ」

「まさにそのとおりだ。ジュディ・ブラムとはどれくらい親しいんだい？」

「ジュディは一番の友達よ。ちょっと無鉄砲だけど、好きなの。とっても好きなのよ」

「気持ちが通じているという自信はある？」

「あります」

「お祈りをしたほうがいいと思うよ」ぼくはウルフに向き直った。「この事件の捜査を手伝ってくれているわけですし、ぼくは心から感謝していますので、意見を一致させておくべきだと思います。ミス・ホルトが犯人でないという見かたを承認してもらえますか？」

「作業仮説としてなら、結構だ」

「では、ミス・ホルトがタクシーを運転することを知っていた人物が、フィービー・アーデンを殺したと考えるのが妥当じゃありませんか？　カーンズは姿を見せず、ミス・ホルトをタクシーから引っ張り出し、家のなかでラジオもしくはテレビをかけっぱなしにしていたんですよ？」

「疑わしいが、間違いなしとは到底言い切れない。とっさの犯行だった可能性もある。あのありがたくないお客は、ミス・ホルトではなく、ミス・ブラムが狙いだった可能性も」

ぼくはまたミラに目を向けた。「ジュディ・ブラムときみの夫は、どの程度親しいんだい？」

「親しい？」しかめ面がずっと続いているようだ。「親しくなんかないわよ。つまり、異性としてはね。ジュディはどんな男性も異性として近づかせたことなんか、ないんじゃないかしら。夫のほうは、ちょっかいを出したかも。きっとそうだと思う」

「ジュディにフィービー・アーデンを殺す動機はある？」

「まさか」

「ジュディがきみに内緒できみの夫と親しくなりたいと思って、フィービー・アーデンが邪魔になった、そうは考えられないかな？」

「どんなことでも起こりうるって言いたいんなら、なくはないと思う。ただ、わたしは信じないけど」

「ぼくのウルフさんへの質問と、ウルフさんの答えは、聞いたね。ぼくはやっぱり、殺人犯がだれであれ、きみが現場までタクシーを運転していくことを知っていたと思う。ジュディ・ブラムがだれかに話したっていう可能性は、絶対にある」

「そうね、可能性はあるけど、わたしは信じない。ジュディはそんなことしない。そんなことしようとするはずがないのよ」

「きみがだれかに話したっていう可能性もある。どうだい？」

ミラの唇がぴくりと動いた。二度。二秒後。「いいえ」

「嘘だな。礼儀を気にしている暇はない。今のは嘘だ。だれに話した？」

「名前は教えられない。わたしが話した相手はやれない……なにもやれない人よ。この世には不可能なことだってあるの」

「だれ？」

「だめよ、グッドウィンさん。絶対に」

ぼくは二十ドル札一枚と十ドル札一枚をポケットから出して、自分の財布から二十ドル抜き、立ちあがって、ミラに歩みよった。「きみの五十ドルだ」ぼくは告げた。「手を引くよ。裏口から帰ってかまわない」

「でも、その人にはできないって言ったでしょ！」

「だったら、その人物はなんともない。ぼくは噛みついたりしないよ。ただし、選択肢は二つ。きみがしたことを全部把握するか、お別れか」

また、ミラの唇がひきつった。「本当にそんなことを？　あっさり見捨てるつもり？」

「それはそうだ。そうするよ。残念だけど、今後の幸運を祈る」

ミラは息を吐いた。「昨日の夜、友達に電話をして、そのときに話した。名前はギルバート・アーヴィング」

「友人以上の付き合い？」

「いえ。ギルバートは結婚してるし、わたしだってそうよ。ただの友達、それだけ」

「アーヴィングはきみの夫を知ってるのかい？」

「ええ。何年も前からお互いに知ってはいるの。ただ、決して親しいわけじゃないけど」

「フィービー・アーデンは知っていたかい？」

「顔は知っていたけど、知り合いじゃなかった」

「タクシーを運転していくって計画を話した理由は？」

「どう思うか、意見を聞きたかったの。ギルバートはとても……とっても頭のいい人で」

「で、先方の意見は？」

「ばかげてるって。正確に言うと、ばかじゃなくて、無駄だって言ってた。夫が耳を貸すはずがないって。グッドウィンさん、正直なところ、こんな話こそばかげてる。絶対にありえな――」

玄関のベルが鳴った。三歩動いてから、もうこの探偵事務所で働いていないことを思い出したが、つまらない意地を張りたくないので、そのまま廊下に出て、玄関ドアのマジックミラーを見た。男と女が一人ずつ、ポーチに立っている。クレイマー警視は一目でわかったが、女のほうはもう少し細かく観察する必要があったので、玄関に近づいてみた。それでも決定的ではなかった。タクシーの車内にあった女性運転手の写真を見たときは薄暗かったから。ただ、ちゃんとわかった。女はジュディス・ブラムだった。

第五章

決めるのは、ぼくだった。これはぼくの事件で、ウルフはただの助手なのだから。ただ、ウルフは何度もぼくの意見を聞いたことがあったし、お返しをしても悪くないだろう。そこで、事務所の戸口に戻った。「クレイマーとジュディ・ブラムです。ぼくは――」

「ジュディ！」ミラが叫んだ。「ジュディが来たの？」

ぼくは無視した。「ぼくはミス・ホルトと逃げ出して、二人はお任せしましょうか？」

ウルフは目を閉じた。三秒後、目が開いた。「わたしは賛成ではないが、決めるのはきみだ」

「じゃあ、死なばもろともで。どっちみち、ジュディには会いたかったんです。そこから動かないでくださいよ、ミス・ホルト。簡単で必要最低限の嘘を死守するんです、ぼろが出ない限りはね」

向きを変えたとたん、もう一度ベルが鳴った。ぼくは玄関に行き、チェーンをかけた上で、限度一杯の二インチ分、ドアを開けた。そして、隙間から声をかける。「ぼくにご用ですか、警視？」

「入りたい。ドアを開けろ」

「警視は大歓迎ですが、知らない人はそうはいきませんね。そちらの女性は？」

「名前はジュディス・ブラム。車の所有者で運転手の――」

「ミラ・ホルトに会いたいのよ！」ジュディの声は真剣そのものだった。「ドアを開けなさい！」

ぼくはチェーンをはずしたが、ドアを開ける必要はなかった。ジュディが手間を省いてくれたのだ。チェーンがはずれたとたんに入ってきて、廊下を走っていってしまった。それを見たクレイマーは追いかけようと、ぼくを軽く押した。が、ぼくは身構えていたので、警視は反動でバランスを崩し、一歩よろめいた。その隙にドアを閉め、事務所の戸口で警視に追いついた。ぼくらが入っていくと、ジュディは赤革の椅子の肘掛けに腰をおろし、ミラの肩を抱いて、あれこれまくしたてていた。クレイマーがその腕をつかんで怒鳴ったが、ジュディは知らん顔だった。

「――そうだって答えたのよ。あなたが帰ったとき、まだタクシーは家の前にあったかもしれないけど、乗っていったりするはずがないって。どっちにしても――」

クレイマーはジュディを抱きあげるように椅子からおろし、自分のほうを向かせた。その際、ジュディは空いた手を振りかざして、警視の顔をひっぱたいた。クレイマーもだてに警視ではなく、ふらついたりはしなかったが、音響効果は抜群だった。ジュディは警視の手を振り払い、睨みつけた。ジュディの離れ気味の大きな茶色い目は、睨むのにもってこいだった。なんだか見覚えがあるような気がしたが、勘違いだった。ただの昔の思い出だ。オハイオにいたときの、七年生のクラスメート。ついキスをしたら、その子はぼくの耳を算数の教科書でぶん殴ったのだ。もう結婚して、五人の子供がいる。

「今のは褒められた行為じゃないな、ミス・ブラム」クレイマーは四角張って言った。「警官を殴るのは」そして黄色い椅子を持ってきて、くるりと向きを変えた。「さあ、ここに座れ」

「自分の好きな場所に座るわよ」ジュディはまた赤革の椅子の腕にちょこんと腰をおろした。「警官が市民に手荒なまねをするのは、褒められた行為なの？　タクシー運転手の免許をとるとき、法律を勉強したのよ。あたしは逮捕されてるの？」

「いや」

「じゃあ、触らないで」ジュディの頭が向きを変えた。「あなたがネロ・ウルフ？　ずっと大きいのね」なによりずっと大きいのかは、説明しなかった。「ジュディ・ブラムよ。あなたはわたしの友達、ミラ・ホルトの代理人？」

ウルフがジュディに向けた目は、半分閉じていた。「『代理』というのは適切な言葉ではありませんな、ミス・ブラム。わたしは探偵であって、弁護士ではありません。ミス・ホルトがグッドウィン君を雇い、グッドウィン君がわたしを助手として雇ったのです。ミス・ホルトを自分の『友達』だと言いましたな。あなた自身はミス・ホルトの友人ですか？」

「そうよ。だから、知りたいの。ミラはあたしの家を七時半くらいに出ていった。一時間くらい後、あたしも約束があって、家を出た。タクシーは家の前に駐めておいたけど、なくなってた。ただ、あたしは――」

「そこまでだ」クレイマーがぴしりと決めつけた。クレイマーは黄色い椅子に座り、ぼくは自分の机にいた。「しゃべるのはこっちでやる」

ジュディは声を大きくしただけだった。「あたしはガレージの係員が来て、車を持っていったと思ったのよ。そういうふうに取り決めてあって――」

「黙れ！」クレイマーが怒鳴った。「じゃないと、黙らせてやる！」

「どうやって？」ジュディが言い返した。

そこが問題だった。クレイマーには選択肢がいくつかある。ジュディの口に手をあてる、抱えあげて外に出す、外にいる屈強な大男の警官を二人ほど呼びつける、鈍器で殴りつける、撃ち殺す。どれも問題点がある。

「失礼」とウルフが割りこんだ。「一本とられたようですな、クレイマー警視。ミス・ホルトにいきなりミス・ブラムをぶつける。たしかに、やってみたくなる。が、あなたはミス・ブラムの気性の判定を誤った。結果、八方ふさがりだ。あなたが狙っているような、証言の齟齬《そご》は期待できませんな。ミス・ブラムがなんと言ったか確かめる前に、あれこれ細かいことを話すようなら、ミス・ホルトはばかだ。だからといって、必ずしもこの二人のどちらかが犯人だと示唆することにはならない。その辺はよくご承知でしょうが」

クレイマーの声がしゃがれた。「質問には一切答えるなと、ミス・ホルトに勧めてるんだな」

「わたしが？　もしそうなら、うっかりしましたな。むろん、今あなたご自身が答えないほうがいいと明示したわけですがね。もう選択肢は二つしかなさそうです。ミス・ブラムに最後まで説明を続けさせるか、この場から連れ出すか」

「三つ目もある。そっちのほうが好みだな。ミス・ホルトをこの場から連れ出す」クレイマーは立ちあがった。「来るんだ、ミス・ホルト。フィービー・アーデン殺害に関して尋問するので、同行してもらう」

「ミラは逮捕されたの？」ジュディが追及した。

「いや。しかし、口をきかないなら、そういうことになる。重要参考人としてな」

「そんなことできるの、ウルフさん？」

「できます」

「令状なしで？」

「場合によっては」

「来るんだ、ミス・ホルト」クレイマーが怒鳴った。

ぼくは歯を食いしばって、座っていた。クレイマーだろうと他の警官だろうと、この事務所で自分の依頼人を逮捕させるくらいなら、ウルフは一食抜くほうを選ぶだろう。それを防ぐために、目を見張るような奥の手を使うのを、ぼくは何年間も見聞きしてきた。ただ、ミラはぼくの依頼人なので、ウルフは瞬き一つしなかった。たしかに、今回は奥の奥の手が必要だったのは認めるし、それを考えるのはぼくで、ウルフではなかった。とはいえ、報酬は山分けしたじゃないか。ぼくは歯を食いしばったまま、座っていた。ミラは席をたち、ジュディはなにやらまくしたてていた。クレイマーがミラの腕に触れ、二人がドアに向かう。そのとき、ぼくは我に返り、自分の——以前は自分のだった——メモに走り書きをして、その一枚を破りとって廊下に出た。クレイマーはドアノブに手をかけていた。

「電話番号だ」ぼくはミラに言った。「二十四時間対応だよ。規則その三を忘れないで」

ミラはメモを受けとった。「忘れない」そして、外へ出た。くっつくようにクレイマーも出ていった。ドアを閉める前に見たら、投光器とタクシーはまだ現場にあった。

事務所に戻ると、ウルフは目を閉じて椅子にもたれていた。ジュディ・ブラムが立ったまましかめ面を向けている。そのしかめ面をぼくに向け、ジュディが訊いた。「ベッドに連れていったらどうなの？」

「重すぎるよ。ミラがきみのタクシーで旦那の家に行くことを、何人くらいにしゃべったんだい？」

ジュディは二呼吸の間、まっすぐぼくを睨みつけていたが、赤革の椅子に近づいて、腰をおろした。

ぼくは近くにいたかったので、黄色の椅子に座った。

「あなたはミラのために働いてるんだと思ったけど」ジュディは言った。

「そうだよ」

「そんなふうに聞こえない。ミラはあたしのタクシーを運転したりしなかった」

ぼくは首を振った。「考えてみてくれよ。洗いざらい打ち明けてもくれないのに、ミラのために働いたりするとでも？　カーンズが今晩八時の迎車を電話で頼んできたことを、きみは昨日ミラに話した。で、ミラは代わりに行かせてくれと頼んだんだ。離婚について話し合いがしたかったから。そのことを、何人に話したんだい？」

「だれにも。ミラが洗いざらい話したのなら、残りはどんななのか聞かせてよ？」

「本人に会ったときに、直接訊いてみてくれ。フィービー・アーデンを殺したのは、きみかい？」

ジュディの目がきらりと光った。ぼくが手の届く範囲にいたら、ひっぱたかれていただろう。「呆れた、そういうつもりなの」ジュディは言った。「棍棒を持ってくれば。髪の毛をつかんで引きずり回したらいいでしょ」

「とりあえず、お預けにしておくかな」ぼくは身を乗り出した。「いいかい、ミス・ブラム。癇癪は一休みさせて、頭を使ってくれないか。ぼくはミラ・ホルトのために働いているんだ。ミラがどこでなにをしたか、今晩七時から一分ごとに正確に把握している。ただ、それを教えるつもりはない。フィービー・アーデンという女性の死体がきみのタクシーで発見されたことは、もちろん知っているね。ぼくにはミラが犯人じゃないって自信はあるけど、たぶん起訴されるんじゃないかと思う。殺人犯がミラに罪を着せようとしたかどうかは自信がないけど、どうもそうらしい。だから、ミラの行動を殺人犯にしゃべったりしたら、救いがたいばかってことになる。ちがうかい？　頭を使って答えてくれ」

「そうね」ジュディはぼくの視線を受けとめた。

「それでいい。きみを容疑者候補からはずせる、立派な根拠を示してくれ。きみがぼくだったら、納得できるような根拠だ。ミラは納得していた、当たり前だけどね。だけど、ぼくが納得できる理由は？」

「だって、そんな話そもそも……」ジュディは言葉を切った。「だめね、あなたは知らないんだから。わかった。でも、あたしの腕をねじりあげようとしたりしないでよ。お返しのしかたは心得てるんだから」

「よければ、これ以上近づかないでおくよ。きみはフィービー・アーデンを殺したのか？」

「いいえ」

「だれがやったか、知っているかい？」

「いいえ」

「心あたりは？　思いつくことはないかい？」

「ある。ていうか、事情がわかれば、あるわよ。いつ、どこで殺されたとか。フィービーはウォルド・カーンズと一緒に家を出て、タクシーまで来たの？」

「いや。カーンズは出てこなかった。ミラは会ってない」

「それなのに、フィービーは来たの？」

「生きて、じゃない。ミラが見つけたとき、フィービーは死んでいた。タクシーのなかで」

「だったら、あたしの考えじゃ、ウォルドね。お上品なサル。ちょっと、あんたって頭の使いかたをあんまりわかってないのね。ミラが運転しているときに、あたしが自分のタクシーのなかでフィービーを殺したとしたら、あんたの知ってることくらい、いえ、あんた以上のことを先刻承知のはずでしょ。ちゃんと説明したらどうなのよ？」

ぼくはウルフを見た。ウルフはさっきから時折目を開けていた。そして唸り声をあげた。「頭を使えと言ったのは、きみだ」とぼそりと言う。

ぼくはジュディに戻った。「これなら間違いなく知っているだろうね。ミラは夫の家に八時前に着いて、家の前に駐車した。八時半になってもカーンズが現れなかったので、家に行き、十分間ノックをしたり、窓を覗きこんだりしていた。タクシーに戻ったら、車内に死体があった。ミラは一切カーンズを見ていない」

「だって、そんなこと」ジュディが眉をあげ、両手を上に向けた。「だったら、死体を捨てればいいだけの話でしょ！」

「きみとは性格がちがうんだよ。ミラは――」

「こんなとこまで、乗せたまま運転してきたの？　あんたなんかに相談するために？」

「もっとまずいことをしでかしていたかもしれない。本当を言うと、そうしようとしたんだ。きみなんかに電話をした。ただ、応答はなかった。カーンズに対するきみの意見は？」

「あいつがフィービーを殺したのよ」

「じゃあ、一件落着だ。理由は？」

「さあね。捨てようとしたら、しがみつかれたのかも。フィービーがこっそり浮気したとか。それとも、たちの悪い風邪をひいたんで、カーンズはうつされるのがいやだったのかもね。で、ミラに仕返しをするつもりで死体をタクシーに置いたのよ。ミラは昔、面と向かって本当のことをカーンズ本人に言ったもんだから、憎まれてるの」

「フィービーのことはよく知ってるのか？　どこのだれなんだ？」

「いやと言うほど知ってるわよ。そこらをぶらついてる、三十歳の未亡人。いろいろ考えてみると、あたしが殺してたかもしれないわね。一年くらい前、あたしのことをあれこれ言いふらしはじめたもんで、首の骨を折ってやったの。ま、完全にじゃないけど。一週間の入院」

「それで、治ったのかい？　つまり、あれこれ言いふらして歩く癖は」

「そうね」

「きみに関する問題を片づけたほうがいいだろう。ウルフさんへの説明じゃ、ミラ・ホルトは七時半頃きみの家を出て、だいたいその一時間後にきみは約束があって出かけたと言ってたね。じゃあ、八時十五分には家を出ていたかもしれない」

「否定はできないけど、そうじゃなかった。タクシー運転手の集会で講演をすることになっていて、十四丁目にあるミッチェル・ホールまで徒歩で行ったのよ。で、九時五分前に着いた。集会のあと、歩いて家に帰ったら、二人の警官が待ちかまえていたわけ。気のきかない人たちで、いきなりあたしのタクシーはどこにあるかって訊くんだもの。ガレージにあると思うって答えておいた。そうじゃなくて三十五丁目にある、そこまで来て確認してほしいって言うから、当然来たのよ。そうしたら、話には出なかった死体の確認までさせられて。あのクレイマー警視っていう人、頭が悪いの？」

「いや」

「そうだと思った。ミラ・ホルトを知ってるかって訊くから、もちろん知ってるって答えたの。最後に会ったのはいつだって質問するから、それにも答えた。なにが起こったか全然わからないから、そうするのが一番安全だと思ったのよ。だけど、ミラに車を使っていいとは言ってないし、無断で乗っていくはずがないって話したけど。これで片づいた？」

「出だしとしては結構だよ。ギルバート・アーヴィングとは、どの程度の付き合い？」

ジュディは呆気にとられた。口を開け、離れ気味の大きな茶色の目を見張る。「あたしの耳はちゃんと聞こえてるのかしら？」と訊き返す。「ギルバート・アーヴィングって言った？」

「合ってるよ」

「だれがその名前を持ち出したの？」

「ミラが話したんだ。どの程度の付き合いだい？」

「とってもよく知ってる。あたし、岩の上にライオンが立っていて、今にもこっちに飛びかかってきそうな夢を見るけど、そのライオンはギルバートじゃないかって気がしてるの。もし、わたしの潜在意識が彼に憧れを抱いているなら、潜在意識は顔を洗って出直してきたほうがいいと思う。第一の理由、ギルバートは既婚者で奥さんには爪があるから。第二、ミラを見たり、声を聞いたりすると、ギルは震えださないように、なにかに寄りかからなきゃならなくなるから。そのことも、ミラは話した？」

「いや。いったいだれなんだい？　なにをしている人？」

「ウォール・ストリートでなにかやってるみたい。そんなふうにはみえないけど。どうしてミラは、ギルバートを持ち出したりしたの？」

「ぼくが口を割らせたからさ。昨日の夜、ミラはアーヴィングに電話をかけて、きみのタクシーを運転する予定と、その理由を話したんだ。彼の意見を聞きたかったらしい。アーヴィングにフィービー・アーデンを殺す動機がありそうなら、どんなものか教えてもらいたいな」

ジュディは答えようと口を開けたが、代わりに笑うことにしたらしい。くすくす笑いではなく、声をあげて笑っていた。

ぼくは片方の眉をあげ、「潜在意識にのっとられたのかい？」と訊いた。

「そうじゃないけど」ジュディはまじめな顔になった。「我慢できなかったのよ。ふっと思いついたの。そう、ギルが殺したのよ。ミラの夫が裏切り行為をしていると思って、堪えられなかった。女としてのミラに対する侮辱だから。それで、フィービーを殺したんだわ。笑ったわたしが悪いと思う？」

「いや。ぼくも余裕ができたら笑うだろうね。他に思いつかないかい？　笑えないような、動機は？」

「ないに決まってるでしょ、ばかばかしい。いつまでこんな話をしてるのよ？　あたしは片づいた？」

ぼくはウルフを見た。ウルフの目は閉じていた。「とりあえず結構だ」と告げる。「ぼくがなにか質問をし残したと、ウルフさんが考えない限りは」

「考えなんて、あるわけないでしょ。寝ながらしゃべることはできても、考えるなんて無理よ」ジュディは立ちあがった。「これから、どうするつもりなの？」

「殺人犯を見つけて、その男に揺さぶりをかけてやるつもりだ。女かもしれないけど」

「こんなとこに座ってちゃ、できないわよ。かまわないで、玄関くらい一人で行けるから。ウォーリー・カーンズのところへ行って、一戦挑んだらどう？　付き合うわよ」

「ありがとう、こっちでなんとかするよ」

「あの警視、ミラをどこに連れてったの？」

「西二十丁目二三〇番地の西署の殺人課か、レナード・ストリート一五五番地の地方検事局のどっちかだろうね。先に二十丁目をあたってみるといい」

「そうする」ジュディは背を向け、出ていった。ぼくは送り出そうとあとを追ったが、ジュディは足が速く、小走りでなければ追いつけなかった。玄関まで来たときにはもう、ジュディはドアを開けたあとだった。ぼくはポーチに出て、ジュディが歩道におりて西に向かうのを見送った。投光器、ロープ、パトカーはなくなっていた。ジュディのタクシーも。家に入ってドアを閉め、腕時計を見たら、十二時五分過ぎだった。事務所に戻ると、ウルフは目を開けて立っていた。

「さっきは」ぼくは声をかけた。「ジュディになにか訊きたいことがあって、ぼくがまだ訊いていないようであれば、指摘してくれると思ったのですが」

「当然だろう」

「なにか感想は？」

「ない。就寝時間だ」

「そうですね。あなたはこの事件には手を貸してくれていますし、それはありがたいことなので、ぼくはこの家で休んだほうがいいでしょう。よければ、ですが」

「もちろんだ。あのベッドはきみの所有物だ。一つ提案がある。朝になったら、きみはきっと現場を見て、カーンズ氏に会うつもりだろう。カーンズ氏にはわたしも会っておいたほうがいいと思うが」

「同感です。提案、ありがとうございます。もし、警察がカーンズをダウンタウンに引っ張っていっていなければ、十一時にここへ連れてきます」十一時にしたのは、ウルフの面会開始時間だったからだ。ウルフは午前中二時間、屋上で蘭の世話をして、十一時に事務所におりてくる。

「十一時十五分にしてくれ」ウルフは言った。「それまではアンダーソン氏との先約がある」

ぼくは口を開けて、いったん閉じた。「電話をしなかったんですか、来るなって?」

「その逆だ。来るようにと電話をかけた。よくよく考えてみたが、今回はわたしが至らなかった。きみはわたしの代理人として雇われている。きみが約束した以上、わたしにはその約束を守る義務がある。拒絶するべきではなかった。仮にきみの規則からの逸脱が許容範囲を超えたとみなしたのなら、約束をきちんと履行した上できみを解雇すべきだった」

「わかりました。つまり、ぼくに辞職されるくらいなら、自分で首にしたいというわけですね」

「『仮に』と言っただろう」

ぼくは肩をすくめ、元に戻した。「ちょっとややこしいことになりましたね。仮にぼくが辞めてしまったら、あなたはぼくを解雇できない。まだ辞めていないのなら、まだ雇われていることになりますから、ミス・ホルトをぼくの依頼人にするのは職業倫理に反することになる。それだけじゃなく、本来あなたが給料を出してぼくにさせている仕事を、あなた自身が手伝って、ぼくから金を受けとるのも本末転倒ですね。もしさっきの二十五ドルを返すなら、ぼくもミス・ホルトに五十ドルを返しますよね、その場合ぼくはいったん受け入れた依頼人、崖っぷちに追い詰められている無実の人間を見捨てることになる。言語道断の行為です。どうやらぼくたち自身も八方ふさがりの状態に陥ってしまったようじゃないですか、ぼくにはさっぱり――」

「いい加減にしないか」ウルフは吠えた。「もう寝ろ！」そして、足音荒く出ていった。

第六章

火曜の朝八時十五分には、ミラ・ホルトが拘置所に入れられていることを、ぼくは重々承知していた。三つのちがう情報源から、それぞれ知らせがあったのだ。七時二十分、ジュディ・ブラムが電話をしてきて、ミラが逮捕された、これからどうするつもりかと言った。容疑者に自分の計画を話すのはまずいと答えると、切られてしまった。七時四十分には『ガゼット』紙のロン・コーエンが電話してきて、ネロ・ウルフの助手を辞めたというのは本当か、もし本当ならそんなところでなにをしているのか、ミラ・ホルトはぼくの依頼人か、もし依頼人ならブタ箱でなにをしているのか、フィービー・アーデンを殺したのか、殺していないのか、と問い合わせてきた。ロンはこれまで何度も力になってくれたし、また力を借りることもあるだろうから、ぼくはオフレコですべて説明した。なにも答えられない理由を。そして八時には、ミラ・ホルトがフィービー・アーデン殺害事件の重要参考人として勾留されていると、ラジオが報じた。

ロンもラジオも役に立ちそうなことはなにも教えてくれなかったし、朝刊も同じだった。『スター』紙はウルフの家の前に駐まっているタクシーの写真を掲載していたが、ぼくは直接見ている。死んだフィービー・アーデンの服装も説明されていたが、ぼくに必要なのは犯行時の殺人犯の服装の説明だった。もう一つ、ナイフの特徴も詳しく書かれていた。刃渡り五インチのありふれた台所用ナイフで、柄はプラスチック。ただ、ナイフの出所の追跡とか、柄からの指紋の検出とか、お決まりの作業で答えが出るとしたら、答えを手に入れるのはクレイマーの部隊であって、ぼくじゃない。

電話を一度、アンダーソンにかけた。ウルフが事件で手一杯なので、約束を延期してもらえないかと頼んだのだ。アンダーソンは、急がないからかまわない、と言ってくれた。ウルフの朝食はフリッツが部屋まで運んでいくので、ウルフが十一時に事務所に来るまでぼくと顔を合わせることはほとんどない。そこで、メモを机に置いておいた。もう一本、弁護士のナサニエル・パーカーに電話をかけたい気がしたが、やめておいた。ミラを保釈させるには、ぼくが受けとった報酬五十ドルの約十倍はとられるだろうし、特に急ぐ理由もない。免許もなしにタクシーを運転してはいけない、という教訓になるだろう。

八時十五分に家を出て、タクシーをつかまえに九番街へ向かった。八時半にはカーマイン・ストリートとフェレル・ストリートの交差点でタクシーを降り、突きあたりまでフェレル・ストリートを歩いてみた。ミラがタクシーを離れていた間に――十分間としよう――なにが起こったかについては、二つしか考えようがない。殺人犯は既にフィービー・アーデンを殺害していて、死体を持ちあげるか引きずるかして、タクシーに乗せた。殺人犯はフィービーと一緒に車に乗りこみ、そこで殺害した。後者のほうが、脈ありのようだ。死んだ女を運ぶより、生きている女を連れてタクシーに行くほうがずっと時間の節約になる。おまけに、こんなふうに往来のまれな場所で日が落ちていたとはいえ、人目につく危険もずっと少ない。ただし、どちらにしても、二人は近くから来たはずだ。

最初に考えた候補はカーンズの家だったが、除外するのに五分しかかからなかった。家に通じる小路は壁に挟まれていて、その出入り口にミラが車を駐めていたし、他に家から通りへ出る道はない。

小路の左側は塀に囲まれた材木置き場で、右側は古ぼけた二階建ての倉庫だった。どちらを調べても、隠れるのに理想的な場所とは言いがたい。が、小路を出た通りの向かい側に、もってこいの場所があった。野ざらしになっている石材店の資材置き場だ。原石や鑿《のみ》を入れて磨かれた石が、点々と散らばっていたり、まとめて置いてあったりする。歩兵中隊まるまる全部でも隠れられただろう、殺人犯と被害者ぐらいはなんでもない。ミラはフィービーを殺さなかったと、もう心に刻んでいたが、この石切場を見ると目の前が明るくなったような気がした。もし手近なところに隠れられる場所が一切なかったら……。石切場には三人の男がいた。二人は石のことを話し合っている最中で、もう一人が鑿を使っていた。それでも、夜八時にはいないだろう。ぼくは通りをまた渡って、小路に入り、そのまま進んでいった。

驚いたことに、カーンズは庭を持っていた。四十フィートかける六十フィートぐらいの結構な広さで、花が咲き乱れ、噴水つきの小さな池があり、敷石の小道が白塗りにした煉瓦造りの二階家の玄関まで通じている。マンハッタンにこんな場所があるなんて、知らなかった。マンハッタンなら知っていると思っていたのに。灰色のシャツに青いジーンズの男が一人、花の間に膝をついていた。ぼくは敷石の小道を半分ほど進んだところで足を止め、声をかけた。「ウォルド・カーンズさんですか？」

「そう見えるかい？」相手が訊き返した。

「そう見えるとも、見えないとも言える。モートンさんかな？」

「あたりだ。あんたは？」

「グッドウィンだ」ぼくは家へ向かおうとしたが、男に止められた。「だれもいないよ」ぼくは振り返った。

「カーンズさんはどこに？」

「さあ。しばらく前に出かけたよ」

「いつ頃戻るかな？」

「わからんね」

ぼくはがっかりしたふりをした。「電話をしておけばよかったな。絵を買いたかったんだよ。昨日の夜八時半頃にも来て、ノッカーを鳴らしたんだが、だれも出なかった。ラジオかテレビの音が聞こえたもんで、かなり大きな音で鳴らしたんだけどね」

「テレビだよ。おれが見てた。ノックの音は聞こえたよ。カーンズさんが留守のときは、夜にドアは開けないことにしてる。このあたりには物騒なやつもいるんで」

「そういうことなら、しかたない。きっと入れ違いになったんだな。昨日の夜、カーンズさんは何時に家を出たんだい？」

「留守だったんだから、出かけた時間なんてどうでもいいだろ？」

完全に理屈が通っている。モートンにとってだけでなく、ぼくにとっても。ミラがタクシーに乗ってきたとき、カーンズが留守だったのなら、何時に出かけたのかはどうでもいい。もう一つ、連れはいたかと質問したいところだったが、モートンの目つきからして、またしても理屈をこねられそうだった。で、やめにして、出直してくると言って、その場を離れた。

もうこのあたりをうろついても、意味はなさそうだった。カーンズが呼び出しを受けて地方検事局に出頭している可能性は、かなり高い。そうなれば、いつ戻ってくるか見当もつかない。ギルバート・アーヴィングの勤務先の住所は電話帳で調べてあった。ウォール・ストリートだ。とはいえ、こんなに朝早く訪ねても、無駄足だろう。ただ、自宅の住所もわかっていた。東七十八丁目だから、家を出る前に会えるかもしれない。で、ぼくはフェレル・ストリートをとっとと歩いて文明の領域に戻り、タクシーをつかまえた。

九時十五分に、ぼくは七十八丁目のマンションの前でタクシーを降りた。庇つきの入口にドアマンもいる、賃貸用の豪華なマンションだった。ロビーにはお仕着せ姿の守衛がもう一人いて、すぐに飛んできた。ぼくは言った。「ギルバート・アーヴィングさんを。ミス・ホルトの友人が来たと伝えてくれ」守衛は電話をかけてから戻ってきた。「十四のBです」そして、ぼくがエレベーターに向かって乗りこむまで、鷹のような目で見張っていた。十四階で降りると、エレベーター係がそのまま残って、ぼくが呼び鈴を鳴らし、ドアが開いて招き入れられるまで監視していた。

出迎えたのは、メイドでも、執事でもなかった。お仕着せ姿ならメイドでも通ったかもしれない女性だったが、長いひらひらした、地模様入りの絹の服では、そうは見えなかった。きっと朝食用のガウンとかいう代物なんだろう。ぼくの帽子を預かろうという申し出はなく、「こちらへ」と声をかけて、廊下を先に立って進んでいく。アーチ型の入口から、カーンズの庭の半分くらいの広さの部屋に入り、彼女は隅のほうにある椅子の一つに座って、ぼくに別の椅子を勧めた。

ぼくは立ったままでいた。「入口の守衛に話がちゃんと伝わっていなかったようで」と切り出す。

「ギルバートさんに会いたかったのですが」

「存じてます」彼女は答えた。「留守ですの。わたしは妻です。夫婦でミス・ホルトとは親しくしていまして、今回の恐ろしい……大変な事態については、心を痛めています。あなたもミス・ホルトのお友達とか？」その声を聞いて、ぼくはびっくりした。全然似合わない。ミセス・アーヴィングは細身だが背はそれほど高くなく、小さな丸顔にちょっと口角のあがった口元をしている。それなのに、女巡査を連想するような野太い声だったのだ。ジュディ・ブラムが話していた爪の気配はなさそうだったが、爪は引っこめておける。

「つい最近、友人になりまして」ぼくは答えた。「知り合ってから十二時間です。朝刊を読んでいればご存じかもしれませんが、警官がタクシー内の死体を発見したとき、ミス・ホルトはネロ・ウルフの家のポーチでアーチー・グッドウィンという男と一緒に座っていました。ぼくがグッドウィンです。真実を見つけるために、ミス・ホルトに雇われたんです」

ミセス・アーヴィングは足をきちんと隠すように、ガウンを直した。「ラジオでは、ネロ・ウルフを雇ったと言ってましたが。その家で逮捕されたとか」

「そこに技術的な問題がありまして。目下ウルフさんと二人がかりで事件を捜査しているんです。ぼくは情報を持っている可能性のある人物をあたっているところで、ご主人も候補者リストに載っているんですよ。今は勤務先ですか？」

「そう思います。いつもより早く出ました」足は無事で、足首より上はすっかり隠れていたが、またガウンを直す。「どんな情報ですか？　わたしでお役に立てるかも」

ジュディのタクシーを運転するつもりだとミラが打ち明けたことを、夫から聞かされていたかとは、どうにも訊きにくい。それでも、ミセス・アーヴィングは役に立ちたがっている。ぼくは腰をおろした。「ほぼなんでも役に立つ可能性がありますよ、ミセス・アーヴィング。あなたとご主人は、フィービー・アーデンとも親しかったんですか？」

「わたしはね。主人もむろん顔は知っていましたが、友達とまでは」

「仲が悪かった？」

「まさか。気が合わなかっただけです」

「最後に会ったのは？」

「四日前、先週の金曜日です。ウォルド・カーンズさんの家の、カクテルパーティーで。あなたがいらしたとき、ちょうどそのときのことを考えていました。フィービーはとても楽しそうでした。陽気な人だったんです」

「それ以降、会っていない？」

「ええ」ミセス・アーヴィングはなにか付け加えようとして、やめた。

あまりにもわかりやすかったので、ぼくは訊いてみた。「ただ、連絡はあった？　手紙か電話とか？」

「どうしてご存じでしたの？」ミセス・アーヴィングは訊き返した。

「知ってたわけじゃありません。探偵の仕事というのは、だいたい推理ですから。手紙ですか？」

「いえ」とためらう。「お手伝いはしたいのです、グッドウィンさん。でも、そんなこと大事なのかしら。悪い噂なんてたてたくないので」

「もちろんですとも、アーヴィングさん」ぼくは親身になって答えた。「話の内容をぼくが警察にしゃべるだろう、ということなら、ご心配なく。連中はぼくの依頼人を逮捕してしまったんですよ」

「そうね」ミセス・アーヴィングは足を組み、はだけている場所はないかとすばやく視線を走らせた。「昨日の午後、フィービーに電話をしたんです。昨晩は主人と二人分の劇場のチケットをとってあったんですが、三時頃主人から電話がありまして。西海岸から仕事でお付き合いのあるかたが急においでになって、夕食に招待しなければならなくなった、と。それで、フィービーに電話をして、六時四十五分に〈モルシーニ〉で待ち合わせて夕食をとり、劇場へ行く約束をしました。わたしは時間ぴったりに着いたんですが、フィービーが来ません。七時十五分には家に電話をかけましたが、応答はなくて。〈モルシーニ〉のような店で一人で食事をするのは気が進みませんでしたので、もうしばらく待ってから、伝言を残して〈シュラフト〉に移動しました。それでも、来ません。マジェスティック劇場へ直接来るかもしれないと思って、九時過ぎまでロビーで待ち、チケット売り場にフィービーのチケットを預けて、入場しました。大事なことだと思えば警察にお話ししたのですが、実際には、三時頃電話をかけたときフィービーが家にいた、という証拠にしかならないわけですから。でしょう?」

「たしかに。ミス・アーデンは〈モルシーニ〉での待ち合わせをはっきり承知したんですか、それとも迷ってました?」

「ちゃんと承知しました。はっきりと」

「では、あなたと会えなくなるようななにかが、三時以降に発生したはずだ。たぶん六時半以降だったんでしょう、じゃなければ、電話してきたでしょうから。まだ、生きていたのなら、ですけどね。思いあたるふしは、一つもありませんか?」

「さっぱり。見当もつきません」

「ミス・アーデンを殺した可能性のある人物に心あたりは?」

「ありません。やっぱり見当もつきません」

「ミラ・ホルトが殺したと思いますか?」

「とんでもない。ミラじゃありません。仮になにかしたとしても――」

「なにをしたとしても？」

「なんでもありません。ミラは人を殺すような人じゃありません。警察はそう考えていないんですか？」

警察はどう考えているのかと、何年間にもわたって最低千人には訊かれてきた。ぼくを買ってくれるのは嬉しいが、その期待に応えられることはまずない。ある特定のときに警察がなにを考えているかをいつも把握していたら、人生はずっと簡単になるだろう。自分がなにを考えているかさえ、ちゃんと把握するのは難しいのに。さらに十分が経ち、どうやらミセス・アーヴィングはこれ以上役に立つ情報を持っていないという結論に達したので、礼を言って席をたった。ミセス・アーヴィングは廊下まで来て、ぼくが置いておいた帽子を椅子からわざわざとりあげてくれた。結局、ミセス・アーヴィングの足はちらりとも拝めずじまいだった。

九時五十分、ぼくは歩道に出て、左のレキシントン・アベニューの方向に曲がり、地下鉄の駅に向かった。十時十五分には、ウォール・ストリートにある高層ビルで大理石張りのロビーに入り、案内板を眺めていた。ギルバート・アーヴィングの会社は、十三階を占領している。エレベーターがきれいに並んでいて、そのうちの一台に乗り、ただで地上三百フィートまで垂直移動した。木製パネルが貼られ、落ち着いた色の分厚いカーペットが敷き詰められた部屋には、ウルフのより大きな机に落ち着いた美人がいて、絹のような声で教えてくれた。アーヴィングは不在でございます。出社時刻、所在はわかりかねます。よろしければ、お待ちになりますか？

待つのはやめた。ぼくはそこを出て、三百フィートの下界に急速降下し、西へ、行きとは別の地下鉄駅に向かった。クリストファー・ストリート駅で降りて、フェレル・ストリートの突きあたりまで歩き、小路に入る。モートンはまだ庭で作業をしていて、他人行儀だが冷たくもない調子でぼくに声をかけ、カーンズがまだ戻っていないこと、連絡もないことを教えてくれた。ぼくが背を向けて帰ろうとしたところ、モートンは急に立ちあがって、問いただした。「あんた、絵を買いたいと言ったな？」

そのつもりだがもちろん先に作品を見たいと答え、首を振っているモートンにはかまわず、その日四回目となるフェレル・ストリートの通行を行った。タクシーを見つけ、運転手にまだぼくの家かもしれないし、そうでないかもしれない住所を告げる。八番街から三十五丁目に入ったのは、十一時五分だった。ぼくらのすぐ前に一台のタクシーがいて、おまけに褐色砂岩の家の真正面で停車した。ぼくは運転手に札を渡して飛び出し、別のタクシーから降りた男が歩道を横切ってきたときには、ポーチまでのぼってしまった。会ったことも、写真を見たことも、人相を聞いたこともなかったが、だれだかわかった。くたっとした黒い帽子、靴紐のようなネクタイ、形のよい小さな耳、リスのような顔のどれが手がかりになったかは謎だが、ちゃんとわかった。男がポーチにあがってきたときには、ぼくはもうドアを開けていた。

「ネロ・ウルフさんに会いたいんだが」男は言った。「ウォルド・カーンズだ」

第七章

カーンズをこの家に連れてきて一緒に面談するべきだというウルフの提案を踏まえれば、見事やり遂げたように思わせたいのは山々だったが、どう考えてもうまくいきそうにない。というわけで、くたっとした黒い帽子を預かって廊下の棚に置き、事務所に案内して名前を告げたあと、ぼくはこう付け加えた。「カーンズさんとは、玄関の外で会いました。ほぼ同時にここに着いたんです」

ぼくらが入ってきたとき、ウルフは机でビールを注いでいるところだった。ビールの瓶を置く。

「じゃあ、話はしていないのか？」

「はい」

ウルフは赤革の椅子に座ったカーンズに目を向けた。「ビールはいかがですか？」

「いるわけないだろう」カーンズは決めつけた。「もてなしてもらうために来たわけじゃない。用件は一刻を争う。そちらが妻にした助言だが、きわめて不愉快だ。催眠術をかけたに決まってる。妻はわたしとの面会を拒否しているんだぞ。わたしの弁護士の助力も受けつけない。保釈の手続きさえもだ。説明を要求する。妻の数々の愛情を阻害した点について、釈明を求める」

「数々の愛情ね」ウルフは言った。

「なんだ？」

「数々の愛情ですよ。今、あなたは『数々の』という形容詞を使った」ウルフはグラスを持ちあげてビールを飲み、唇を舐めた。

カーンズはウルフを睨んだ。「ここへ来たのは、文法を正してもらうためじゃないぞ」

「文法ではなく、表現の問題です」

カーンズは椅子の腕を叩いた。「なにが言いたい?」

「なにを言っても無駄でしょう、そちらが分別を取り戻すまでは。まあ、もともと備わっていればの話ですがね。十二時間前にわたしと会うまでは、奥さんがあなたに愛情を持っていたとでも思うのなら、あなたは救いがたいばかですな。愛情がないことを知っていたのなら、今の脅しは愚の骨頂だ。いずれにしても、蔑み以外になにを望んでいるんです?」

「説明だ! 真実を望んでいる! 妻がなぜ面会を拒否するのか、説明してもらいたい!」

「知らないものは説明できませんな。拒否したことすら額面どおりには受けとれない、今の状態ではあなたの申告の正確性に疑問を感じますので。いつ、どこで、拒否されたのです?」

「今朝だ。たった今、地方検事局で。わたしの弁護士とも話さえしない。あんたかグッドウィンから連絡があるのを待っていると言う」カーンズの頭が急にこちらを向いた。「あんたがグッドウィンか?」

ぼくはそうだと答えた。頭が急に元に戻った。「恥さらしだ! 面目丸潰れだ! 妻が逮捕されるなんて! ミセス・ウォルド・カーンズが拘置所入り? 家名とわたしの名に泥を塗ったな! あんたのせいだぞ!」

ウルフは一息ついて、「手間をかけるだけの価値はなさそうだが」と言った。「やるだけやってみよう。あなたの狙いは、昨晩のわれわれと奥さんの会話の顚末でしょうな。検討の余地はあるでしょうが、まずはあなたの善意《ボナ・フィデス》を充分に確認する必要がある。いくつか質問に答えてもらえますか?」

「内容によるな」

「おそらくもう答えている内容でしょう、警察にね。奥さんは離婚を望んでいて、あなたは同意を与えなかった?」

「そうだ。婚姻契約は神聖だとみなしているのでね」

「ここ数か月、離婚についての話し合いを拒否してきた?」

「そんなこと、警察は訊かなかったぞ」

「わたしはお訊きします。カーンズさん、わたしはあなただけでなく、奥さんの善意も確認する必要があるのです。答えても困りはしないはずですが」

「困りはしない。わたしを困らせるなんて、あんたにできるはずはない。こっちが離婚を考えていないんだから、話し合ったところで時間の無駄だったろうが」

「で、会おうとしなかった?」

「当然だ。あいつの用件ときたら、離婚だけだからな」

「奥さんが家を出てから、生活の援助をしてきましたか?」

「家を出たんじゃない。別居期間を設けることに同意したんだ。金銭面での援助はさせてもらえなかった。こっちは申し出たし、そう望んでいた」

「フィービー・アーデンを殺したのはあなたですか? これは確実に警察に訊かれたはずです。殺したんですか?」

「いや。いったいなぜ、わたしがフィービーを殺すんだ？」

「わかりません。ミス・ジュディス・ブラムによれば、ミス・アーデンがたちの悪い風邪をひいたため、うつされるのがいやで犯行に至ったのかもしれないという話でしたが、さすがに無理があるでしょうな。ところで――」

「ジュディが？　ジュディ・ブラムがそんなことを？　信じないぞ！」

「しかし、実際そう言ったのですから。昨晩この部屋で、あなたが今座っている椅子に座って。あなたは上品なサルだ、とも」

「嘘だ！」

「嘘ではない。死んでも嘘をつかないとは言わないが、わたしはへたな嘘をつくわけでもない。ともかく、今は真実がものを言うときだ。それに――」

「嘘に決まってる。ジュディ・ブラムに会ったこともないんだろう。妻の言葉を繰り返しているだけだ」

「それはおもしろい。示唆に富んでいるとも言える。奥さんがあなたを上品なサル呼ばわりしたのは信じられても、ミス・ブラムが言ったとは信じない。カーンズさん、わたしはいつもへたな嘘はつかないようにしていましてね。ミス・ブラムは昨晩ここにいたのです。グッドウィン君とわたしと一緒に、三十分かそれ以上。おかげである扱いの難しい問題が浮上し、警察の知らない詳細についてあなたに質問する必要があります。昨晩の行動については警察も質問したでしょうが、ジュディス・ブラムが八時にタクシーで迎えにくるように、あなたが手配していた事実は把握していない。あなたが警察に話さない限りは。いかがです？」

カーンズはじっと座っていた。これは一言断っておく価値がある。じっと座っていても、たいていの場合とりたてて驚くほどのことじゃないが、カーンズの場合はちがう。顔と同じく、座っている様子もリスに似ていて、絶えずそわそわぴくぴく動いていた。手とか、肩とか、足とか、頭までも。なのに、今は全身がぴたりと静止したままなのだ。

「もう一回言ってくれ」カーンズは高飛車だった。

ウルフは言われたとおりにした。「ミス・ブラムが昨晩八時にタクシーで迎えにくるように手配していたことを、警察に話しましたか?」

「いや。なぜ事実と異なる話をしなきゃいけないんだ?」

「理想を言えば、事実と異なる話はするべきではない。ただ、よくあることですのでね。わたしもたまにやります。とはいえ、あなたの答えは的外れですな、質問の内容は事実だったのですから。どうやらミス・ブラムは警察に言わなかったようですが、わたしには話しました。わざわざあなたにその件を持ち出したのは、昨晩の行動を詳しく説明する際、わ、た、し、に、は確実に真実を話してもらうためです」

「ジュディがそんなことを言ったのなら、それは嘘だ」

「参りましたな、カーンズさん」ウルフはうんざりしていた。「ミス・ブラムのタクシーがあなたの家に通じる小路の入口で三十分以上も駐まっていたことは、わかっているのですよ。あなたの呼び出しで来たのです。警察への供述でその点を省略したなら、わたしが情報を提供しなければならないでしょうな。あのとき以降、ミス・ブラムとは話していないんですか?」

「話してない」カーンズはまだ動かない。「自宅へ電話をかけたが、応答がない。留守なんだ。で、直接行ってみた」下唇を舐める。これはさすがに、リスがやっているのを見たことはない。「昨晩そんなところにジュディのタクシーが駐まっていたことを、警察に話せるわけがない。知らなかったんだから。わたしは家にいなかった」

「では、どこに？　あなたが八時にタクシーを呼んで、依頼を取り消さなかったことは知っています。それをお忘れなく」

「どこにいたのか、警察には話した」

「では、記憶は蘇っているでしょう」

「蘇らせるまでもなかったね。プロシュという男のアトリエにいたんだ。カール・プロシュだ。ミス・アーデンとそこで落ち合って、購入予定の絵を見ることになっていた。そこには七時四十五分に着いて、九時に出た。彼女、来なかったから――」

「失礼。彼女とは、ミス・フィービー・アーデンのことですか？」

「そうだ。七時半に電話をかけてきた。プロシュから絵を一枚、静物画を買おうと思っている、アトリエに行ってもう一度見るから、そこで落ち合って、決めるのを手伝ってほしいと言ったんだ。ちょっと驚いたよ、わたしがプロシュのような三流画家をどう思っているか、ミス・アーデンは知っていたからね。それでも、行くと返事をした。アトリエはカーマイン・ストリートにあって、家から歩いていける距離だから、徒歩で出かけた。ミス・アーデンはまだ来ていなかった。ただ、着いてからものの二、三分で電話をかけてきてね。遅れるができるだけ早く行くから待っていてくれ、と言うんだよ。口には出さなかったが、プロシュの静物画を買わせるくらいなら、真夜中まで待つつもりだった。ま、そこまではいかなかったが、九時までは待った。しばらくプロシュと芸術論を戦わせていたんだが、顔を見るのもいやになったあとは、通りに出て待っていた。結局ミス・アーデンは来ずじまいで、歩いて帰宅したわけだ」

ウルフは唸った。「電話の相手がミス・アーデンだったのは、間違いないんですか？　二度とも？」

「疑いの余地はまったくないね。ミス・アーデンの声を聞き間違うはずがない」

「プロシュさんの家から通りに出たのは、何時でしたか？」

「八時半頃だろう。その点ははっきりしないと警察に話したが、家に向かった時間はわかってる。九時ちょうどだった」カーンズの手が動いている。普通に戻った。「お次は、あんたの話を聞こう」

「もう少し。ミス・ブラムは八時に迎えにくることになっていましたね。なぜ電話しなかったんです？」

「戻るつもりだったからさ。多少遅れはしただろうが、ジュディなら待っててくれるはずだ。ミス・アーデンから遅れると連絡があったときには、電話をしなかった。もう家を出たあとだったろうから」

「タクシーでどこに向かう予定だったんです？」

「ロングアイランド。パーティーがあった。それがどうした？」カーンズは調子を取り戻した。「あんたの番だ、真実が聞きたい！」

ウルフはグラスをとりあげて飲み干し、おろした。「おそらく、あなたにはその権利があるのでしょう、カーンズさん。あなたの立場に置かれた男性は、面目が丸潰れになったことを痛感するにちがいない。自分が家名を与えた女性、妻が逮捕されたのですから。もっとも、奥さんはその名前を使っていませんでしたがね。昨夜九時二十分に奥さんがこの家に来たことは、ご存じでは？」

「なにも知らない。妻は面会に応じないと、さっき言っただろうが」

「たしかに。奥さんがここへ着いたのは、ちょうどグッドウィン君が所用で家を出るときで、二人はポーチで鉢合わせしたのです。ご存じとは思うが、グッドウィン君はわたしの腹心の助手として、終身雇用されています。終身、言い換えると、雇用関係を終わらせたり変更する意思を、現在は両者ともに持っていない」

カーンズはまたそわそわしていた。ぼくは動じなかった。カーンズが口を開いた。「新聞じゃ、グッドウィンはあんたの助手を辞めたと出ていたぞ。妻のせいだとは書いていなかったが、そうに決まってる」

「ばかばかしい」ウルフの頭が向きを変えた。「アーチー？」

「ばかばかしいですね」ぼくも賛成した。「ミス・ホルトのために辞職するなんて、とんでもない」

カーンズが椅子の腕を叩いた。「ミセス・カーンズだ」

「はいはい」ぼくは譲った。「ミセス・ウォルド・カーンズね」

「ですから」ウルフは続けた。「奥さんが最初に会ったのは、グッドウィン君でした。二人はポーチに腰をおろして、話をしました。もちろんご存じでしょうが、ミス・アーデンの死体を乗せたミス・ブラムのタクシーは、歩道際に駐めてありました」

「知ってる。妻はなにを話したんだ」

「それについてはいずれ。パトカーに乗った警官が来て、死体を発見して報告し、すぐに捜査隊がやってきました。そして、クレイマーという名前の警官が、グッドウィン君と奥さんと話をしました。わたしは玄関に行き、家に入るようにと声をかけました――クレイマー警視は除いて――で、二人は入ってきたわけです。三十分ほど話をしたところで、クレイマー警視がミス・ブラムを連れてきて、事務所に入りました。クレイマー警視はミス・ブラムの過剰なおしゃべりに閉口して、奥さんとの個別の話し合いを望み、奥さんを連行しました。あなたのご希望は真実でしたな、今の説明のとおりです。もう一つだけ付け加えておきましょう、これもまた真実です。奥さんはグッドウィン君を雇い、わたしはグッドウィン君を介してやはり雇われましたので、奥さんの話した内容については守秘義務があり、説明することはできません。さて――」

カーンズは椅子から飛び出した。と同時に、玄関のベルが鳴った。女にナイフを突き立てた可能性のある男は、他の暴力行為もやってのける可能性があるため、応対はフリッツに任せるつもりだったが、ウルフがこちらに目を向けたので、廊下に出て確認した。ポーチに立っていたのは、骨張った顔にがっしりした顎の、背の高い男だった。背後ではカーンズがキャンキャンわめきたてていたが、武器は持っていなかった。で、ぼくは玄関に行って、扉を開けた。

「ウルフさんに会いたいのですが」男は言った。「ギルバート・アーヴィングと申します」

どうしても我慢できなかった。ほんの十二時間前にミラと対決させるためにジュディ・ブラムを連れてきたクレイマーがとんだしっぺ返しを食らう現場を見たばかりだが、今回の癇癪玉はもう事務所で発作を起こしている最中だから、反応を見るのもおもしろいだろうし、参考になる可能性だってある。で、ぼくはどうぞと言って、ホンブルグ帽を預かり、棚にあるくたっとした黒い帽子の隣に置き、アーヴィングを事務所へと連れていった。

カーンズはまだ立ったまま、わめいていた。が、ウルフが視線をはずして、ぼくにしかめ面を向けると、カーンズも振り返った。ぼくはしかめ面を無視した。ウルフに相談なしに客を通し、別の規則も無視したわけだが、ぼくに関する限りミラはまだぼくの依頼人で、これはぼくの事件だ。そこで、名前を告げるだけにした。「ギルバート・アーヴィングさんです。こちらはウルフさん」

たしかに反応はおもしろかったが、参考にはならなかった。カーンズとアーヴィングが仲良しじゃないのは、見せてもらうまでもなかったからだ。たぶんカーンズはわざと唾を吐いたわけじゃないだろう。鼻を鳴らしたときに、一緒に出てしまっただけという可能性もある。そのあとすぐ、この言葉が続いた。「偽善者が！」

アーヴィングは手ほどきを受けたか、実習をしたことがあるにちがいない。いや、両方かもしれない。右のアッパーカットは勢いがあり、狙いもたしかで、力強かった。きれいにカーンズの顎をとらえ、カーンズはたっぷり六インチは飛びあがり、ふらふらとウルフの机の角に倒れかかった。

客観的に見れば、カーンズの反応は上出来だった。いや、期待以上で、ぼくは驚いた。カーンズは悲鳴一つあげなかった。机があったおかげで、ダウンすることもなかった。三秒間机にもたれ、片手を支えにして体を起こし、頭を前後に二度動かして、首がまだくっついていることを確認すると、歩きだした。最初の何歩かはふらふらしたが、廊下に出るドアまでたどり着いたときは足取りもしっかりしてきて、ちゃんと曲がった。ぼくも廊下に出て様子をみたが、カーンズは棚から帽子をとり、外へ出て、ごく穏やかにドアを閉めた。事務所に戻ったら、アーヴィングが謝っているところだった。

「失礼をお詫びします。申し訳ありません」

「挑発を受けたのですからね」ウルフは赤革の椅子を示した。「お座りください」

「ちょっと待ってください」ぼくが間に入った。「こちらも失礼をお詫びする必要があるようです、アーヴィングさん。カーンズさんがいることをお伝えせず、申し訳ありませんでした。ついでにもう一つ失礼を。ウルフさんに今すぐ伝えなければならないことがありまして。長くはかかりませんから」ぼくは表の応接室に通じるドアを開けた。「どうぞ、こちらに」

アーヴィングはこの提案が気に入らなかったようだ。「急ぎの用なのですが」

「ぼくも同じです。どうぞ」

「きみがアーチー・グッドウィン？」

「そうです」

アーヴィングは一瞬ためらったが、移動して、応接室に入った。ぼくはドアを閉めた。ドアも壁も防音仕様なので、ウルフと話すときに声を潜める必要はない。「報告があります。アーヴィングの奥さんに会いました」

「ほほう。要約ですむかな？」

「いえ」ぼくは腰をおろした。「それは一点だけ。タクシーの駐車位置から八十フィート離れたところに、石切場がありました。隠れ場所としては理想的で、文句のつけようがありませんね。ともかく、ミセス・アーヴィングとの話は一言残らず聞いてもらう必要があります」

「進めてくれ」

早速、ミセス・アーヴィングの様子から話しはじめた。人の様子は目に見えるように声が聞こえるように説明を、と最初にウルフが言ったのはもう何年も前で、ぼくはとっくにその技術を身につけていた。それに、会話を一言一句残さず再現して報告する方法も。ミセス・アーヴィングとの短いおしゃべりなどよりずっと長い対話でも、余裕でこなせる。

話しおえると、ウルフは一つだけ質問した。「ミセス・アーヴィングは嘘をついているのか？」

「どっちにも賭けられませんね。嘘をついているなら、うまいです。嘘を混ぜていたなら、ふるい分けは遠慮します」

「結構だ」ウルフは目を閉じた。すぐに開く。「アーヴィングさんを」

ぼくは表の応接室に通じるドアを開け、どうぞと声をかけた。アーヴィングは、赤革の椅子へと歩いていき、腰をおろしてウルフに目を向けた。「一つお断りしておきますが」と切り出す。「わたしはミス・ミラ・ホルトの友人としてここに来ましたが、彼女の希望で来たわけではありません」

ウルフは頷いた。「昨晩、ミス・ホルトからお名前は聞きました。とても頭のいい人だと」

「お世辞でしょう」アーヴィングにとっては、じっと座っているのが普通らしい。「こちらへ伺ったのは情報がほしいからですが、特別な権利があるわけではないのです。手に入れたい理由を説明するしかありません。今朝ラジオでミス・ホルトが逮捕されたと聞き、ダウンタウンまで面会に行って助力を申し出ようとしたのですが、途中で考え直しました。誤解を招く可能性があり、あまり利口なやりかたではないと。ただの友人ですから。そこで、代わりに弁護士を訪ねました。ジョン・H・ダービー先生です。状況を説明して、ミス・ホルトとの面会を依頼しました。先生は面会の手続きをして、話をしてくれたのですが、ミス・ホルトは口を開こうとしなかったのです。保釈の手続きのために先生を法律顧問とすることまで拒否した。アーチー・グッドウィンとネロ・ウルフが代理人だから、二人の助言がない限り、なにも言わないし、なにもしないと」

ぼくは、ミラにキスされた唇に指先をあて、キスを投げ返した。ぼくの名前を最初に出しただけじゃなく、殺人の規則その三とその一を組み合わせて、ぼくの助言をさらにうまく活用している。千人に一人しかお目にかかれない依頼人だ。自由にしてやるという申し出を、二つも断ってくれるなんて。

「わたしは弁護士ではありません」ウルフは言った。「グッドウィン君もです」

「承知しています。ですが、ミス・ホルトに催眠術でもかけたようだ。他意はありませんが、確認しておく必要があります。あなたはミス・ホルトの利益のために行動しているのですか、それとも、ウォルド・カーンズのためですか？」

ウルフは唸った。「ミス・ホルトのためです。雇い主ですから」

ぼくは割りこんだ。「あなたとカーンズは気が合いますね。カーンズも催眠術説の支持者でしたよ。やれやれ」

アーヴィングはこちらをじっと見た。「ウルフさんと話し合いたいね。ここはウルフさんの事務所だろう」

「わたしたち二人と話し合いをしているのですよ」ウルフが制した。「業務上、わたしたちは二人で一人ですから。どのような情報がほしいと?」

「なぜ保釈の手続きをとっていないのか、ミス・ホルトの利益のためにどんな行動をとるつもりなのかを聞きたい。それに、わたしの弁護士の申し出を受け入れるように、話してもらいたい。ダービー先生はきわめて有能な弁護士です」

ウルフは手のひらをそれぞれ椅子の腕に載せた。「物事をもっとよくわきまえるべきですな、アーヴィングさん。実務家なんですから。あなたの法外な要求は論外として、一歩譲るにしても、あなたと依頼人の利害が一致していることを先に確認する必要があります」

「時間の無駄だ！　わたしは友人なんだ。ミス・ホルトはそう言わなかったのか？　わたしの名前を出したそうじゃないか」

「当人の勘違いかもしれませんから」ウルフは首を振った。「だめです。例えば、あなたが警察になにを話したかもわからない」

「なにも。警察はなにも訊きませんでしたよ。どこにそんな必要が？」

「では、ミス・ジュディス・ブラムのタクシーを運転するつもりだと、日曜の午後にミス・ホルトから電話で知らされたことを、警察には黙っていたんですね」

これは効いた。アーヴィングは目を見張った。ぼくを見て、ウルフに視線を戻す。「話していない。たとえ電話があったとしても、わたしから警察に話すとでも？」

「今の話を否定しますか？」

「否定も肯定もしません」

ウルフは片手をあげた。「そんな態度で、よくこちらの誠意ある対応を望んだりできますな。ミス・ホルトが電話の件で嘘をついた、とでも思わせたいのですか？」

「ミス・ホルトはいつ、その話を？」

「昨晩。この家で。催眠術はかけられていませんでしたよ」

アーヴィングは考えこんだ。「いいでしょう。ミス・ホルトから電話がありました」

「で、だれにその話をしゃべったんです？」

「だれにも」

「間違いありませんか？」

「もちろん、間違いない」

「ただ、わたしはそう簡単に納得しませんよ。ミス・ホルトが自分の言葉どおりに、タクシーを使い、カーンズさんの家に八時に着いたとしましょう。その仮定と、九時二十分にタクシーが死体を乗せてこの家の前に駐まっていたという事実を考え合わせて、質問します。あなたはどう関係しているのですか？　ミス・ブラムは取り決めについてだれにも話していないと言っています。ミス・ホルトはあなた以外には話していないと言っています。あなたがどう関係しているのか訊くのも、無理はないでしょう？　ことに昨晩八時半以降の所在について？」

「わかりましたよ」アーヴィングは一息つき、もう一息ついた。「とんでもない言いがかりだ。わたしがフィービー・アーデンの殺害事件にかかわっていると、本気で疑っているんですね」

「まさにそのとおり」

「それにしても、とんでもない言いがかりだ。ミス・アーデンには、なんの関心もありません。わたしには、特に意味のない人だった。だが、それだけじゃない。彼女を殺した人物は、ミス・ホルトを巻きこむように仕組んだようじゃないですか。仕組んだか、あるいは成り行きでそうなったか。わたしがそんなことをするとでも？」両手を握りしめ、振り回す。「なんなんだ、いったい！　わたしはなにがあったのか、どうしても知りたいんだ！　あなたは知っている。ミス・ホルトが話したからだ。教えてもらう！」

「わたしこそ、教えてもらう必要があります」ウルフは突き放した。「一つは先ほど言いました。昨夜のあなたの行動です。奥さんから伺いましたが、直接聞かせてもらいたい。本人から直接が原則で、ちゃんと意義はあります。可能な限りで一番よい証拠を手に入れろ、というわけです」

アーヴィングはまた目を見張っていた。「奥さん？　家内に会ったんですか？」

「グッドウィン君が。あなたに会うために今朝自宅に伺ったら、お留守でした。それで、奥さんが協力を申し出られたのです。もちろん、話の内容はご存じでしょう」

「家内が話したのは……」いったん言葉を切り、最初から言い直す。「家内が話したのは、昨日の午後かけた電話の件ですか？」

ウルフは頷いた。「それと、受けた電話です。一度あなたから電話を受け、一度ミス・アーデンにかけている」

アーヴィングは顔をうつむけ、右手をじっと見つめた。指がゆっくりと曲げられていき、拳になる。その動作のどこかが気に入らなかったらしく、じっと見つめながら何度かやり直した。そして、ようやく顔をあげた。「弁護士の意向には背くことになるだろうが」と切り出した。「話しておくことがあります。あなたになにか話してもらおうとするのなら、そうするしかない。家内にした話を繰り返せば、裏をとろうとするでしょう。裏はとれない。ミス・ホルトがジュディ・ブラムのタクシーで昨夜現場に行ったのは、知っています。七時五十五分に着いて、八時五十分に立ち去ったことも知っている。見たんです」

「ほほう。どこにいたんですか？」

「カーマイン・ストリートに停めたタクシーのなかです。フェレル・ストリートからの曲がり角の近く。ミス・ホルトがジュディのタクシーに乗っていった目的は知っているんでしょう？」

「はい。夫と話し合うためだ」

「やめさせようと説得した。ミス・ホルトはそのことも話した？」

「はい」

「その考えには賛成できなかった。カーンズにできないことなど、あまりないから。暴力沙汰のことじゃない。汚い手のことだ。例えば、ミス・ホルトをタクシーから誘い出して、乗り逃げするとか。わたしは立ち会うことに決め、夜は取引先に付き合わなければならなくなったと妻に電話をかけた。自分の車に乗っていけば、ミス・ホルトに見つかる恐れがあったので、知り合いのタクシーに乗りました。カーマイン・ストリートは一方通行なので、ミス・ホルトがフェレル・ストリートから出てきたとき、追いかけられる位置に駐車した。ミス・ホルトが八時五分前に到着したとき、わたしたちはもうそこにいた。一時間近く経って出てきたとき、ミス・ホルトは一人だった。同乗者はいなかった。カーンズがミス・ホルトの運転する車を断ったのだと思い、ほっとした」

「それから？」

「クラブに行きました。確認したければ、タクシーの運転手の名前と住所を教えます。ジュディに電話をかけ、ミス・ホルトにも三、四回かけましたが、出なかった。二人はどこかで一緒にいるんだろうと思った。そして、今朝になってラジオのニュースを聞き、新聞を見たわけです」アーヴィングは息を吐いた。「この話を打ち明けたことを後悔する日が来ないように、祈りたい。ミス・ホルトが話した内容と矛盾する点があるなら、ミス・ホルトが正しくて、わたしが間違っている。当然、わたしは嘘をついていると考えられる、自己保身のために」

ぼくは思った。もしそうなら、あんたは嘘の達人だ。

アーヴィングに向けたウルフの目は半分閉じていた。「外は暗かった。なぜタクシーに同乗者がいないと見分けられたんです？」

「曲がり角に、街灯があった。目はいい。タクシーの運転手も。角を曲がるので、ミス・ホルトはスピードを落としていたし」

「追いかけなかったんですか？」

「それはしなかった。カーンズが一緒でないなら、追いかけても意味はない」

「ミス・ホルトが通りすがりに、駐車中のタクシーの車内であなたを見かけたと言ったら、どう思います？」

「信じないでしょう。ミス・ホルトがやってきて横を通過したときは、わたしはシートに伏せていた。暗かったが、絶対に見られたくなかったので。ミス・ホルトが帰るときには、横は通らなかった。カーマイン・ストリートは一方通行です」

ウルフは椅子にもたれ、目を閉じた。唇が動きはじめる。アーヴィングはなにか言おうとしたが、ぼくがぴしゃりと遮った。「だめです」ウルフが唇を突き出して引っこめ、突き出し、引っこめ……。ウルフはぼくの払った二十五ドルを稼ごうとしているんだ。どういうことか見当もつかなかったが、ウルフが唇の運動をはじめたときには、頭のなかで天才が閃いている最中だ。

アーヴィングがまたなにか言おうとした。「だが、わたしには訊きたい――」

「だめです」

「だが、そういうわけには――」

「うるさい！」

アーヴィングは座ったままぼくに目を向けていたが、温かい視線ではなかった。

ウルフが目を開け、体を起こした。「アーヴィングさん」ぶっきらぼうな口調だった。「ここに来た目的の情報は入手できるでしょうが、すぐに、ではありません。うまくいけば一時間以内、たぶんもう少しかかるでしょう。連絡先を教えてもらえますか、よければ――」

「なにを言う！　わたしはどうしても――」

「失礼、いい加減にしなさい。ギャーギャー言われるのは、今日はもうたくさんだ。よければ、ここで待っていてもかまいません。あちらの部屋には座り心地のいい椅子がいくつか……少なくとも一つはあります。グッドウィン君とわたしは仕事がありますので」

「そんなつもりは――」

「あなたのつもりにはなんの権利も重要性もありませんな。連絡先は？」

アーヴィングはぼくを見たが、なんの足しにもならなかった。腰をあげ、「ここで待たせてもらう」と言って、表の応接室に向かった。

第九章

アーヴィングがドアを閉めるのを確認するため、後ろに向けていた頭を戻し、「いいですよ」とぼくはウルフに声をかけた。「仕事にとりかかりましょう」

「われながら間が抜けていた」ウルフは言った。「きみもだ」

「可能性はあります」ぼくは逆らわなかった。「証明できますか?」

「明白だ。警官はなぜパトカーを停めてタクシーの車内を覗いたりしたんだ?」

「警官だからですよ。そのためにパトカーはあるんです。運転手が不在のまま駐車してあるタクシーを見つけ、不審な点はなかったけれども、覗いてみる気になったんでしょう。おまけに、あなたの家の前でしたから。そのことは、警官もちゃんと知ってましたよ。自分でそう言ってました」

「とはいえ、理由を訊いてみなかったのは、間が抜けている。あの警官がけしかけられたのかどうかを知りたい。すぐに」

「一理ありますね」ぼくは認めた。「新聞には出ていませんでしたよ。クレイマー警視をあてにしても――」

「だめだ」

「ロン・コーエンをあたってみましょうか」

「ぜひそうしてくれ」

ぼくは椅子の向きを変え、『ガゼット』紙に電話をかけ、ロンをつかまえた。ウルフは自分の受話器をとって、通話を聞いている。ぼくはただでほしいものがある、とロンに言った。ロンが言うには、ぼくはいつもやらずぼったくりだが、今回のお目当てが〝求職広告〟欄への広告なら掲載料を払ってくれ、とのことだった。

「ただの汚い噂だよ」ぼくは受け流した。「ぼくはウルフさんから終身雇用されているんだよ……終身、言うなれば明日もまだここにいるかもしれないってことさ。捜査中の事件の詳細が不足してるんだ。そっちがお目当ての情報をくれたら、いずれ一面の材料を提供する。フィービー・アーデンの死体を見つけた警官だけど、わざわざパトカーを停めて、タクシーのなかの布を持ちあげた。そいつはけしかけられたのか、ただのお節介だったのか。どっちか知ってるかい？」

「知ってるよ。ただ、知らないことになってる。地方検事が情報を押さえてるんだ。午後に公表するんじゃないかな。そうなったら、知らせるよ」

「今、必要なんだ。公表はしないし、そっちから聞いたことを漏らす気はさらさらない。ただの知的好奇心さ」

「そうかい。こっちが知的好奇心を抱いたときも、ウルフみたいに収穫を得られるといいんだが。まあ、わかった。カナル六の二〇〇〇番に電話があったんだ。たぶん男だ。ただ、女が男のふりをしようとしてたのかもしれないし、その逆の可能性もある。女の死体を乗せたタクシーが西三十五丁目九一八番地の前に駐まってるって、たれこみだった。当然、警察はその住所に聞き覚えがあった。で、巡査部長がパトカーに無線で連絡したのさ」

「どうやって？　文明の進歩ってやつか？　まあ、地方検事に訊いてみるんだな」

「いい考えだ、そうするよ。助かった。一面の件は忘れないからな」ぼくは電話を切って、向きを変えた。「参りました。どこで間抜け用の帽子を買えるかな。通行人が見つけたにしても、ドアを開けて、キャンバスを持ちあげる必要がありましたよね」

ウルフは唇を結んでいた。「とっくの昔に確認しておくべきだった」

「とっくの昔じゃ、ロンは知らなかったかもしれませんよ」

「それはそうだが、そうであってもだ。クレイマー警視に電話を」

ぼくは椅子の向きを変え、電話をかけた。ロン・コーエンをつかまえたときほど、簡単にはいかなかった。クレイマーは会議中で、手が離せないというのだ。ぼくがその台詞を切り崩していると、ウルフが机の受話器をとって、口を出した。「こちらはネロ・ウルフです。今すぐ話し合いたいことがあるのです。地方検事と話し合ったほうがよいか、クレイマー警視に確認してください」

二分後、嚙みつくような声が聞こえた。「なんの用だ？」

「クレイマー警視ですか？」そんなこと、ウルフは百も承知だった。

「そうだ。今、忙しい」

「わたしもです。ミス・ホルトが、グッドウィン君かわたしの助言がない限り話をしないと言っているのは、事実ですか？」

「ああ、事実だよ。グッドウィンを引っ張ってこいと、ステビンズに言いつけていたところだ。それからこっちは――」

「逆探知は？」

「失礼。グッドウィン君とわたしは、もう警察の求める質問すべてに答えるのがミス・ホルトにとって望ましいと、判断したところです。いや、わたしたちがミス・ホルトと短時間話し合ったあとは、そうなるでしょう。わたしが立ち会う必要があるし、わたしは自分の事務所でしか仕事をしないので、グッドウィン君を連れにきたところで無意味です。ミス・ホルトをしゃべらせたければ、ここに連れてきなさい」

「手遅れだな、ウルフ。あのタクシーをあんたの家まで運転したことは、吐かせる必要はない。もうわかってる。ハンドル、ドア、あっちこっちに、指紋がついてたよ。手遅れだな」

「ミス・ホルトは認めたんですか？」

「いや。だが、いずれ認めるさ」

「どうですかな。なかなか頑固そうですから。ともかく、なんの成果もないのに電話口まで呼び出して申し訳なかった。一つ、頼みごとをしてもよろしいかな？　グッドウィン君を必要以上に引き留めないでいただきたい。事件に決着をつけるところだし、グッドウィン君も関わりがあるから、立ち会ってもらいたいのでね。ミス・ホルトにも来てもらいたかったが、手遅れだそうなので、彼女抜きでなんとかしましょう」

沈黙。長かった。

「聞いてますか、クレイマー警視？」

「聞いている。じゃあ、あんたは決着をつけようとしてるんだな」

「そうです。そのあとすぐ、ミス・ホルトとグッドウィン君とわたしは、あなたの許可を得てではなく、自由に話し合うことになるでしょう」

「だれがフィービー・アーデンを殺したのか、知っているというのか？」

「『知っている』とは、確定的という意味でしょうな。わたしはある結論に至ったので、それを証明するつもりなのです。長くはかからないでしょう。いや、話が長くなりましたな。そう、四時頃まで、グッドウィン君なしで待てますか？　今十二時半ですから、その時間までには片がついているはずです」

また沈黙。今度はそんなに長くなかった。「十五分でそっちへ行く」クレイマーは言った。

「ミス・ホルトも一緒に？」

「ああ」

「申し分ない。ただ、十五分は困る。ミス・ジュディス・ブラムとウォルド・カーンズ氏を呼ばなくてはならないので。どこにいるか、ご存じですか？」

「カーンズは自宅だ。もう一度警察が呼ぶことになったら、家にいると言っていたからな。ジュディス・ブラムはここにいる。一緒に連れていく。カーンズには連絡する。今から」

「だめです。人間には食事が必要です。ここで一緒に食べますか？　ミス・ホルトも」

「お断りだ。あんたは生まれてこのかた、食事を省略したことがないのか？」

「若い頃はよくありましたよ、しかたなくね。では、こうしましょう。あなたはミス・ホルトを連れて二時に来てください。ミス・ブラムとカーンズ氏は二時半に来るように手配を。ご都合はどうです？」

「なにが『ご都合』だ！」

ガチャン。電話は切れた。ぼくらは受話器を置いた。「アーヴィングも食事が必要なのでは」と、ぼくは確認した。

「そうだな。連れてきてくれ」

連れてきた。アーヴィングはつかつかとウルフの机に歩みより、問いただした。「それで？」

ウルフは頭を後ろに傾けた。「先ほど一時間以内の見こみだと言ったとき、昼食が入るのを失念していましてね。ですから、もう少しかかります。クレイマー警視と話をしたところですが、二時にミス・ホルトを連れてここへ来ます。二時半にあなたと奥さんをお待ちしています」

アーヴィングの顎がせかせかと動いていた。「ミス・ホルトがここに？」

「はい」

「なぜ、家内を？」

「役に立ってもらえることがあるからです。ご存じのとおり、奥さんはミス・アーデンと約束をして、ミス・アーデンはその約束を破った。密接な関係をお持ちです」

「密接な関係とは、なにに？」

「われわれの議論に」

「議論は不要です。警視が立ち会うなら、なおさらだ。こちらの要望は話したとおりだが」

「要望は通りますよ、アーヴィングさん。ただし、順序と方法は、こちらに決定権があります。無条件で保証しますが、わたしはミス・ホルトの利益のためだけに行動しており、彼女がフィービー・アーデン殺害に連座したとの疑いを晴らせると考えており、先ほど聞いたあなたの昨晩の行動についてはそちらの許可をあらかじめ得てからでなければ明らかにするつもりはない。いい加減にしなさい、わたしのほうになにか借りがあるとでも？」

「いや」顎はまだ動いている。「家内を連れてくるのは、気が進まない」

「必要になるんです。お望みなら、クレイマー警視に呼び出してもらいましょうか？」

「いや」アーヴィングは吐息をついた。ぼくを見て、ウルフに視線を戻す。「わかりました。また後ほど」アーヴィングは背を向けて出ていった。

第十章

　黄色い椅子五脚が、前列に三つ、後列に二つ、ウルフの机に向かい合うように並べられた。ミラはクレイマーに一番近い椅子にいた。ぼくは自分のそばの椅子に座らせるつもりだったのだが、却下されたのだ。ミラはクレイマーの人質なんだし、ぼくもごり押しはしなかった。クレイマーはもちろん、赤革の椅子だ。無断で連れてきた客、パーリー・ステビンズ巡査部長は警視の右に座っていた。ごつくて広い肩が壁に触れている。

　ミラは割合元気そうだった。目がちょっとどんよりして、まぶたが腫れ、上着は洗濯とアイロンがけを主張し、口角がさがっているが、それでも大丈夫そうだとぼくは思った。ウルフは机の奥に座り、ミラを睨んでいたが、ミラ本人を睨んでいたわけではなかった。理由は単純で、昼食を十五分繰りあげるようにフリッツに言いつけた上、コーン・フリッター、ソーセージ・ケーキ、ギリシャから取り寄せたワイルドタイムの蜜、チーズ、ブラックベリー・パイを慌てて食べねばならず、本来味わうべき時間が足りなかった、というだけのことだった。

「つらかったですか？」ウルフがミラに声をかけた。

「我慢できないほどでは」ミラは答えた。「あまり寝られなくて。なによりつらかったのは、そちらからなんの連絡もなく、午前中が終わったことね」そして、こちらを向く。「あなたからもね、グッドウィンさん」

ぼくは頷いた。「報酬を稼ぐので手一杯だったんだ。規則その三を忘れないと約束してくれたんで、そっちの心配はしてなかった」

「約束は守った」

「知ってる。飲みたい気分のときは、いつでも一杯おごるよ」

「はじめろ」クレイマーが怒鳴った。

「あなたは聞いているかどうか」ウルフはミラに確認した。「もうじき、他の人たちも来るのですが」

「聞いてません」ミラは答えた。「ここに？　だれが？」

「ミス・ブラム、カーンズ氏、ギルバート・アーヴィング夫妻」

ミラは目を丸くした。「なぜアーヴィングさんご夫婦まで？」

「到着したら、わかるでしょう。他の人が来ることを、知っておくべきだと思ったのでね。来るのはまもなくですが、二つ確認しておきたいことがあります。一つ目は、質問に答えてもらわなくてはならない。昨晩、車でフェレル・ストリートを出て、死体を捨てる場所を──口を挟まないように──探して走り回ったあげくここへ着くまで、別の車に尾けられていると感じたときはありましたか？」

ミラの口がぽかんと開いていた。「そんな、あなたは……」言葉に詰まり、ぼくをきっと見る。「あなたは知ってたの、この人が……そんな話、わたしとの約束を守るために、なんの役に立つのよ？」

「大いに役に立つんだ」ぼくは言った。「ちゃんと知ってたよ。なにもかも計算のうちだ。ぼくを信じて。きみに約束してくれと頼む権利を失うくらいなら、片腕を失ったほうがましだと思ってるくらいだから。ぼくらは自分のしていることを、ちゃんとわかってる。質問をもう一度言おうか？」

「でも――」

「でも、はいらない。ぼくらに任せてくれ。質問をもう一度言うかい？」

「ええ」

ぼくは『口を挟まないように』は省略し、質問を繰り返した。

「感じなかったけど」

「進めてくれ」ウルフが言った。

もちろん、ミラが近くにいたほうがありがたかったのだが、六ヤード離れていた。「今度は一ひねりした、もっと重要な質問だよ。フェレル・ストリートからここまでの運転中に、他の車が尾けていなかったと言い切れるかい？　尾行を確認するには、いろんなやりかたがある。一つでも試してみたかい？」

「いいえ。そんなこと、考えもしなかった。場所を探していて――」

「それはわかってる。ぼくたちが知りたいのは、一つだけなんだ。つまり、もしある車がきみを尾行していた、ずっと尾行していたと言ったら、きみはどう思う？」

「その人がだれなのか、知りたいでしょうね」

ぼくはそばに行って、頭を撫でてやりたかったが、誤解を招くかもしれなかった。「わかった」と応じる。「それが一つ目だ。もう一つは簡単だよ。昨日の夜ぼくたちに話したことを、クレイマー警視に話してくれ。ジュディのタクシーを運転するつもりだと、ギルバート・アーヴィングに電話で話したことも」ぼくは腕時計を確認した。「十五分しかない。急いでくれ」

「いや」ミラは言った。「なぜこんなことをするのか、教えてくれるまでは」

「じゃあ、ぼくから話す。理由は、他の連中がここに来たらわかるよ。これだけは言っておくけど、だれかがきみに殺人の罪を着せようとして、今日はそのツケを払ってもらうことになるんだ。どっちみち、たいした話は残ってない。警視はもう、きみがタクシーに死体を乗せて、ここへ運転してきたことは知っている。大丈夫だという保証もなしに、こんなにべらべらしゃべると思うのかい？　さあ、話してくれ」

ここでウルフが口を出した。「クレイマー警視、質問を挟まないように。あとにしてください。さあ、ミス・ホルト？」

ミラはまだ気が進まないようだった。まるで気が進まないようだった。それでも日曜の夜の出来事から、話しはじめた。省略した個所もある。ジュディがタクシーを使っていいと認めたことには触れず、乗っていったとだけ説明した。アーヴィングに電話をしたことも言わなかった。まあ、ぼくがもう話してしまったのだから、たいした問題ではない。肝心なのは、タクシーでフェレル・ストリートに着いてからの出来事だが、それはきちんと全部話した。ぼくと一緒にポーチに腰をおろして話をしたくだりになると、クレイマーがあれこれ質問して、邪魔をしはじめた。うぬぼれるのはいやだから、クレイマーは殺人事件の解決よりぼくに司法妨害の罪を着せるのに乗り気だったとまで言わないが、そんな感じにとれた。クレイマーがミラを質問攻めにして、それをステビンズが手帳に書きなぐっていたとき、玄関のベルが鳴り、ぼくは出ていった。ウォルド・カーンズだった。事務所に案内すると、カーンズは三人の男にはろくに目もくれず、ミラに近づいて、片手を差し出した。

「ミセス・カーンズ」カーンズが言った。

「ふざけないで」ミラは答えた。

この言葉に、カーンズがアーヴィングのアッパーカットと同じようにうまく対処したかどうかは、わからない。またベルが鳴り、ぼくは二人を置き去りにして、ジュディ・ブラムを迎えいれなければならなかったのだ。顔しか知らない殺人課の刑事が一人、お供にくっついていた。そいつはジュディと一緒に入るつもりでいたが、ぼくはそういうつもりではなかった。で、言い合いをしている間に、ジュディはぼくらにかまわずするりと抜けていった。押し問答を続けていると、タクシーが一台、正面に停まって、アーヴィング夫妻が階段へ向かってきた。刑事は二人を通すためにどかなければならず、ぼくはやつの鼻をぺしゃんこにすることなくドアを閉めることができた。アーヴィングの登場で一騒動起きる可能性が高いので、ぼくはくっつくようにして事務所に入った。

なにも起こらなかった。ミラはアーヴィングにちらっと目を向けただけで、アーヴィングも同じだった。カーンズは目もくれなかった。ウルフがクレイマーとステビンズに新たな客の名前を教え、二人にもクレイマーとステビンズを警官だと説明している間、アーヴィング夫妻は立っていた。そのあとで空いている椅子、ぼくの机に一番近い二つの席に来た。ミセス・アーヴィングが前列の椅子で、ジュディを挟んで反対側がミラ。アーヴィングは妻の後ろの席に座った。おかげで、ウォルド・カーンズとは腕一本分しか離れていない。

ウルフの目が右から左に移動し、ミラの上で止まって、また引き返している間に、クレイマーがしゃべっていた。「これは公式な取り調べではないことは、ご承知おきを。ステビンズ巡査部長とわたしは立会人です。また、ミラ・ホルトが重要参考人として逮捕されていることも、忘れないように。殺人罪で起訴されていたら、この場にはいなかったでしょう」

「なんで保釈で出してやらないのよ?」ジュディ・ブラムが嚙みついた。「わたしは理由が知りたい

――」

「もう結構」ウルフがきっぱり遮った。「あなたは話を聞くためにここにいるんです、ミス・ブラム。黙っていられないのなら、グッドウィン君が引きずり出します。必要であれば、ステビンズ巡査部長も協力するでしょう」

「でも、どうして――」

「やめなさい！　もう一言でもしゃべれば、出ていってもらう」

ジュディは唇を噛み、ウルフを睨みつけた。ウルフも睨み返したが、黙らせたと判断し、視線をはずした。

「わたしは」ウルフは続けた。「グッドウィン君と共同で、ミス・ホルトのために行動しています。わたしたちの働きかけにより、ミス・ホルトは昨夜の行動をクレイマー警視に話したところです。その概要を手短に説明しましょう。七時半過ぎ、ミス・ホルトはミス・ブラムのタクシーを拝借して、フェレル・ストリートに行き、カーンズさんの家に通じる小路の入口で、停車しました。そのまま待っていたのですが、カーンズさんは現れませんでした。ミス・ホルトは八時半にタクシーを降り、小路を通って家に行き、何度かノックをして、窓を覗きました。応答はなく、車に戻りました。離れていたのは十分ほどです。そして、タクシー内には死体が置いてありました。顔見知りの女性、フィービー・アーデンでした。この先は――」

「この間抜けなデブ！」たまらずジュディが声をあげた。「あんたは立派な――」

「アーチー！」ウルフの声が飛んだ。

ぼくは立ちあがった。ジュディは唇をしっかり噛みしめていた。ぼくは腰をおろした。

「この先は」ウルフが続けた。「ミス・ホルトの思考過程は省き、行動に限って話したいと思います。ミス・ホルトは死体をキャンバス布で覆い、現場を離れました。お荷物を捨てようと、車で適当な場所をあちこち探し回ったが、見つけられなかった。細かい点は省略します。例えば、電話ボックスからミス・ブラムの家に電話をかけ、応答がなかったことなどです。ミス・ホルトは助言が必要だと判断し、車でわたしの家に来て、ポーチで鉢合わせしたグッドウィン君に、賭けをしたとか子供だましの話を聞かせました。グッドウィン君は妙齢の美人の魅力に弱いため、鵜呑みにしたのですが」

今の話は鵜呑みにすることにした。しかたがない、クレイマーが目の前に座っている。

「さて」ウルフは言った。「決定的な要素です。わたし自身、把握してから、三時間も経っていません。ミス・ホルトとグッドウィン君がポーチで顔を合わせたわずか数分後、だれかが警察本部に電話をかけ、この家の前に駐車中のタクシーには女の死体がある、と通報したのです。これは――」

「どこから聞いた?」クレイマーが問いただした。

ウルフは鼻を鳴らした。「くだらん。あなたからでもステビンズ部長からでもありませんよ。これは、殺人犯にとってフィービー・アーデンの死は目的でも必要でもなかったという証拠です。わたしにとっては決定的でした。フィービー・アーデンが殺された理由は、別の人間を破滅させる道具として死体が必要だった、というだけのことだったのです。非情きわまりない、きわめて悪辣な計画で、このわたしでさえ恐れ入りました。タクシーのなかで殺されたのか、近くで殺されて死体が車内に持ちこまれたのかは、たいした問題ではありません。前者のほうが可能性は高いでしょうし、個人的にもそちらだと思います。殺人犯はどんな行動をとったか? 彼もしくは彼女――英語には中性の代名詞がないので――は、道路の反対側にある石切場に隠れていて、ミス・ホルトが小路に入って姿が見えなくなるとすぐ、フィービー・アーデンとタクシーに乗りこんだ。そして被害者――どちらかと言えば小道具でしょうが――を刺し殺す。フェレル・ストリートを徒歩で引き返し、角を曲がってカーマイン・ストリートに駐めておいた車に向かった。車に乗るのに先立って、タクシーに戻ったミス・ホルトが走り去る前に死体を捨てたかどうかを、曲がり角付近から確認した。捨てていたら、電話ボックスを見つけて、すぐさま警察本部に通報したでしょう」

クレイマーは声を荒らげた。「カーンズがミス・ホルトと一緒に出てきたら、どうするんだ?」

「そうはならないと知っていたんです。その問題はまた後ほど。カーンズさんが犯人ではないと、見当をつけているんですな」

「見当などない」

「賢明だ。ミス・ホルトのタクシーがカーマイン・ストリートに入ると、犯人はあとを尾けた。死体を捨てる場所を探している間も含め、最終的な目的地となったこの家まで、ずっと尾行していた。細かい点は推測や憶測も混じっていますが、この点は間違いありません。そうしたにちがいないのです、車がここに駐まったとき、犯人は通過し、電話ボックスを見つけて警察に通報したわけですから。通報者として他に考えられるのは、歩道際に駐まっているタクシーのなかに死体があるのを見つけた通行人ですが、ドアを開けて、キャンバス布を持ちあげない限り、見えたはずはないのです」ウルフはクレイマーに目を向けた。「もちろん、あなたはお気づきだったでしょうが」

クレイマーは唸った。

ウルフは片手を裏返した。「犯人の目的がフィービー・アーデンの死であれば、なぜ石切場で殺さなかったのでしょう。現場近くには他に隠れられる場所はないので、二人はそこにいたはずです。そして、放置すればよかったのでは？　きわめて考えにくいことですが、実際に石切場で殺害したのなら、死体をタクシーまで持って、あるいは引きずっていった理由は？　まだあります。殺害で目的を達成したのなら、なぜうろつくタクシーをつけ回し、うまい機会を見つけたとたん、警察に通報したんです？　たしかに、狙いが二つあった可能性もあります。ミス・アーデンとミス・ホルト両名の破滅です。ただし、そうであるなら、第一の狙いはミス・ホルトでなくてはならない。ミス・アーデンを殺すなら、武器を用意して石切場におびきだしてしまえば、簡単で危険もほとんどない。ミス・ホルトを破滅させる道具として彼女の死体を使うとなると、手間のかかる向こうみずな作業となり、危険性もきわめて高い。犯人には一つしか、ミス・ホルトの破滅しか狙いがなかったとみて、間違いないでしょう」

「じゃあ、なんでだ？」クレイマーが追及した。「なぜ当人を殺さなかったんだ？」

「わたしの考えは推論の域を出ませんが、筋は通っています。犯人にミス・ホルトの死を願う動機があることを、みなが知っていたんです。殺害計画に非の打ち所がなく、犯行がどんなに巧妙だったとしても、彼は容疑の対象となり、事情聴取も行われる可能性がある。いや、今の言いかたは正しくない。犯行は今の表現どおりだった。彼はまさに非の打ち所のない計画を考案して、自分は安全だと思ったのでしょう」

　パーリー・ステビンズは立ちあがり、赤革の椅子をよけて、ウォルド・カーンズのそばに立った。

「いや、ステビンズ部長」ウルフが声をかけた。「中性の代名詞に恵まれていないために、誤解を招いたようです。代名詞の使用はもうやめます。殺人犯を監視したいのであれば、ミセス・アーヴィングの横へどうぞ」

いつ何時こうくるかわからないと思っていたので、ぼくはさっきからミセス・アーヴィングを見ていた。ぼくの席からわずか四フィート。ミセス・アーヴィングはぴくりとも動かなかったが、夫はちがった。額に片手をあて、指にぐっと力をこめた。関節が白くなるのがわかった。ミラはウルフを見つめたままだったが、ジュディとカーンズは、向きを変えてミセス・アーヴィングを見た。ステビンズも同じだったが、移動はしなかった。

クレイマーが口を開いた。「ミセス・アーヴィングというのは？」

「ここにいますよ」

「わかってる。どういう人物なんだ？」

「日曜の夜、ミス・ブラムのタクシーに乗っていくこととその理由を、ミス・ホルトが電話で話した相手の妻です。アーヴィングさんは、その電話のことをだれにも話さなかったと言いました。アーヴィングさんが嘘をついているか、奥さんが盗聴したかです。アーヴィングさん、奥さんが例の会話を内線で盗み聞きした可能性は？」

アーヴィングの手が、額から離れた。ゆっくりとおろし、膝に置く。横顔が見えた。首の脇の筋肉が、ぴくぴくと動いていた。「可能性があったからといって」ゆっくり、はっきりと話しはじめる。決まった数の単語しか使えないので、一語たりとも無駄にはしたくないと思っているみたいだった。「盗聴したと言っていることにはならない。重大な告発だ。わたしが望むのは……」アーヴィングは言葉を切り、望みの内容はみんなの想像に任せることになった。そして、いきなりこう言った。「本人に訊いてくれ！」

「そうします。聞いたんですか、奥さん？」

「いえ」低くて太い声は、どことなく息を整える必要がありそうだった。「あなたの告発は重大な問題であるだけでなく、的外れです。昨夜の行動はグッドウィンさんに話しました。聞いていないんですか？」

「聞きました。ご主人に仕事上の急用ができて、夕食と観劇の約束が取り消しになり、代わりにフィービー・アーデンに電話をして誘い、ミス・アーデンも承知した。そう説明したそうですな。ミス・アーデンがレストランに来なかったので、家に電話をしたが、出なかった。その後、別のレストランに行って一人で食事をした。おそらく、顔なじみではなく、先方の記憶に残らなくても言い訳がたつ店でしょう。九時過ぎまで劇場でミス・アーデンを待ち、チケット売り場にチケットを預けて、席についた。もっともらしい話だが、実際は肝心の時間帯、七時半からたっぷり九時過ぎまで、アリバイがないことになる。ついでながら、自分の行動について、そこまで正確に細かく、自分から説明したのは、失策でしたな。グッドウィン君から報告を受けて、これはなにかあると思いましたよ」

「アリバイがないなんて、ちがうわ」ミセス・アーヴィングは言い返した。「グッドウィンさんに話したのは、協力したかったからで――」

「しゃべるな」アーヴィングが妻の後頭部に向かって、制した。「先方にしゃべらせるんだ」ウルフに向かって付け加える。「そちらの話が終わりでなければ」

「もちろんですとも。直接お話ししますよ、マダム。問題の時間帯、本当にとった行動はこうだ。昨日の午後、たしかにフィービー・アーデンに電話はしたが、夕食を一緒にとって劇場に行こうと誘ったわけではなかった。あなたが話したのは、ミス・ホルトがなんとか夫と話し合おうとミス・ブラムのタクシーを運転していく計画だった。そして、ちょっとした意地悪をしようと言ったのです。カーンズさんが現れないようにミス・アーデンが手を回す。カーンズさんが来なければ、ミス・ホルトは間違いなく車を離れて、家へ様子を見にいく。そうしたら、あなたとミス・アーデンは隠れていた近くの石切場から出てきてタクシーに乗りこむ。ミス・ホルトは戻ってきて、あなたがたが車内にいるのを見て、うろたえる。腰を抜かすかもしれない」

「今の話は一つも証明できない」クレイマーが大声で言った。

「だれにもできませんな、ミス・アーデンが死んだ以上は」ウルフはミセス・アーヴィングを見据えたまま、話を続けた。「わたしはミス・アーデンを知らない。だから、彼女があなたの提案に同意したのは、単なる気まぐれだったのか、それともミス・ホルトへの悪意だったのか、はっきりしたことは言えません。ただ、実際ミス・アーデンは承知した。そして、破滅への道をたどったわけです。計画はもくろみどおりに滞りなく進んだ。カーンズさんを現場から排除する計略は、ミス・アーデン自身が考案したにちがいない。だが、この時点では、わたしの組み立てた論理も欠点がないわけではないと認めざるをえませんな。あなたはこの恐ろしい計画に他人の手を――タクシーの運転手でも、お抱え運転手でも――借りるほど愚かではないのはたしかだ。車の運転はしますか？」

「答えるな」アーヴィングが命じた。

「ええ、するわよ」ジュディ・ブラムが必要以上に大きな声で答えた。

「ありがとう、ミス・ブラム。どうやらあなたは、適度に話ができるようだ。というわけで、あなたとミス・アーデンは、あなたの車で現場に向かい、カーマイン・ストリートに駐車した。曲がり角からはある程度距離があり、ミス・ホルトが帰りにフェレル・ストリートから折れてくる方向に。あなたがたは徒歩で石切場に行き、隠れ場所を選び、ミス・ホルトがタクシーを離れたとき、出ていって車に乗りこんだ。その時点では悪ふざけ以上のことはしていない、注目すべきですな。ミス・ホルトが急に戻ってきたとか、だれかが近くに来て目撃されたら、本当の目的はあきらめるだけですむ。残念なことではあるが、致命的ではない。実際には、あなたは犯行に及んだ。わたしは道学者ではないが、あえて言わせていただこう。わたしの経験のなかでも、冷酷さと残忍さにおいてあなたの犯行は比類ない。ミス・アーデンはあなたの敵でないどころか、友人だった。仲がよかったはずだ。あなたの悪質ないたずらに参加したのだから。が、あなたはミス・ホルトへのすさまじい憎しみを満足させる道具として、死体を必要としていた。つまり――」

「ミス・ホルトへの憎しみだと？」クレイマーが口を挟んだ。「それもあんたの推測か？」

「断じてそうではない。その点は裏付けがある。ミス・ブラム。ギルバート・アーヴィングさんについてですが、彼はミス・ホルトを見るか、声を聞くと、震えを止めるためになにかに寄りかからなければいけないという話でしたね。そこまで動揺する原因は特定していませんでしたが。原因となる感情は、嫌悪感ですか？」

「ちがう。愛情よ。ギルバートはミラを手に入れたがってるの」

「そのことに、奥さんは気づいてましたか？」

「気づいてた。大勢の人がね。ギルバートがミラを見つめるところを、一目見ればわかるから」

「それは事実とちがう」アーヴィングが口を出した。「わたしはミス・ホルトの単なる友人だ。それだけだ。憧れていただけだ」

ジュディは視線をちらっとアーヴィングに向け、ウルフに戻した。「ギルバートは責任を感じて、夫でいただけよ。ギルは紳士なの。紳士は妻を裏切らないってわけ。あなたのこと、勘違いしてた。

間抜けなデブ呼ばわりしちゃだめだったわね。あたしはてっきり――」

クレイマーが割って入り、ウルフに向かって言った。「いいだろう。今は裏付けがないとしても、見つけられるだろう。だが、裏付けがあるのは、ほぼそれだけじゃないか。証明できることがろくにない。あんたの当て推量で、一人の女を殺人罪で起訴できると思っているのか？」

巡査部長が警視に公然と逆らうところを耳にするなんて、あまりないだろう。なのに、パーリー・ステビンズは……いや、言い間違えた。耳ではなく、目だった。パーリーは一言も言わなかった。カーンズのそばを離れ、アーヴィングをよけてミセス・アーヴィングの横、ジュディ・ブラムとの間に立っただけだ。パーリーはきっと上官に逆らうつもりなどなかっただろう。ミセス・アーヴィングがバッグからナイフを出して、ジュディのあばらに突き立てる可能性を嫌っただけなのだ。

「証明できることなど、なに一つない」ウルフは言った。「わたしは裸のままの真実をさらけだしたにすぎない。法律の求める証拠で体裁を整えたり、武装させるのはそちらの仕事で、わたしの関知するところではない。その点、あなたの備えは万全だ。もちろん、わたしの提案など必要ないでしょうな。それでも、項目をあげましょう。ミセス・アーヴィングは昨晩ガレージから車を出したか？　なんのために？　ないとは思うが、レストランへ、その後劇場に車で行くために使ったのなら、どこに駐めたのか？　もう一項目。ナイフ。こちらは可能性がきわめて高いが、ミセス・アーヴィングが今回の計略を考えだしたのが、夫が電話で約束を取り消したあとに限定されるなら、凶器を手に入れるのにミスのない周到な策を練る暇はなかった。手近な店で買ったか、自宅の台所から持参したか。後者であれば、コックかメイドが紛失に気づいて、凶器と同一の品だと確認できるでしょう。改めて指摘するまでもないが、ミセス・アーヴィングの最大のあやまちは、ナイフを死体に刺したままにしたことです。たとえ、柄が拭ってあったとしても。とはいえ、一刻も早く現場を離れようとしていたし、返り血を恐れたのでしょう。それに、自分の親友、フィービー・アーデンを殺した疑いがかかることは絶対にない、という自信があった。他の項目は――」

ミセス・アーヴィングが立ちあがった。同時に夫も立ちあがり、後ろから奥さんの腕をつかんだ。殺人犯を捕まえたわけではない。アーヴィングは紳士で、奥さんの化けの皮がはがれるのを防ごうとしていたのだ。ミセス・アーヴィングは夫の手を振り払ったが、パーリー・ステビンズが獲物を捕らえるように、もう片方の腕を大きな手でつかんだ。

「落ち着け」パーリーは言った。「さあ、落ち着くんだ」

ミラは頭を垂れ、両手を顔にあてて、震えはじめた。その肩にジュディ・ブラムが腕を回す。「いいのよ、マイ。周りは気にしないで。当然だもの」ウォルド・カーンズはじっと座っていた。身動き一つしなかった。ぼくは立ちあがって厨房に行き、内線電話を使って『ガゼット』紙の番号にかけた。約束はちゃんと守らなきゃいけないからな、ミラのように。

第十一章

昨日、アイドルワイルド空港（現ジョン・F・ケネディ国際空港）まで、ミラとジュディを車に乗せていった。ミラは離婚の町ネバダ州のリノ（州法により、六週間滞在すれば相手の同意なしに離婚申請できる。通常は米国の州内で6か月以上、郡内で3か月以上）へ向かう飛行機に乗ることになっていた。ジュディとぼくは、ウルフが所有するヘロンのセダンをぼくが運転していくか、ジュディのタクシーで行くかを決めるためにコイン投げをして、ぼくが勝ったのだった。帰り道、カーンズがリノの離婚手続きを受け入れることにしたのは、もうフィービー・アーデンと結婚する必要がなくなったからだろうと、ぼくは言った。

「はずれね」ジュディは言った。「妻が殺人事件の証人になって、不都合だからよ」

少し経って、ライオンが岩の上に立って飛びかかろうとしている夢はもう見なくなっただろう、とぼくは言った。

「はずれね」ジュディは言った。「そのライオンの正体がわからなくなっただけ。あなただったたってこともありうるかも」

少し経って、シンシン刑務所の死刑囚檻房にいるミセス・アーヴィングへの計画をニューヨーク州が実行したら、ミラは結婚式に間に合うようにリノから戻ってくるだろう、とぼくは言った。

「はずれね」ジュディは言った。「最低でも一年は待つわよ。ギル・アーヴィングは死ぬまで紳士でしょうからね」
三回意見を言ったら、全部はずれにされた。それでも、男は女と結婚し続けるのだ。

トウモロコシとコロシ

第一章

あれは九月の火曜日の夜だった。玄関のベルが鳴り、廊下に出てマジックミラー越しに確認すると、ポーチに大きなダンボール箱を抱えたクレイマー警視がいた。玄関に向かいながら、ぼくはドアを二インチ開けて、隙間からこう言ってやるつもりだった。「配達は、裏口へどうぞ」警視は招待されていなかったし、約束もなかったし、ぼくらには事件も依頼人もなかった。借りはなにもない。なのに、どうして歓迎するふりなんか？

だが、ドアの前に着いた頃には、気が変わっていた。クレイマー本人のせいではない。クレイマーは普段とまったく変わらない様子だった。大きくてごつい。丸い赤ら顔にもじゃもじゃの灰色眉毛、上着の袖の縫い目が伸びるほどがっちりしたいかり肩。気が変わったのは、ダンボール箱のせいだ。使い回しでぴったりの大きさ。マクラウドが使う紐で縛ってあるし、青いクレヨンで書いたネロ・ウルフの宛名もマクラウドの字体だ。ポーチの明かりをつけておいたので、近づくにつれ、こういった細かい点が見てとれるようになったのだ。ぼくは大きくドアを開け、丁寧に尋ねた。「そのトウモロコシ、どこで手に入れたんです？」

少し説明が必要だろう。通常、ウルフは夕食後に一番人間らしくなる。食堂から廊下を横切って事務所に入り、巨体を机の奥にあるお気に入りの椅子に納める。そして、フリッツがコーヒーを持ってくる。ウルフは読みかけの本を開く。もしくは、デートの約束のないぼくが事務所にいたなら、おしゃべりをはじめる。話題は女性の靴からバビロニアの占星学における新月の重要性まで、なんでもござれだ。が、その日の夜、ウルフはカップを手に本棚の近くにある大型地球儀のそばに行き、しかめ面でくるくると回していた。おおかた、今いたい場所でも選んでいたんだろう。

トウモロコシが届かなかったせいだった。パトナム郡に住むダンカン・マクラウドという農夫との取り決めでは、七月二十日から十月五日までの毎週火曜日、採れたてのトウモロコシが十六本、配達されることになっていた。トウモロコシは皮ごと焼かれ、食べるときに自分で皮を剝く。ぼく用に四本、ウルフ用に八本、残り四本が厨房のフリッツ用だ。トウモロコシは五時半より早く着いてはいけないし、六時半を過ぎてもいけない。が、その日はいっこうに届かなかった。おかげでフリッツは茄子の詰め物を作らなければならなくなり、ウルフはしかめ面で地球儀の前に立っていた。そんなとき、ベルが鳴ったのだ。

そして今度は、ダンボール箱を持ったクレイマー警視の登場だ。こんなことがあるのだろうか？あった。クレイマーは棚に置く帽子をぼくに手渡し、ずかずかと廊下を進んで事務所に向かった。ぼくが事務所に入ったときには、クレイマーはウルフの机にダンボールを置き、紐を切ろうとナイフをとり出していて、ウルフはカップを持ったまま机に近づいていくところだった。クレイマーは蓋を開け、トウモロコシを一本出して手に持ち、こう言った。「こいつを夕食に食べるつもりだったなら、お届けがちょっと遅れてしまったな」

ウルフはクレイマーの脇に行き、蓋をめくって文字や自分の名前を確認して唸ると、机の後ろに回って、椅子に座った。「お見事」ウルフは言った。「一本とられました。どこで手に入れたんです？」

「あんたが知らないなら、グッドウィンが知っているんじゃないか」クレイマーはぼくに一瞥《いちべつ》くれ、ウルフの机の端の向かいにある赤革の椅子に移動し、腰をおろした。「あんたとグッドウィンに少し訊きたいことがある。ただ、当然理由が知りたいだろう。毎度のことだ。四時間前の五時十五分、男の死体がレストラン、〈ラスターマン〉の裏の小路で発見された。後頭部を鉄パイプで殴られていて、凶器は死体のそばの地面にあった。被害者の乗ってきたステーション・ワゴンは、レストランの搬入デッキの横に駐まっていて、車内にはトウモロコシの入ったダンボール箱が九個あった」クレイマーは指を差した。「そのうちの一つだ。あんたの名前が書いてあった。あんたはこんな箱を毎週火曜日に受けとっている。そうだな？」

ウルフは頷いた。「たしかに。旬にはね。死体の身元はわかったんですか？」

「ああ。八十ドルちょっとの現金を含め、運転免許証やらなにやらがポケットに入ってた。ケネス・フェイバー、二十八歳だ。レストランの連中も、身元を確認した。この五週間、フェイバーはあの店にトウモロコシを配達していて、続いてあんたの分をここに持ってきていた。そうだな？」

「知りませんな」

「知らんだと？　そっちがその気なら――」

ぼくは仲裁に入った。「待った。席をたたないでくださいよ。ご存じのとおり、ウルフさんは日曜を除く毎日、四時から六時まで屋上の植物室にいます。普段、トウモロコシは六時前に届いてましたから、フリッツかぼくが受けとります。だから、ウルフさんは知らないんです。ぼくは知ってますよ。ケネス・フェイバーはこの五週間、トウモロコシを持ってきていました。もしあなたの望みが――」

ぼくは口をつぐんだ。ウルフが体を動かしていたのだ。さっきクレイマーが机の上に投げ出したトウモロコシを、ウルフは手にとって感触を確かめ、中程を握ってみて、皮を剝きだした。ぼくの机の席から見たところ、並んだ粒は大きすぎて色も濃く、実が入りすぎぎのようだった。ウルフは顔をしかめて呟いた。「思ったとおりだ」そして、そのトウモロコシを置いて腰をあげ、ダンボールに手を伸ばした。「手伝ってくれ、アーチー」ウルフは一本とり出して、皮を剝きはじめた。ぼくが立ちあがると、クレイマーはなにやら言ったが、相手にされなかった。

作業が終わったとき、ウルフの選別でトウモロコシの山が三つできていた。二本は未熟で、六本は熟しすぎ、八本がちょうど食べ頃だった。ウルフは椅子に戻ってクレイマーに目を向け、宣言した。「お話にならない」

「つまり、時間稼ぎか」クレイマーが怒鳴った。

「そうではない。詳しく説明しましょうか?」

「ああ、そうしてくれ」

「レストランの従業員を尋問してご存じでしょうが、トウモロコシを出荷したのは、ここから六十マイルほど北にある農場でトウモロコシを栽培しているダンカン・マクラウドなる人物です。もう四年間届けているので、わたしの求める品質は熟知しています。完熟寸前だが、熟しきってはだめで、この家に届く三時間以上前に収穫されてはいけない。スイート・コーンは食べますか?」

「ああ。やっぱり時間稼ぎだな」

「ちがう。だれが料理するんです?」

「家内だ。うちにはフリッツが居合わせない」

「お湯で茹でる?」

「もちろんだ。あんたのはビールで茹でるのか？」

「ちがう。何百万というアメリカ人女性が、多少男性もいるが、夏になると毎日そういう野蛮な所業を繰り返しているのだ。彼女らは極上の美食を単なる飼料に変えているのだ。皮を剝いて茹でれば、たしかにスイート・コーンは食べられるようになり、栄養も豊かだ。だが、オーブンを最高温度にして四十分間皮ごと焼き、食卓で皮を剝いてバターと塩をつけ、余計なことはしない。それで、トウモロコシは神饌《しんせん》と化す。いかなるシェフの匠の技も、想像力も、あのトウモロコシを超える料理は生み出せずにいるのだ。アメリカ人女性はいっそ自分を茹でるべきだ。理想を言えば、トウモロコシは——」

「その時間稼ぎはどれくらい続く予定かね？」

「時間稼ぎをしているのではない。理想を言えば、トウモロコシはもいですぐオーブンに入れるべきだが、もちろん、都会に住んでいる人間にとっては実行不可能だ。それでも、正しい生育段階で収穫されれば、トウモロコシは二十四時間、いや、四十八時間後でもまだ、舌を楽しませるすばらしい料理になる。実際に試したことがあるのでね。なのに、これを見なさい」ウルフは選り分けたトウモロコシの山を指さした。「お話にならない。マクラウド氏はちゃんと心得ているはずだ。最初の年は、二ダースずつ送らせて、基準に満たないものは返却していた。今のマクラウド氏は、わたしの求める品質を理解している。皮を剝かずに選別する方法を心得ているのだ。レストランに提供する分も同じく細心の注意を払うことになっているが、これでは怪しいものだ。レストランには十五から二十ダースくらいは納入されている。今日受けとったものも、テーブルに出しているのだろうか？」

「ああ。店員たちは通報もしないうちに、ステーション・ワゴンから荷物をおろしたことは認めてる」クレイマーは顎を引き、垣根のような眉毛の下の両目を細めた。「あんたはあのレストランの主だったな」

ウルフは首を振った。「主ではない。わたしの友人、マルコ・ヴクチッチが亡くなったとき、遺書で管財人に指定されたが、その務めは来年で終わります。取り決めはわかっているはずだ。あの殺人事件を捜査したのは、あなたなんだから。わたしが殺人犯をユーゴスラビアから連れ帰ったことも、記憶に残っているかもしれませんな」

「そうだったな。一度も礼を言ったことがなかったようだが」クレイマーの目がぼくに向けられた。「おまえはしょっちゅうあそこへ行くな。ユーゴスラビアじゃない、〈ラスターマン〉のことだ。どのくらいの頻度だ？」

ぼくは片方の眉をあげた。これをやるとクレイマーは苛つく、自分はできないからだ。「まあ、一週間に一回。二回のときもありますけど。あそこでは特別扱いになるし、ニューヨークで最高のレストランですから」

「たしかに。今日は行ったか？」

「いいえ」

「今日の午後五時十五分、どこにいた？」

「ウルフさんのセダン、ヘロンを運転中でしたよ。五時十五分？　グランド・コンコース（ニューヨーク市ブロンクスの主要な大通り）で、イースト・リバー・ドライブ（現在のフランクリン・D・ルーズベルト・イースト・リバー・ドライブ）に向かっていたかな」

「だれか一緒にいたか？」

「ソール・パンザー」

クレイマーは唸った。「この世で二人だけ、おまえとウルフのためなら、ソール・パンザーは嘘をつくな。どこに行っていた?」

「野球観戦です。ヤンキー・スタジアム」

「九回になにがあった?」クレイマーは手を振った。「いや、いい。おまえはちゃんと知ってる、答えの準備はしてあるだろう。マックス・マズローとは、どの程度の知り合いだ?」

ぼくはもう一度、片眉をあげた。「関連づけをお願いします」

「今、殺人事件の捜査中だ」

「そう思ってましたよ。どうやらぼくは容疑者らしい。関連づけを」

「ケネス・フェイバーのポケットに入っていた品物のなかに、小型の手帳があってな。あるページに四人の男の名前が鉛筆で書いてあった。そのうち三人の名前の前には、チェックマークがついていた。最後の一人、チェックマークがないのが、アーチー・グッドウィンだ。最初がマックス・マズロー。これでいいか?」

「その手帳が見たいところですけど」

「鑑識にある」クレイマーの声が一段階大きくなった。「おい、グッドウィン。おまえは免許を持った私立探偵なんだぞ」

ぼくは頷いた。「でも、ソール・パンザーがだれかさんのために嘘をつくだの、悪い冗談を言われちゃね。わかりました、水に流しますよ。マックス・マズローなんて知らないし、今まで名前を聞いたこともありません。チェックマークつきの、他の二人の名前は?」

「ピーター・ジェイ。J、A、Yだ」

「知らないし、聞いたこともありません」

「カール・ハイト」クレイマーは綴りを言った。

「それなら、心あたりがありそうだ。ドレスのデザイナーですか？」

「女向けの服を作ってる」

「ぼくの友人、ミス・リリー・ローワンも客の一人でね。洋服選びの手伝いで、何度か一緒に店に行ったことがありますよ。スーツもドレスも目を剝くような値段ですけど、小さなエプロンくらいなら三百ドルで作ってくれるでしょう」

「ハイトとは、どの程度親しいんだ？」

「親しくはありませんよ。カールとは呼びますが、そこはおわかりでしょう？　ミス・ローワンの田舎の別荘に二回、週末の客として一緒に招かれたことがあります。ミス・ローワンと一緒のときにしか、会ったことがありませんね」

「フェイバーの手帳で、なぜやつの名前がチェックマークつきで書かれていたか、知っているか？」

「知らないし、見当もつきません」

「スーザン・マクラウドについて質問する前に、関連づけが必要か？」

カール・ハイトの名前を聞いたとたん、いずれこうくると思っていた。警察はその手帳を四時間も押さえていたんだし、聞きこみにとりかかるのにぐずぐずしていたわけがない。ぼくを最後に残して、おまけにクレイマー本人が来たのは、もちろん光栄だが、ぼくというより、ウルフへの敬意の表れだろう。

「結構です」ぼくは断った。「自分で関連づけますから。六週間前の今日と同じ曜日に、ケネス・フェイバーがはじめてトウモロコシの配達に来ました。そのときが初対面だったんですが、スー・マクラウドの世話で父親の農場で働くことになったと言っていました。おしゃべりなやつでね。自分はフリーの漫画家だが、仕事は行き詰まっているし、太陽と空気が必要だし、筋肉には運動が必要なんだとか。スーはその農場で週末を過ごすことがよくあるんで、願ったり叶ったりだって話でしたね。これ以上の関連づけは、あなたにはできないでしょう。さあ、スーザン・マクラウドについて質問してください」

　クレイマーはぼくを観察していた。「すらすら答えるな、まったく。ちがうか、グッドウィン？」

　ぼくはにやりと笑ってみせた。「冷たい蜂蜜みたいにもたもたしてますよ。遅れをとらないように、頑張ってますけど」

「やりすぎるなよ。彼女とは、どれくらい前から親しい仲なんだ？」

「さあ。『親しい仲』には、いくつか意味がありますよね。どの意味です？」

「どういう意味かは、よくわかってるだろうが」

　ぼくは肩をすくめた。「教えてくれないんなら、こっちであたりをつけなきゃなりませんね」肩をおろす。「どっちに解釈するかは考えかた次第ですけど一番悪い意味、もしくは一番いい意味なら、なにもありません。三年前のある日、ここへトウモロコシを配達しにきたときに出会ったんです。スーには会いましたか？」

「ああ」

「なら、見た目はわかってるんですね、ぼくを候補にしてくださって光栄ですよ。スーには長所があります。根はいい子だと思うし、色気たっぷりなのは本人のせいじゃなく、生まれつきですから。自分で目や声を選んだわけじゃないし、あれはひとまとめにして神から贈られたものです。スーのおしゃべりだって、ある意味格別ですよ。なにを言い出すかわからない。そもそも、本人もわかってないんですからね。ある晩、彼女にキスを、ごく普通の健康的なキスしたとき、顔が離れたら、こう言ったんです。『昔、馬が牛にキスをするところを見たことがあるの』ただね、ダンスがお粗末なんです。映画とか、ボクシングの試合とか、野球観戦のあと、ぼくには一、二時間音楽とダンスの相手が必要なので、ここ一年くらいはあまり会ってません。最後に見かけたのは、二週間くらい前のどこかのパーティーでしたね。連れがだれだったのかは知りませんが、ぼくじゃありませんでした。ぼくとスーが『親しい仲』だという話、あなたの意味する意味なら、どんな答えを期待しているんです？　そんな仲じゃありませんでしたけど、仮にそういう関係だったとしても、軽々しく教えるほどあなたとは親しい仲じゃありませんよ。他には？」

「たっぷりある。彼女にカール・ハイトの仕事を世話してやったのは、おまえだそうだな。住むところも見つけてやった。たまたま、ここから六ブロックしか離れていないアパートのようだが」

ぼくは首をかしげた。「どこでそんな話を聞いたんです？　カール・ハイトからですか？」

「いや。本人からだ」

「スーはミス・ローワンの話をしなかったんですか？」

「してない」

「なら、スーを見直しますよ。あなたが殺人事件について攻撃してきたから、スーはミス・ローワンを巻きこみたくなかったんでしょう。トウモロコシを持ってくるようになって二度目の夏、二年前のある日のことですが、スーはニューヨークで働きたいと言って、ぼくに仕事を世話できるかと訊いたんです。ぼくについてのある就職口、もしくは融通をきかせて雇ってくれるような仕事はこなせそうになかったので、ミス・ローワンに相談して、うまく取りはからってもらいました。ミス・ローワンはスーとアパートで一緒に暮らしてくれる知り合いの娘さんを二人見つけて――ちなみにここから六ブロックじゃなくて、五ブロックしか離れていませんよ――ミッドタウン・スタジオの講習代を立て替え――もうスーが返しましたけど――カール・ハイトのモデルのオーディションを受けられるようにしました。今じゃスーはニューヨークの人気モデルトップテンに入って、時給百ドルだそうですが、それは人づてに聞いた話です。雑誌の表紙を飾るスーはまだ見ていません。ぼくは仕事も住まいも世話してはいません。ぼくはスーよりミス・ローワンと親しいですからね。ぼくが巻きこんだんなら、ミス・ローワンは勘弁してくれるでしょう。他には？」

「たっぷりある。ケネス・フェイバーがおまえを蹴落としてスーを手に入れたことを、いつ、どんなふうにして知った？」

「異議あり」ぼくはウルフに向き直った。「裁判長。今の質問は侮辱的かつ無関係、あほくさい根拠に基づくものとして、異議を申し立てます。ぼくが蹴落とされるような男だとみなしているだけでなく、いたこともない場所から蹴落とされたとしています」

「異議を認める」ウルフの口の片端がちょっとあがった。「質問のしかたを変えるように、クレイマー警視」

「言われなくても、質問してやる」クレイマーはぼくから目を離さなかった。「吐いたほうがいいぞ、グッドウィン。こっちには彼女がサインした供述調書があるんだ。一週間前の火曜、フェイバーがここに来たとき、やつとおまえの間でどんなやりとりがあった？」

「トウモロコシですよ。フェイバーからぼくへ、やりとりされましたけど」

「あくまでふざけるつもりだな。トウモロコシは、もうわかってる。気のきいた逃げかただ。他には？」

「ええと、そうだな」ぼくは唇をすぼめ、真剣に考えた。「玄関のベルが鳴り、ぼくが出ていって、ドアを開けました。そのまま引用です。『やあ。農場はどんな調子だい？』フェイバーはぼくに、ダンボールを手渡しながら言いました。『どうも。最低だよ。地獄みたいに暑くて、水ぶくれができちまった』ぼくは受けとりながら、答えました。『国を背負って立つ男が、水ぶくれの一つや二つ、なんだって言うんだよ』フェイバーは『とっとと消えろ』と言って、出ていきました。ぼくはドアを閉めて、厨房へ箱を運びました」

「それだけか？」

「それだけです」

「わかった」クレイマーは立ちあがった。「おまえは帽子をかぶらないんだったな。歯ブラシをとってくるのに、一分やる」

「ちょっと待ってくださいよ」ぼくは片手をあげた。「緊急事態なら、ぼくだって脱出シューターで逃げることもあるし、実際逃げますとも。でも、今回は緊急事態じゃない。もうすぐ寝る時間ですよ。スー・マクラウドの供述と矛盾する点があるなら、ぼくとスーが話し合う前にこっちを片づけたいのは当然わかります。だから、どうぞ続けてください、ぼくは目の前にいるんだから」

「一分過ぎたぞ。来い」

ぼくは動かなかった。「いやです。もうぼくには不服を唱える権利がある。で、腹を立ててます。連行を正当化してもらう必要があります」

「やらないとでも思ってるのか？」少なくとも、クレイマーに睨みつけさせることはできた。「重要参考人として逮捕する。来い！」

ぼくはのんびり立ちあがった。「逮捕状は持っていないでしょうが、うるさいことは言わないでおきますよ」そして、ウルフのほうを向く。「もし明日ぼくにいてほしいなら、パーカーに電話してみてください」

「そうしよう」ウルフは椅子の向きを変えた。「クレイマー警視。わたしはあなたの人並み優れた力量をよく承知しているが、こういう愚かな行動にはときどき愕然とさせられますな。グッドウィン君をいじめるのに夢中で、わたしがわざわざ指摘している重要事項を完全に無視するとは」ウルフは机の上の山を指さした。「このトウモロコシを採ったのはだれか？　けしからん！」

「それはあんたの重要事項だ」クレイマーはだみ声で嚙みついた。「こっちの重要事項は、だれがケネス・フェイバーを殺したかだ。来い、グッドウィン」

第二章

水曜日の午前十一時二十分、ぼくはレナード・ストリートの歩道の縁に、ナサニエル・パーカーと一緒に立っていた。「もちろん、ある意味じゃ名誉なことだよ。前回の保釈金はたったの五百ドルだったんだから。今回は二万ドルだ。進歩したよな」

パーカーは頷いた。「それも一つの見かただ。検事は五万ドルを求めたんだが、二万ドルまで引きさげた。どういう意味かわかるだろうね。連中は本気で……来たぞ」

タクシーが一台こっちに向かってきて、停まった。乗りこんで、八番街と三十五丁目の交差点にやってくれと告げて車が動きだすと、パーカーが身を寄せ、声を潜めて話を続けた。弁護士らしい考えかただ。タクシーの運転手はしゃべるのに輪をかけて聞くのが得意で、こいつは地方検事が差し向けたスパイかもしれないってわけだ。「連中は本気で、きみがあの男を殺したかもしれないと考えている。今回は深刻だぞ、アーチー。判事には、五万ドルという保釈金が妥当とみなされるのは、殺人罪で起訴するに足る証拠が揃っている場合のみで、仮にそういう状況なら保釈自体認められないはずだと説得した。で、判事も納得したんだ。きみの法律顧問として忠告しておかなければならないが、いつ何時、そういった罪名を着せられるかわからないと覚悟をしておくべきだ。マンデルの態度が引っかかる。ところで、ウルフさんは請求書を自分ではなく、きみに送れと言っていたよ。これはきみ個人の問題で、自分は無関係だからと。控えめな金額にしておく」

ぼくはパーカーに礼を言った。地方検事補のマンデルが、そしておそらくクレイマーも、ぼくをこの大ヤマの本ボシだと睨んでいることは、もうわかっていた。クレイマーは南署の殺人課にぼくを引っ張っていき、三十分ほど相手をしたあとで、ロークリッフ警部補に引き渡して帰宅してしまった。ロークリッフは一時間近くぼくに立ち向かった——十四分でどもらせたが、新記録とはならなかった——そのあとはぼくを地方検事局に護送して、夜明かしする気満々のマンデルに引き継いだ。

実際、地方検事局の殺人課の捜査官二人と連携して、マンデルは夜明かしをした。もちろん、クレイマーやロークリッフから電話連絡を受けていて、マンデルの態度はのっけから、ぼくがぼく自身か他のだれかに迷惑がかかるのを避けるために役に立ちそうな情報を隠している、程度の疑いをかけているとは考えられなかった。マンデルはぼくを最有力容疑者とみなしていたのだ。当然理由を知りたかったので、協力するふりをした。クレイマー相手のときにはやらなかった。ウルフの前でぼくを怒らせたからだ。ロークリッフ相手のときにもやらなかった。正真正銘のヒヒ相手に協力するふりなんてできないからだ。だが、マンデル相手ならできた。もちろん、質問するのはマンデル、もしくはマンデルと捜査官たちだが、ここが頭の使いどころで、次の質問もしくは後々の質問がこちらの知りたいと思っていることの答えになるように、せめてヒントになるように、質問に答えていくのだ。経験が必要だが、ぼくはたっぷり経験を積んでいた。それに、一人が一時間くらいこっちを突つき回して引っこみ、別人が来ておさらいをするときには、よりやりやすくなる。

例えば、犯行現場だ。〈ラスターマン〉の裏手の、小路と搬入デッキ。ウルフが管財人なので、〈ラスターマン〉のことでぼくが知らないことはない。枝道から細い小路に入り、ほんの十五ヤードほどで搬入デッキがある。小路はその数フィート先で別のビルの壁に突きあたって行き止まりになっている。配達に来て小路に入った車もしくは小型トラックは、バックで出ていかなくてはならない。ぼくのように、ケネス・フェイバーが五時過ぎにトウモロコシを持ってくると知っていたら、歩いて小路に入り、搬入デッキの下でコンクリートの柱の陰に武器を持って隠れていられる。フェイバーが運転してきたトラックを降り、後部ドアを開けようと回ってきたときなら、自分の身になにが起こったか気づく暇さえなかっただろう。ぼくにやれたなら、やれなかったやつなんているんだろうか？　もう一つ、やるなら知っておかなければならなかった点がある。レストランの厨房の窓からは、ぼくの姿を見ることはできなかったのだ。レオが鴨の骨を抜いたり、フェリックスがガチョウの血をソース・ルアネーズに入れてかき回しているところを、子供たちが搬入デッキにあがって覗いたりできないように、窓には内側からペンキが塗ってある。

そういった点をぼくが全部知っていたことを記録に残す手伝いをしながら、ぼくのほうもこれだけの情報は仕入れた。殺人犯が小路にいるところ、もしくは出入りするところを目撃した人物は見つかっていない。だれかが厨房から搬入デッキへ出てきて死体を発見する五分か十分前に、フェイバーは死んだと思われる。凶器は太さ二インチ、長さ十六と八分の五インチの亜鉛メッキされた鉄パイプで、一方にオスの、反対側にメスのねじが切ってあり、古くて変形していた。コートのなかに、簡単に隠せる。出所については、一人が十時間で突きとめるかもしれないし、千人で十年かかるかもしれなかった。

こういう細かい情報を手に入れるのは、なんでもなかった。どのみち朝刊に載るだろうし。ただ、連中のぼくへの対応ぶりから、新聞には載らないヒントをつかんだ。ヒントをつかむのが精一杯で、確認可能な事実はなに一つ手に入れられなかったので、朝パーカーがぼくを釈放させにきたときの推論を報告するだけにしておこう。連中はぼくにスーの供述調書を見せようとしなかった。が、そこになにかがあるのは間違いなかった。あるいはスーの発言に。あるいは他のだれか、カール・ハイトかピーター・ジェイかマックス・マズローが、スーもしくは刑事になにかしゃべったのかもしれない。じゃなければ、スーの父親のダンカン・マクラウドの証言とも考えられる。ありそうもない話だが、マクラウドを見かけたので、候補に入れておくことにした。パーカーとぼくが外に向かう途中で待合室を通ったとき、壁際に並んだ椅子の一つに、ネクタイを締めてよそ行きの格好をしたマクラウドが座っていたのだ。日に焼けて真っ黒な四角い顔が、汗で光っていた。ぼくが近づいて、いい日よりだねと声をかけたら、マクラウドはよくない、一日つぶれるし、農場の世話をしてくれる人がいないし、悪い日よりだと言った。他の人たちも座っていて、おしゃべりには不向きな状態とはいえ、せめてトウモロコシを採った人物の名前くらいは聞き出せたところだが、人が来てマクラウドを奥へ連れていってしまった。

そんなこんなで、通りの角でタクシーを降り、パーカーに送ってもらった礼を言って、いずれ電話すると話してから、三十五丁目を古い褐色砂岩の家に向かって一ブロック半歩いたとき、ぼくは家を出る前より持ち合わせが少なくなっていた。本当に役に立ちそうなことはなにも聞けなかったし、いくらパーカーが『控えめ』だと判断しても、二万ドルの費用はしゃれにならない。そのつけを、ウルフに押しつける見こみもない。ウルフはケネス・フェイバーにも、スー・マクラウドにも会ったことがないのだから。ポーチまでの七段の階段をのぼり、鍵を鍵穴に差したところで、ぼくは無理をしないことに決めた。

鍵だけではだめだった。ドアは二インチ開いて、動かなくなった。チェーンがかかっていたのだ。呼び鈴のボタンを押すと、フリッツが出てきてチェーンをはずした。なにか困ったことがあると、口を開く前から顔が話していた。一番よく見る顔の表情さえ読めなかったら、どうやって他人の顔を読めると？　敷居をまたぎながらぼくは声をかけた。「おはよう、なにがあった？」

フリッツはドアを閉めて振り返り、まじまじとぼくを見た。「だけど、アーチー。あんたはひどい様子だよ」

「気分はもっとひどい。で、なんだい？」

「女性が会いにきてる。ミス・スーザン・マクラウドだ。前は配達に――」

「わかってる。どこにいる？」

「事務所だ」

「ウルフさんは？」

「厨房だよ」

「スーと話したのかな？」

「いや」

「どれぐらい、ここで待ってたんだ？」

「三十分」

「態度が悪くて、すまないな。一晩楽しんできたあとだから」ぼくは廊下の奥に進み、厨房のスイングドアを押し開けて、なかに入った。ウルフはビールのコップを片手に、中央のテーブルにいた。

「ふむ。睡眠はとったのか？」と唸る。

「いえ」

「食事は？」

ぼくは食器棚からコップを一つとり出して冷蔵庫に移動し、ミルクを注いで一口飲んだ。「ぼくの二ドルと引き替えに、連中に差し入れてもらったベーコン・エッグを見たら、ましてやそれを食べたりしたら、二度と元の自分には戻れないでしょうね。あなたは重要参考人として引っ張られるんじゃないかと心配で心配で、及び腰になってるんだ。連中は、ぼくがフェイバーを殺したんだろうと睨んでます。ご参考までにお知らせしますが、ぼくはやってません」ぼくはミルクを飲んだ。「これでお昼まで持つでしょう。客が来ているのは、わかってます。あなたがパーカーに言ったとおり、これはぼくの問題で、あなたは無関係です。表の応接室に連れていってもいいですか？　自分の部屋に案内するほど親しくないんで」ぼくはミルクを飲んだ。

「いい加減にしないか」ウルフは怒鳴った。「クレイマー警視に話した内容のうち、どこまでがでたらめなんだ？」

「どこも。全部本当のことです。ですけど、警視はぼくに夢中だし、地方検事も同じです。その理由を突きとめなきゃなりません」ぼくはミルクを飲んだ。

ウルフはぼくをじっと見ていた。「ミス・マクラウドとの面会は、事務所にしろ」

「応接室でいいですよ。一時間かかるかもしれません。二時間かも」

「電話が必要になるかもしれん。事務所だ」

いつものぼくだったら、その申し出に多少注意を払っただろうが、いささか疲れていた。で、半分残ったミルクのコップを持って、厨房を出た。事務所のドアは閉まっていた。なかに入り、また閉めた。スーは赤革の椅子には座っていなかった。スーはぼくの客で、ウルフの客ではなかったので、フリッツが黄色の椅子を持ってきていたのだ。どちらにしても、ドアの開く音を聞いてぼくを見るなり、スーは飛びあがった。ぼくがドアを閉めて向き直ったときには、スーは目の前にいて、ぼくの両腕をつかみ、ぼくの目を見ようと顔を少し仰向けていた。ミルクを持っていなければ、ぼくは両手を基本的な機能の一つに活用しただろう。女の子とじっくり腹を割った話し合いをはじめるのに、ふさわしいやりかただからだ。それが事実上不可能だったので、ぼくは顔をうつむけ、スーにキスをした。軽いキスではない。スーも素直に従っただけじゃなく、協力した。ぼくの腕を握る手に力がこもった。ぼくは目を閉じたままなので、感覚でコップをまっすぐにしていなければならなかった。こちらからやめるのは失礼だろうから、スーに任せることにした。

スーは離れ、一歩さがって言った。「ひげを剃ってないのね」

ぼくは自分の机に歩いていき、ミルクを飲んで、コップをおろした。「地方検事局で一晩過ごしたからね、疲れてるし、不潔だし、機嫌も悪い。三十分でシャワーを浴びて、ひげを剃って、着替えてこられるよ」

「そのままで大丈夫」スーは乱暴に椅子に座った。「こっちを見て」

「見てるよ」ぼくは腰をおろした。「きみはビタミン剤服用前、服用後の広告に出るのにもってこいだ。今は服用前。ベッドには入れたのかい？」

「そう思う、わからないけど」スーの口が空気をとりこむために開いた。あくびではなく、鼻の補助をしただけだった。「牢屋だったはずはないのよ、窓に鉄格子はなかったから。夜中過ぎまで質問されて引き留められて、そのうちの一人があたしを家に送っていったの。ああ、そうだった。ベッドには入ったのよ、でも眠れなかった。だけど寝たはずなの、目を覚ましたんだから。アーチー、あたしになにをするの？　わからないんだけど」

「ぼくもだ」ぼくはミルクを飲んで、コップを空にした。「つまり、きみはぼくになにかしたのかい？」

「そんなつもりじゃなかったの」

「そりゃそうだろう」

「口から出ちゃったの。いつかの晩、説明してくれたのを覚えてるでしょ」

ぼくは頷いた。「きみの神経系統には抜け道があるって話だったね。ぼくみたいに普通の人間の場合、言葉が口から出ようとするときは、必ず頭のなかの検問を経由して許可をとる。よっぽど怒っているか、怯えているか、なにかない限りはね。きみは立派な検問を備えてるのかもしれない。ただ、どういうわけかな、きっと接続不良だと思うけど、検問の通過を省略することがしょっちゅうあるね」

スーは眉をひそめた。「でも困る。検問がないとしたら、あたしは単なるばかってことでしょ。ちゃんとあるとしたら、間違いなく通過を省略しちゃったのよ、昨日あなたに会いにあそこへ行ったって説明したときは」

「ぼくと会うって、どこで？」

「四十八丁目。昔〈ラスターマン〉にトウモロコシを届けるときに曲がって入った、あの小路の入口で。あそこで五時にあなたと落ち合って、ケンが来るのを待つことになってたって言ったの。ケンに話があったから。でも、あたしは遅れて、着いたのは五時十五分で、あなたはいなかったから、帰ったのよ」

　ぼくはかろうじて怒りを抑えた。「だれにそんな話を？」

「何人かに。アパートに来た人と、ダウンタウンに連れていかれたあと、そのビルで別の人に。それから、あと二人。警察がサインさせた供述書にも書いてあるけど」

「ぼくたちはいつそこで会う約束をしたんだい？　警察は当然、それも訊いたはずだ」

「なんでもかんでも訊いたわよ。昨日の朝あなたに電話して、そのとき約束したって説明したの」

「きみは本当にばかだという可能性もあるな。警察がぼくのところに来るって、わからなかったのかい？」

「もちろん、わかってた。そうしたら、あなたは否定するでしょ。でも思ったの、掛かりあいになりたくないだけだと警察は考えるだろうって。あたしはいなかったって言ったんだし、あなたは別の場所にいたことを証明できるだろうから、大丈夫だろうってね。あたしはなぜそこに行って、ケンが来たかどうかをレストランで訊きもしないで帰った理由を説明しなきゃいけなかった」スーは身を乗り出した。「わからない、アーチー？　あたし、ケンに会いにいったなんて言えなかったの、ね？」

「そうだな。わかった、きみはばかじゃないよ」ぼくは足を組んで、椅子にもたれた。「きみはケンに会いにいったんだな？」

「そう。ちょっと……あることで」

「五時十五分にそこに着いた？」

「そう」

「で、ケンが来たかどうかを、レストランに尋ねもしないで帰ったと？」

「そういうわけじゃ……いいえ、帰ったの」

ぼくは首を振った。「いいかい、スー。きみはぼくを巻きこみたくなかったのかもしれないけど、巻きこんでしまったんだし、ぼくは事情を知りたい。あそこまでケンに会いにいって、五時十五分に着いたんなら、きみは間違いなくケンを見たはずだ。ちがうかい？」

「生きてるケンは見てないもの」スーは自分の手、地面に倒れてたのよ。はっとするほどきれいな手を膝の上で握りしめた。「死んでるのを見た。小路に入っていったら、地面に倒れてたのよ。死んでると思った。死んでなくっても、すぐにだれかが出てきて見つけるだろうし、あたしは怖かったの。二日前、ケンに殺してやりたいって言ったばかりだったから。ちゃんと考えたわけじゃないの。その場で考えたりしなかった、ただ怖かった。どんなにばかなまねをしたかって気づいたのは、数ブロック離れてからだったの」

「ばかなまねって、どうして？」

「だって、フェリックスとドアマンがあたしを見てたんだもの。着いたとき、あたしはレストランの前を通った。二人が店の前の歩道に立ってたんで、話をしたのよ。だから、あそこにいなかった、とは言えなかった。逃げるなんてばかだったけど、怖くて。アパートに戻ってよく考えて、なんて説明するか決めた。あなたに会うために、あそこに行ったたって話ね。男が来て、質問しはじめたとき、あたし、訊かれる前にその話をしたの」スーは手を使うために、拳を開いた。「あたし、本気で考えたのよ、アーチー。あなたにはなんでもない話だと、本当に思った。たいしたことじゃないってね」

だとしたら脳の検問抜け道理論と矛盾するが、細かいことをうるさく言ってもしかたがない。「甘いね」ぼくは咎めたりはせず、ただ事実を話した。「警察は当然、ケンと話し合うために〈ラスターマン〉で落ち合うことにした理由を訊いただろう、だってこの家に来るはずなんだから。どうしてこの家じゃなく、〈ラスターマン〉だったんだい？」

「あなたがいやがったから。この家でケンと話をするのをいやがったのよ」

「そうか。本当によく考えたんだな。ぼくたちがケンとなんの話をしたがってたかについても、警察は尋ねた。そっちも考えてあったのかい？」

「ああ、それは必要なかった。ケンがあなたにしゃべったことについてよ。あたしが妊娠したらしくて、父親はケンだってこと」

これは少々効いた。ぼくは目を剝いたが、ぼくの目は目を剝くのに適した形じゃない。「ケンがこのぼくに、そんな話をしたって？」ぼくは問い詰めた。「いつ？」

「わかってるでしょ。先週。トウモロコシを配達にきた先週の火曜日よ。あたしには土曜日にそう言ったけど……ちがった、日曜日ね。農場で」

ぼくは足をおろして、体を起こした。「聞き間違いかな。ぼくは自分で思うより鈍いのかもしれない。きみは妊娠したような気がして、父親はケン・フェイバー。それをケンが火曜日にぼくに話したと、日曜日にケンがきみに話した。こういうことかい？」

「そういうこと。ケンはカールにも話したのよ。知ってるでしょ、カール・ハイト。ケンはカールに話したなんて言わなかったけど、カールがそう言ったの。きっと他の二人、ピーター・ジェイとマックス・マズローにも話したと思う。その二人、あなたは知らないでしょうけど。そのときなのよ、あたしがケンに殺してやりたいって言ったのは。あなたに話してしまったって言ったとき」

「で、ぼくたちがケンと話し合おうとしていた問題はそれだって、警察に言ったんだね？」

「そう。どうしてあたしの考えが甘いなんて言うのか、わからないんだけど。だって、あなたはあそこにいなかったんだから、たいしたことじゃないでしょ。どこか別の場所にいたこと、証明できないの？」

ぼくは目を閉じて、よく考えてみた。整理すれば整理するほど、頭のなかがこんがらがってきた。マンデルがぼくに五万ドルの値札をつけるよう判事に要求したのは、冗談でもなんでもなかったのだ。なぜマンデルは、このとっておきの罪をぼくにおっかぶせなかったんだろう。

目がむずむずするので開けた。スーの姿をはっきりとらえるのに、瞬きしなければならなかった。

「構成は」ぼくは口を開いた。「完璧に近いね。ただ、きみが完璧を狙ったかどうかは、大いに疑問に思えるよ。きみがそこまですれっからしとは思えないし、だいたい、なんでぼくを選んだんだ？　ぼくはカモにしやすい相手じゃない。わざと狙ったかどうかはさておき、なんのためにここへ来た？　わざわざ来て、そんな話をするのはなぜだい？」

「それは……あたし、思ったのよ……わからない、アーチー？」

「わかってることならたっぷりあるけど、きみがここに来た理由はわからない」

「でも、わかるでしょ。あたしの話はあなたの話とちがってる。昨日の夜警察に言われたの、あたしたちがあそこで会う約束をしたのをあなたは否定してるって。で、お願いしたかったのよ……話を変えてくれないかって。掛かりあいになりたくなかったから否定しただけだって、警察に説明してくれるだろうと思ったの。あそこで会う約束はしたけど行かないことに決めたんだって。もちろんあなたは別の場所にいたんだから、警察もあなたの話を信じなきゃいけなくなるでしょ。そうすれば、あたしの話を疑う理由もなくなるし」スーは片手を伸ばした。「アーチー……そうしてくれる？　そうすれば、丸く納まるの」

「参ったな。そんなふうに考えてるのか?」

「もちろんよ。今のままじゃ、警察はあたしかあなたが嘘をついてると思うけど、あなたが口裏を合わせてくれれば――」

「いい加減にしろ!」

スーは目を見張った。そして突然、参ってしまった。頭を垂れ、両手で顔を覆った。肩が震えはじめ、全身に広がっていく。すすり泣くなり、うめくなり、なんなりすれば、黙ってただ待っていたのだが、なんの効果音もつかない。危険だった。壊れるかもしれない。ぼくはウルフの机から花瓶をとりあげた。その日の蘭、デンドロビウム・ノビレを自分の机のマットに置き、スーのそばに行くと、顎に指をかけて無理やり上を向かせ、たっぷりと水をかけてやった。花瓶には二クォート入る。スーが手をおろしたところで、また水をぶっかけた。スーは叫び声をあげて、ぼくの腕をつかまえようとした。その手をかわしたぼくは、花瓶を自分の机に置いて、部屋の奥にある手洗いに行き、タオルを持ってきた。スーは立ちあがって、服の前身頃を叩いていた。「ほら」ぼくは声をかけた。「これを使えよ」

スーはタオルを受けとって顔を拭き、「あんなこと、する必要なかったのに」と言った。

「どこが必要なかった、だ」ぼくは別の椅子を持ってきて乾いた場所に置いてやり、自分の机に戻って腰をおろした。「だれかが同じことをぼくにやってくれてたら、なにかの足しになったかもしれないな。よく聞くんだ。きみがわざとやったかどうかはともかく、ぼくはのっぴきならない危険な立場に置かれてる。先週の火曜、きみが妊娠したみたいで父親は自分だなんて話、ケンはしなかった。なにも話さなかったんだよ。ただ、やつがきみに嘘をついたにしろ、きみが警察やぼくに嘘をついてるにしろ、ぼくが話を聞いたと警察は思いこんでいる。それに、ぼくときみがいわゆる『親しい仲』だったと信じている、最低でもそういう疑いを持っているんだ。おまけに、ぼくが昨日の五時にあの小路の入口できみに会う約束をしたと、宣誓の上できみに証言させるつもりだ。ぼくは現場にいなかったことを証明できない。別の場所でぼくと一緒にいたと話してくれる人物はいるけど、ぼくの友達だし、ウルフさんに人手が必要なときはよく一緒に仕事をする仲間だから、警察はそんな言い分を信じる義理はない。陪審だって同じだ。警察が他になにを手に入れて、なにを手に入れていないのかは知らないが、もういつ何時——」

「あなたには嘘をついてないの、アーチー」スーはタオルを握りしめて、乾いた椅子に座っていた。濡れた髪が一筋目にかかって、スーは髪をかきあげた。「あたしが話したことは全部——」

「まあ聞けよ。ぼくはもういつ何時、いつ何分、殺人罪で逮捕されるかもしれないんだ。そうなれば、ぼくはどうなる？　だからといって、きみとあそこで会う約束をしていなかったこと、きみが警察に嘘をついていること、ぼくは現場にいなかったことを、なんとか証明したとしよう。そうなれば、きみはどうなる？　今の状況じゃ、きみのお膳立てのままじゃ、今日か明日には、きみかぼくがブタ箱にぶちこまれて出られなくなる。だからぼくが——」

「でも、アーチー。あなたが——」

「聞けって。ぼくがきみを警察に売って、自分は切り抜ける方法をとるか……そうだ、まだ訊いていなかったな」ぼくは立ちあがり、スーのそばに移動した。「立って。ぼくを見るんだ」ぼくは腰の高さで両手を構え、手のひらを上に向けて開いた。「手を載せるんだ、手のひらを下にして。ちがう、押しちゃだめだ。力を抜いて、ただ載せておくんだ。力を入れるなったら！　そうだ。こっちを見て。

きみはケンを殺したのか?」

「いいえ」

「もう一回。きみが殺したのかい?」

「アーチー、ちがう!」

ぼくは背を向けて、椅子に戻った。スーは一歩前に出たが、そのままさがり、腰をおろした。「これはぼくの個人的な嘘発見器でね」と説明する。「特許はとってない。ぼくがきみを警察に売って、自分は切り抜ける方法をとるとする。その場合、多少じたばたする羽目になるし、ぼくの流儀に合わない。残った方法は一つ、捜査だ。これなら、ぼくの流儀に合う……と自分では思ってる。きみも知っているとおり、ぼくはネロ・ウルフのために働いている。まず、ウルフさんに会って、休暇をとると話すよ。短い休みだといいけどな。その上で、きみとぼくは絶対に邪魔の入らない場所に行く。そして、きみは話すんだ。たっぷり話してもらうよ、ごまかし抜きで。そこからどうするかは、きみの話次第だ。一つだけ今きみに言っておくことがある。もしきみが——」

ドアが開いた。ウルフがいた。ウルフは机の角へと進み、スーのほうを向いて、声をかけた。「ネロ・ウルフです。こちらの椅子へ移動してもらえませんか?」ウルフは顎で赤革の椅子を指し、机の角を回って、腰をおろした。そしてぼくを見る。「捜査がきみの流儀に合うだと?」

そういうことか。さっきも言ったが、スーと事務所で会えとウルフが言い張ったとき、疲れ切っていなければ、ぼくはその申し出にちょっと注意を払ったはずだ。いつものぼくだったら、ウルフの意図に気づくか、最低でも疑いを持っただろう。共通の関心がある事柄については、ウルフとぼくは二人の人間に可能な最高の信頼関係を築くところまできていると思うが、ウルフがパーカーに宣言したとおり、これはぼく個人の問題だ。そして、その問題を、ぼくはウルフの知らない客とウルフの事務所で話し合い、ウルフをお気に入りの椅子から閉め出した。それも、ぼくがクレイマーへ話した内容にごまかしは一つもないと言い切った直後に。だから、ウルフはアルコーブの覗き穴を見にいったのだ。

ぼくはウルフを睨み返した。「自分では思ってる、と言いましたよ。ぼくがパネルの開く音を聞きつけて、裏をかいたらどうしたんです?」

「くだらん。なにの裏をかくんだ?」

「やれやれ。あなたの策略ですよ。ともかく、スーにも知る権利はあると思います」

「同感だ」スーは赤革の椅子に移動していた。ウルフは椅子を回した。「ミス・マクラウド。わたしはグッドウィン君に隠れて、盗み聞きをしていました。あなたがたの会話は全部聞きましたし、観察もしました。苦情がありますか?」

スーは髪を指で後ろへすいた。それでもやっぱり絵になる。「どうして?」スーは尋ねた。

「どうしてわたしが立ち聞きしたかですか? グッドウィン君が陥っている苦境が、どの程度のものか把握するためです。そして、把握しました。状況が我慢の限界を迎えたので、介入したわけです。あなたはとんでもない悪女か、浅知恵を弄しているかのどちらかですな。故意か、うっかりなのかはともかく、あなたはグッドウィン君を絶体絶命の立場に追いこんでしまった。これは――」

ぼくは割って入った。「ぼくの問題ですよ。あなたがそう言ったんです」

ウルフはスーを見据えたままだった。「これはグッドウィン君の問題ですが、今やわたしをも脅かしている。わたしはグッドウィン君に依存している。彼がいなければ、快適どころか、それなりに暮らしていくこともできない。先ほどグッドウィン君は、休暇をとるつもりだと、あなたに話していましたね。わたしにとっては不都合だが、たとえ多少長引いたとしても、我慢はできます。しかし、永久に彼を失うことも充分に考えられる。そうなれば大惨事だ。座視できない。あなたのおかげで、グッドウィン君は深刻な危険に陥っている」ウルフはこちらを向いた。「アーチー。この件はもうわたしたち二人の問題だ。それでいいな?」

ぼくは両方の眉をあげた。「はじめにさかのぼってですか? パーカーや保釈金も?」

ウルフは顔をしかめた。「結構だ。親しい仲かどうかは別にして、きみはミス・マクラウドと知り合って三年になるんだったな。彼女が殺したのか?」

「そうとも言えるし、そうでないとも言えます」

「それではなんの足しにもならない」

「わかってます。『そうでない』ほうの理由は、あれこれ寄せ集めた情報ですね。さっきぼくが試したばかりの嘘発見器の試験も含めて。もちろんあの試験をばかにするなら、ばかにしてかまいません。『そう』のほうの大きな理由は、スーがここにいるからです。なぜ、やってきたのか? ぼくに証言を変えて、あそこで落ち合う約束があったという自分の話に合わせるように頼みにきたそうですが、いくらなんでも望みがでかすぎる。だから、引っかかります。フェイバーを殺したのなら、死ぬほど怯えて、誰彼かまわず、なんでも頼むでしょうから。ただ、殺していないのなら、なぜここへ来て、あの小路に入って死んだフェイバーを見つけたから逃げたなんて、ぼくに話すんでしょう? 引っかかります。全体を考慮すると、二対一の賭け率で、スーはやっていません。『そうでない』への一票は、妊娠させられた場合、女の子の自然な対応は相手に結婚を迫ることだからです。それも、すぐに。彼女が一番ほしくて、なんとしても手に入れなければならないのは、赤ん坊の父親です。死んだ父親では話にならない。スーはフェイバーを殺そうとはしないはずです、もっとも——」

「ばかみたい」スーが急に口を出した。「あたし、妊娠してないし」

ぼくは目を見張った。「ぼくに話したとケンがきみに話したときみは話し——」

スーは頷いた。「ケンはだれにでも、なんでもしゃべりまくる人だったのよ」

「でも、きみはそう思ったんだろう?」

「まさか。思うわけないでしょ? 女の子が妊娠する方法は一つしかないんだから、ありえない。身に覚えがないもの」

ご多分に漏れず、ぼくだって自分の都合のいいように考えたがる。自分のこういう考えやああいう行動には根拠があり、それをちゃんと自分でわきまえていると思いたいのだ。が、ときにはそう言い切れない場合もあり、今回がそうだった。スーが妊娠していないこと、それがありえないというスーの言い分を信じたことではない。その点の根拠はわかっていた。スーの口調や様子。だてに三年の付き合いがあるわけではない。ただ、その言い分を信じるのなら、スーがフェイバーを殺したの『でない』として、たった今ウルフに示したばかりの一票をゴミにしなければならない。それなのに、なぜ賭け率を五分五分に変えなかったのか？　わからない。理由をこじつけることはできる。例えば、スーはある一点、妊娠していない点とその理由を正直に話したのだから、他の点でも正直だろうという考えかただ。だが、そんな理屈を信じるやつがいるか？　この世の男は——ぼくもその一人だが——だれでも心の奥で、自分が妊娠しているはずがないと自信を持てる未婚の女性は、自信を持てない未婚女性よりも殺人を犯す可能性が少ないと思いこんでいるから、とも考えられる。たしかに腕利きの私立探偵は心の奥に思いこみがあってはいけないが、だったら他にどんな理由があると？

ぼくには魅力的な若い女性の専門家として証言台に立って意見を述べる資格があると、ウルフは思いたがっている。当然こちらを向いて尋ねた。「アーチー？」で、ぼくは間違いないと、頷いた。専門家たるもの、意見がぐらついてはいけない。それに、今言ったとおり、妊娠問題については、ぼくはスーの言い分を信じた。ウルフは唸り、ノートを用意しろとぼくに言って、五秒間スーを厳しい目で睨んだが、仕事にとりかかった。

一時間十分後、昼食ができたとフリッツが知らせにきたとき、ぼくは新しいノート一冊をほぼ一杯にして、ウルフは目を閉じて唇を結び、椅子にもたれていた。仕事をしなければならない羽目になったのは、間違いなかった。スーはウルフの質問すべてに、あからさまなドジも踏まずに答えたが、ぼくかスーが窮地に追いやられる可能性は、やはりきわめて高いようだった。二人とも、かもしれない。

スーの話によれば、ケネス・フェイバーと出会ったのは八か月前、ピーター・ジェイのマンションで開かれたパーティーの席だったという。フェイバーはすかさず追撃を開始し、四か月後の五月には、スーはいつか結婚してあげると告げた。二、三年後、フェイバーが家族を養えるようになって、スーにモデルを辞める決心がついたら。ノートからの引用。「あたしは一週間に八百ドル以上稼いでいたの、ケンの十倍よ。結婚したら、もちろんそんな稼ぎが続くわけないでしょ。だいたい、結婚した女の人はモデルを続けるべきじゃないと思う。だって、結婚したら赤ちゃんができるはずでしょ、そうしたらどんな体つきになるか見当もつかないし、赤ちゃんの面倒はだれがみてくれるの?」

六月、フェイバーからの頼みで、スーは父親の農場でフェイバーを雇ってもらうようにした。が、すぐに後悔した。ノートからの引用。「もちろん、あたしが夏の間は週末に農場に帰るってこと、ケンは知ってたの。で、最初の週末にはもう、ケンの狙いがなんなのか、すぐにわかっちゃったのよ。都会と農場じゃ話がちがって、あたしを思いどおりにするのは簡単だろうと思ったみたい。楽勝だろうってね。二週目にはしつこくなって、三週目はもっとしつこくなった。ケンが本当はどんな人なのかもわかってきて、結婚するなんて言わなきゃよかったと思った。自分にはやらせないことを他の男にはやらせるって、ケンはあたしを責めて、他の男の人とは夕食や映画くらいでも一緒に出かけないって約束させようとしたの。でも、七月の最後の週には落ち着いたようだったから、そういう時期みたいなものを通過したんだなって思った。そうしたら先週、金曜日の夜は急に最悪の態度をとって、日曜日には言われたの。あたしが妊娠したらしくて、父親は自分だってことをアーチー・グッドウィンに話したって。アーチーは他の人にしゃべるに決まってるし、あたしがちがうって言ってもだれも信じやしないだろうから、今すぐ結婚するしかないって。そのときよ、殺してやりたいって言ったのは。で、次の日の月曜日にはカール・ハイトが言ったの。ケンが同じことをしゃべったって。他の二人の口ぶりでも、やっぱりしゃべったみたいだったから、火曜日には〈ラスターマン〉に行って、ケンと会うことに決めた。アーチーとカールに、しゃべった相手全員に嘘をついたって白状してもらうからって言うつもりだった。必要なら、弁護士も雇うって」

もしこれが本当で、カール・ハイトとピーター・ジェイとマックス・マズローに関する話の裏付けがとれたなら、スーがフェイバーを殺さなかった確率は十対一以上になる。スーがとっさに犯行に及んだはずはない。最初から殺すつもりか、最低でも殴ってやるつもりで現場に行かなくてはならなかった。太さ二インチ長さ十六インチの鉄パイプをたまたま持ち合わせていたなんて、ありえないからだ。二十対一。とはいえ、スーがやったのでないのなら、だれがやったのか。二十対一以上の確率で、通り魔に遭った可能性はない。フェイバーのポケットには八十ドル入っていたし、通り魔が鉄パイプを持って小路に入っていき、おまけに搬入デッキの下に隠れたりするか？　ありえない。犯人ははっきりとフェイバーを標的に定めていて、現場をよく知っていたか、少なくとも情報を持っていて、狙う相手があそこに来ること、来る時間を知っていた人物だ。

　もちろん、殺人犯がスーの見も知らない相手で、動機も彼女とは無関係の可能性もあるが、かなり厳しい話だし、スーは現場にいた。スーが知っている、いや、少なくとも打ち明ける気になった情報を、一つ残らずウルフは手に入れた。モデルになってからの二十か月に、何人の男とデートしたのか、スーは覚えていなかった。三十人くらい。最近よりも、最初の年のほうが多かった。たくさんの男性と知り合いになれば、仕事をもらう機会が増えると思ったから。で、実際そうなった。が、最近は引き受けるのと同じくらいの数の仕事を断っている。なぜそんなに大勢の男が自分とデートしたがるのかわからないとスーが言うと、ウルフはいやな顔をしたが、ぼくにはスーが本気なのがわかっていた。生まれつきあんなに色気たっぷりでいながら、自分ではまるで気づかないなんて信じがたいが、ぼくはスーを知っているし、友人のリリー・ローワンも同意見だ。リリーはといえば、女性に関して正真正銘の専門家なのだ。

　デートの相手のうち何人が結婚を申しこんだのかも、わからなかった。十人くらい。スーは数えていなかった。もちろん、普通の人はスーを好きになれないだろう。そんなことを言う女の子を好きになるには、直接スーを見て、話を聞かなくちゃいけない。そうすれば、男ならスーを好きか嫌いかなんてわざわざ考えはしないはずだ。スーにダンスのセンスがなかったおかげで相当な心の傷を負わずにすんだことを、ぼくは事実として率直に認める。

　ケン・フェイバーと出会ってから、スーはデートを控えめにして、最近では他に三人の男としか親しくしていなかった。その三人は全員スーに結婚を申しこみ、ケン・フェイバーがいても意思を変えなかった。カール・ハイトはスーをはじめてモデルに雇った男で、年は倍くらい上だが、スーが望んでいざ結婚ということになれば、問題はないだろう。ピーター・ジェイは大手広告代理店の重役かなにかで、もう少し若い。マックス・マズローはファッション誌のカメラマンでさらに若かった。

スーはカール・ハイトに、ケンの話は本当ではないと話したが、信じてもらえたかどうかはわからないそうだ。ピーター・ジェイやマックス・マズローのどんな言葉がきっかけで、二人もケンに嘘を吹きこまれていると思ったのかは、はっきり覚えていない。ケンがしゃべったことを月曜にカールから聞くまで、少しもおかしいとは思わなかった。火曜日に〈ラスターマン〉までケンに会いにいくことは、だれにも話さなかった。三人の男たちは全員、〈ラスターマン〉とネロ・ウルフ宅へのトウモロコシの配達を知っていた。二年間、夏にはスーが配達をしていたことも知っていて、からかったそうだ。ピーター・ジェイは顧客のために、スーにイブニングドレスを着せて、トウモロコシ畑でポーズをとらせようとした。三人ともケンが農場で働いていること、配達をしていることを知っていた。

ノートからの引用、ウルフの発言。「あなたはその三人をよくご存じだ。彼らの気質、特性を知っている。三人のうちの一人がフェイバー氏の行為に堪えがたい怒りを感じて、現場へ行き、彼を殺害したとしたら、それはだれです？　かっとなったのではなく、あらかじめ計画を練った上での犯行だったことを忘れないように。三人に対する知識を踏まえて選ぶなら、だれです？」

スーはウルフをじっと見つめた。「あの三人じゃありません」

「『三人とも』ではない。そのうちの一人だ。だれです？」

スーはかぶりを振った。「だれでもありません」

ウルフは指を一本軽く動かした。「それでは筋が通らない、ミス・マクラウド。親しい人が殺人犯だという考えには、ショックを受けるかもしれない。だれだって、そうでしょう。だからといって、考えられないと片づけていいわけではない。あなたのその場しのぎの浅知恵のおかげで、あなたもグッドウィン君も犯人ではないと警察を納得させるには、たった一つしか方法がなくなってしまったのですよ。他の人物にも犯行が可能であったことを示し、真犯人を特定するんです。わたしはその三人に会わなければならない。捜査のためにわたしが家を出ることは決してないので、三人のほうから来てもらわなければ。ここへ来るように話してくれますね？　今夜九時では？」

「いやです」スーは答えた。「そんなことしません」

ウルフはスーを睨みつけた。スーがただの依頼人で、報酬にかかわる問題だけなら、ウルフは言われたとおりにするか、出ていくかにしろと宣告しただろう。だが、今回は失えば大災害になるお使い小僧、ぼくにかかわる問題なのだった。ウルフはぼくの目の前でそう認めた。で、睨むのはやめ、片手をあげた。「ミス・マクラウド。友人を犯罪者だとみなすのを拒否する態度は、たしかに見あげたものです。あなたが聞いたこともない人物が、あなたには見当もつかない動機でフェイバー氏を殺した可能性があることも認めます。ところで、まだ確かめていませんでしたな。フェイバー氏を殺すに足る理由を持つ人物に、心あたりは？」

「ありません」

「とは言っても、ハイト氏、ジェイ氏、マズロー氏がやったと考えることはできる。その三人がフェイバー氏を殺していないというあなたの結論を受け入れるとしても、やはり会う必要はある。お父さんにも。ただし、別のときに。お父さんはこちらで手配しましょう。わたしが殺人犯にたどり着ける唯一の道は、動機です。フェイバー氏を知っていたその四人のうち一人、もしくは複数が手がかりを与えてくれるかもしれません。今夜、三人をここに寄こしてもらいたい。あなたの同席は不要です」

スーは眉を寄せた。「だって、無理じゃない……真犯人を特定するって。どうやったら、できるの？」

「わかりません。できないかもしれないが、やってみなくては。九時でいいですね？」

ウルフがあれこれ譲歩したあとでも、スーは気が進まないようだった。が、だれかから情報を集める必要があることは認めるしかなかった。だったら、他にだれからはじめればいいと？　というわけで、最後にはスーもちゃんと承知した。ウルフが目を閉じ、唇をしっかりと結んで椅子にもたれたところで、フリッツが昼食を知らせにきた。で、スーは帰ろうと腰をあげた。スーを玄関まで見送り、戻ってくると、ウルフはもう食堂に移動してテーブルについていた。ぼくは一緒に座らず、立ったまままこう言った。「普段ならご相伴する資格は充分にあると思いますが、こんな状態じゃぼくはどんな場所でも招かれざる客です。午後にはなにか計画がありますか？」

「ない。マクラウド氏に電話をかけるだけだ」

「地方検事局で見かけましたよ。じゃあ、ぼくは食事の前に自分の部屋でシャワーを浴びてきます。臭いが気になると思うので。フリッツには厨房に残り物を用意しておいてほしいと伝えてください」

ぼくは廊下に出て、階段で三階の部屋にあがった。身支度を整える四十分間、遅れを取り戻すまでは一休みしろと頭脳を説得し続けたが、思いどおりにはならなかった。頭脳はあくまでも状況の分析をしようとして、スー・マクラウドを狙いうちにした。もしぼくがスーを誤解していて、スーが犯人なら、完全にだまされている三人の男から情報を手に入れようとしても、ほぼ確実に時間の無駄だろう。午後はなにも計画がないのなら、自分で考えだしたほうがずっとよさそうだ。ぼくを永久に失うことがウルフにとって大災害なら、ぼく自身にとってはどうなんだろう？　シャワーに入る頃には、事件の鍵を握るのは鉄パイプだとぼくの頭脳は予想していた。スーが鉄パイプを持ってあの小路へ行ったわけがない。問題外だ。ただ、その辺の事情はクレイマーにもマンデルにもちゃんと確認していなかったし、まだ朝刊も読んでいなかった。階下に行ったら、『タイムズ』紙を調べてみよう。それでも、頭脳がすぐ知りたがったので、ぼくはシャワーから出て、ざっと体を拭くと、ナイトテーブルの電話で『ガゼット』紙にかけ、ロン・コーエンをつかまえて尋ねてみた。ロンはもちろん、ぼくがダウンタウンで夜明かししたことを知っていて、一面か二面分の事実を手に入れたがった。今は裸で風邪をひくからと断って、ぼくは質問した。フェイバーを殴ったやつがだれにしろ、鉄パイプを用意していったのはどの程度確実なのか？　間違いなし、とロンは答えた。絶対間違いなし。パイプは今鑑識にあって、科学者たちに来歴を暴かれている……たぶん。それに、パイプのカラー写真を持った刑事が三、四人、出所を突きとめようとしている。ぼくは礼を言い、機会があれば見出しを飾れるネタを提供すると約束した。これで問題は一つ片づいた。清潔な下着を探しに洋服ダンスに向かう頃には、頭脳はカール・ハイトの調査にとりかかったが、材料があまりにも少なすぎた。ネクタイを結んだ頃には、頭脳はあちこち着地点を探して、唸りをたてていた。

一階におりると、ウルフはまだ食堂にいたが、ぼくはそのまま厨房に入り、『タイムズ』紙を持って朝食用のテーブルについた。で、フリッツが出してくれたのは、なんだと思う？　コーン・フリッターだ。食べ頃の立派なトウモロコシは八本あったわけだし、フリッツは立派な食材を捨てるのが大嫌いなのだ。ベーコンと自家製のブラックベリージャムと一緒に食べるとまさに神饌だった。フェイバー殺害事件の『タイムズ』紙の記事には、ウルフの名前が二回、ぼくの名前は四回出ていた。だから、まったく結構な食事だった。フリッターを八つ食べて、もう一個と三杯目のコーヒーを迷っているときに、玄関のベルが鳴った。ぼくは席をたって、廊下に様子を見にいった。ウルフは事務所に戻っていたので、ぼくは頭を突っこんで、知らせた。「マクラウドです」

ウルフは唸り声をあげた。マクラウドに会わなければならないとスーに言いはしたし、パトナムから出てくるように電話で依頼する心づもりさえあったのだが、たとえどんな相手でも、不意の来客にはウルフは決まって腹を立てるのだ。唸り声を無視してぼくは玄関に向かい、ドアを開けた。マクラウドはR音の訛りの目立つ口調で、ウルフに会いたいと言った。ぼくはマクラウドを招き入れ、年代物だがよく手入れをされているよそ行きの帽子、濃灰色のフェドーラを受けとって棚に載せ、事務所へ通した。ウルフは普段握手をしないので、こんにちはと声をかけ、赤革の椅子を手振りで示した。

マクラウドは立ったままだった。「必要ないよ」と話をはじめる。「トウモロコシのことを聞いたんで、謝りにきたんだ。こっちのせいだから、事情を説明したくてね。採ったのはおれじゃない、あの若いのだ。ケネス・フェイバー」

ウルフは唸った。「それは無分別ではなかったのかね？　今朝〈ラスターマン〉に電話をしたが、向こうのもわたしのものと同じくらいひどかったそうだ。こちらがどんなものを求めているか、わかっているはずだが」

マクラウドは頷いた。「もちろん、もうわかっていなきゃならん。あんたは気前よく払ってくれるし、もう二度とこんなことはないって約束しておきたかったんだ。説明したい。おれが切り開いてる土地をならしに、ブルドーザーを持ってるやつが木曜日に来てくれることになってたんだ。なのに、月曜の夜、代わりに水曜日にしなきゃならないって言い出した。で、そいつが来る前に、たくさんある切り株や岩をダイナマイトで処理しなきゃならなくなった。昨日の夜明けからはじめて、トウモロコシの収穫には間に合うように終わると思ったんだが、ちょっと手間どっちまって、あの若いのにトウモロコシを任せなきゃならなくなった。やりかたは見せたことがあるから、わかると思ったんだ。で、あんたに謝らなきゃならなくなった。もう二度とないように気をつけるよ。もちろん、昨日の分の代金はいらない」

ウルフは唸った。「食べた八本分の代金は払う。いや、腹立たしい出来事だった、マクラウドさん」

「わかってる」マクラウドは向きを変え、灰色がかった青い目を農夫らしくすがめて、ぼくを見た。

「せっかく来たから、あんたに訊きたい。あの若いのはうちの娘のことを、なんてしゃべったんだ?」

ぼくはマクラウドの視線を受けとめた。殺人事件だけではない、いつ何時ブタ箱に放りこまれるかもしれないぼく個人の苦しい立場も絡んでくる問題だ。それに、ぼくがマクラウドについてはっきり知っているのは、スーの父親だということと、トウモロコシの収穫のしかたを心得ていることだけだ。

「たいしたことじゃないよ」ぼくは答えた。「フェイバーがぼくにスーのことをしゃべったなんて話、どこで仕入れたんです?」

「スーザンからだ。今朝、聞いた。あいつが娘に言った話は、あんたに話したそうだな。だから、訊いている。白黒つけるために」

「マクラウドさん」ウルフが割りこんだ。赤革の椅子に顎を向ける。「座ってください」

「必要ない。あの若いのがスーザンについてしゃべった話の内容を知りたいだけだ」

「フェイバー氏がしゃべったと話した内容は、娘さんがもうあなたに話した。娘さんはグッドウィン君とわたしにも話した。わたしたちはみっちり話をしたのでね。今朝十一時過ぎにグッドウィン君に会いにきて、二時間ここにいた」

「娘のスーザンが？　ここに来た？」

「そうだ」

マクラウドは動いた。おもむろに赤革の椅子に近づいて、腰をおろし、ウルフをじっと見て尋ねる。

「なにしに来たんだ？」

ウルフは首を振った。「あべこべだ。そうやって問いただすのは、そちらではなく、こっちのほうだ。あなたの要望には後ほど応じるかもしれないし、応じないかもしれない。事と次第による。あなたがわたしのトウモロコシを収穫させた若者が殺害された。そして、あなたの娘さんが警察に嘘の供述をしたせいで、グッドウィン君は殺人罪で起訴されるかもしれない。その危険性は非常に大きく、もはや待ったなしだ。昨日は切り株や岩をダイナマイトで処理していたと言いましたね。何時まで？」

歯を食いしばると、マクラウドの真っ黒に日焼けしてしわの寄った顔は、ますます四角くみえた。「うちの娘は嘘の供述なんかしない」と決めつける。「どんな内容だ？」

「グッドウィン君に関することです。他の選択肢が到底受け入れがたいときは、だれだって嘘をつくだろう。娘さんはなんとしてでも助かりたい一心で、やむにやまれず嘘をついたのかもしれない。ただし、グッドウィン君も、わたしも、娘さんがあの男を殺したとは思っていない。アーチー？」

ぼくは頷いた。「そのとおりです。もうそちらの好きな賭け率でかまいませんよ」

「それで、わたしたちはフェイバー氏を殺したのはだれか、突きとめるつもりだ。あなたがやったんですか？」

「いや。でも、やったかもしれない。もし……」マクラウドは言いさした。

「もし、なんだね？」

「もし、あいつがうちの娘についてなにをしゃべっているかを知っていたら、だ。そう言ったよ、警察にも。あいつがなにをしたかは、警察と娘から聞いた。昨日の晩と今朝。あいつは悪い男だ、悪党だ。だれがあいつを殺したのか突きとめる、とか言ったね。おれはうまくいかないことを願うよ。警察にもそう言った。警察はあんたたちと同じことを訊いた、昨日のことをさ。だから、日暮れ近くまで自分の地所で切り株を処理していて、乳搾りに遅れたって説明した。これだけは言えるよ。おれがやつを殺したかもしれないとあんたが考えても、怒りはしない。実際やったかもしれないからな」

「切り株の処理に手伝いは？」

「いなかった、午後はな。あいつが自分の仕事を片づけたあと、午前中一杯は一緒にいた。それから、あの男はトウモロコシを採りにいって、配達に出かけなきゃならなかった」

「他に手伝いは？」

「いなかった」

「他のお子さんは？　奥さんは？」

「かみさんは十年前に死んだ。スーザンは一人っ子だ。さっきも言ったが、おれはちっとも怒っちゃいない。例の話を知ってたら、自分でやつを殺してただろうって、言ったしな。おれはスーザンをニューヨークに出したくなかった。こんなことになるかもしれないって、わかってたんだ。スーザンが知り合う連中が連中だし、写真も写真だ。おれは古い男だし、〝公正な男だ。〝公正って言葉の意味が、あんたとおれとじゃちがうかもしれないだけだ。あとで要望に応じるかもしれないって言ったな。娘はここになにしにに来たんだ？」

「さあ」マクラウドを見つめるウルフの目が細くなった。「娘さんに訊くといい。娘さんの告げた訪問目的は、訊いても差し支えない。マクラウドさん、こんな話をしていても無駄だ、公正な人間は殺人に目をつぶってもかまわないとあなたは考えているのだから。わたしは——」

「そんなことは言わなかった。おれは殺人に目をつぶったりはしない。ただ、ケネス・フェイバーを殺したやつがだれでも、捕まったり、罰を受けたりするのを望む必要はない。だろう?」

「そのとおりだ。わたしはあなたに会いたかった。そして、質問したかった。例えば、カール・ハイトという名前の男を知っているかなど。ただし——」

「知らないね。会ったことはない。名前は娘から聞いたことがある。スーザンの最初の雇い主だ。その男がどうした?」

「なんでもない、あなたはその人物を知らないのだから。マックス・マズローは知っていますか?」

「いや」

「ピーター・ジェイは?」

「知らない。三人とも娘から名前は聞いた。スーザンは知り合いの話をするから。おれが思うほど悪いやつらじゃないって言いたいんだよ。おれとは考えかたがちがうだけだってね。それがこんなことになった。こんなことが起きるだろうって、わかってたんだ。おれは殺人に目をつぶったりはしないし、罪深いことには目をつぶったりはしない」

「だが、フェイバー氏を殺した犯人を知っているか、だれかを疑う理由を持っていたとしても、わたしに話す気はない……警察にも」

「そのとおり」

「では、引き留めません。これで失礼」

マクラウドは動かなかった。「娘がここに来た理由を教えてくれる気がなくても、おれにはどうしようもない。ただ、娘が嘘の供述をしたとか言っておきながら、内容を教えないってのは無理だ」

ウルフは唸った。「無理ではないし、教えはしない。わたしはなにも話すつもりはない」机を叩く。「いい加減にしないか。食べるに値しないトウモロコシを送りつけておきながら、しゃあしゃあと顔を出して、注文をつけるつもりか？　帰りなさい！」

マクラウドは口を開いたが、また閉じた。慌てる様子もなく、立ちあがる。「公平なやりかただとは思えない」マクラウドは言った。「正しいやりかたとは思わない」マクラウドは出ていこうと背を向けたが、振り向いた。「もちろん、もうトウモロコシはいらんのだろうね」

ウルフは顔をしかめていた。「なぜだ？　まだ九月の半ばではないか」

「つまり、おれのところからは、ってことさ」

「では、どこから手に入れると？　こんなごたごたを抱えた状態で、グッドウィン君が田舎を探し回るのは無理だ。今週中にトウモロコシがほしい。明日は？」

「どうかね……配達するやつがいないから」

「では、金曜日は？」

「なんとかなるかな。近所に頼めば……。そうだな、大丈夫だろう。レストランの分も？」

ウルフはそうだと答え、〈ラスターマン〉にもそのつもりで待っているように伝えると言った。マクラウドは背を向けて出ていった。ぼくは廊下に出て、玄関に先回りして帽子を渡し、見送った。事務所に戻ると、ウルフは椅子にもたれ、眉を寄せて天井を睨んでいた。ぼくは机まで行って腰をおろし、出かかったあくびをかみ殺した。殺人犯のレッテルを貼られようとしている男は、あくびなどしている場合じゃない。たとえ三十時間寝ていなくても。ぼくは酸素補給の欲求に鼻を活用し、椅子の向きを変えて、明るく声をかけた。「助かりましたね。もう、トウモロコシの謎は解けたんですから」

ウルフは体を起こした。「くだらん。フェリックスに電話をかけて、金曜に配達があると伝えなさい」

「はい、かしこまりました。万事ばっちしだ」

「それは悪い俗語だ。世の中には、よい俗語と悪い俗語がある。ミス・マクラウドとの会話を最初からタイプして完全な報告書にするには、どれくらいかかる？　きみが相手のときと、わたしが加わってからのと」

「一語一句、全部ですか？」

「そうだ」

「後半部分は半分以上になりますが、ノートに書きとめてあります。前半部分は記憶を掘り起こさなきゃならないでしょう。ぼくの記憶力はあなたの考えどおり申し分ありませんが、そっちは多少手間どります。全体として、四時間でしょうか。でも、いったいなにを考えてるんです？　ぼくの形見にしたいんですか？」

「そうではない。写しは二部だ」

ぼくは首をかしげた。「あなたの記憶力だって、ぼくに負けず劣らずいいと思いますけど。ちょっと劣るくらいかな。あんなくだらない話を全部タイプしろなんて、本気ですか？　ぼくを九時まで厄介払いしたいだけでしょう？」

「そうではない。役に立つかもしれない」

「なんの役に立つんです？　あなたに雇われている立場ですから、言われたとおりに動くのが筋なんでしょうし、そうすることもよくありますけど、今回は話がちがいますよ。合同捜査の事件ですから。あなたがそう言ったんですよ、ぼくを失うという大災害から身を守ろうとしていると。なんの役に立つんです？」

「知らん！」ウルフは怒鳴った。「わたしは役に立つかも、いいかもしれないと言っているんだ、使うと決めた場合にはな。きみはもっと役に立つ可能性のある提案ができるのか？」

「はっきり言って、できません」

「なら、タイプしたらどうなんだ。写しは二部だぞ」

ぼくは立ちあがって、ミルクのコップをとりに厨房へ向かった。ウルフが午後の蘭の世話のために植物室へ行く四時より前に、とりかかるかもしれないし、とりかからないかもしれない。

第四章

その夜の九時五分過ぎ、ケネス・フェイバーの手帳に名前を書かれ、チェックマークをつけられていた男三人は、事務所でウルフが現れるのを待っていた。三人は一緒に来たわけではない。定刻より十分早いカール・ハイトが一番乗りで、次が九時ぴったりのピーター・ジェイ、最後がマックス・マズローだった。ぼくは赤革の椅子にハイトを、ジェイとマズローをウルフの机の正面にある二脚の黄色い椅子に座らせた。ぼくに一番近いのが、マズローだ。

もちろん、ハイトには会ったことがあったが、殺人事件の容疑者となれば、新しい見かたをするものだ。ハイトは以前と変わらないようだった。中背で、ちょっぴり腹が出ていて、丸顔に大きな口、絶えず動くすばしっこい黒い目をしていた。大手広告代理店で重役かなにかのピーター・ジェイは、背はぼくと同じくらいだが、もっと細身だった。不釣り合いに大きな顎と、櫛の必要な濃くて黒いたてがみのような髪の持ち主で、本物の潰瘍を患っているようにみえたが、単にこのところのごたごたのせいなのかもしれない。ファッション誌のカメラマン、マックス・マズローは意外だった。鏡の前で練習したにちがいないゆがんだ笑み、こじゃれた髪型、ぶらぶら揺れているストリングタイ、上着の四つのボタンを全部留めている。今まで見たことのないきざな野郎で、こんな男をスー・マクラウドが取り巻きにしておくなんて、思いもしなかった。たしかにやつの考えがぼくのとちがうだけかもしれないが、ぼくは自分の考えかたが気に入っている。
ウルフが入ってきた。集まりがあるときには、ぼくが内線電話で呼び出すまでは厨房で待機してい
て、その後事務所に来るのではなく、登場する。派手な演出はないが、やはり〝登場〟なのだ。入口
のドアからウルフの机の角までの動線は若干赤革の椅子を迂回することになり、ハイトが座っている
ので、その足をよけた上に、ハイトと他の二人の間を通過しなければならない。そして右へ、壁と椅
子の間を抜けて机の脇に立ってから、ウルフはぼくに視線を投げかけた。ぼくが一人ずつ指し示しな
がら名前を告げると、ウルフは軽く頭をさげて、腰をおろした。視線を左から右に動かし、そして右
から左に戻した上で、口を開いた。
「この話し合いはごく短時間で片づけることも可能です」ウルフは説明した。「あるいは、何時間も
続けることもできる、おそらく皆さんは短いほうをお好みでしょうし、わたしも同感です。あなたが
たは全員警察、検事もしくは検事補の取り調べを受けたのでしょうな?」
ハイトとマズローは頷いた。ジェイはそうだと答えた。マズローは例のゆがんだ笑みを浮かべたま
まだった。
「では、あなたがたの発言は記録されている。が、わたしはその記録には関知しておりません。あな
たがたはミス・マクラウドの依頼でここへ来たのですから、彼女に対するわたしたち、グッドウィン
君とわたしの立場を説明しておくべきでしょう。ミス・マクラウドはわたしたちの依頼人ではありま
せん。わたしたちは彼女に対してなんの義務も負っておらず、純粋に個人的な利害に基づいて行動し
ています。ただし、今のところ、ミス・マクラウドはケネス・フェイバーを殺害しなかったと、判断
しております」

「そいつはすばらしい」マズローが言った。「おれも同じだよ」

「個人的な利害？」ジェイが質問した。「あなたたちの利害とは？」

「説明は控えておきます。ミス・マクラウドがあなたがた一人一人、もしくは全員に、どこまで率直に、どこまでごまかしを話したのかはわかりません。ただ、これだけは言えます。ミス・マクラウドが警察にした供述のせいで、グッドウィン君には重大な嫌疑がかけられている。その疑いが事実無根だと承知しているからこそ、ミス・マクラウドはわたしに会いにくるようあなたがたに依頼する役目を引き受けたのです。グッドウィン君に対する疑いを取り除くには、本当に疑うべき犯人を発見しなければならない。そのために、あなたがたの協力が必要なのです」

「参ったな」ハイトが思わず口を出した。「真犯人なんて、わたしには心あたりがない」

残りの二人がハイトを見た。ハイトも二人を見返した。この場にはもともとなにかしっくりしない気配があったが、顔を見合わせたことで気配ではすまなくなった。三人がそれぞれ他の二人に思うところがあるのだ。もちろん、三人のうちの一人がフェイバーを殺したとしたら、みかけほど単純ではあるまい。犯人だって演技をするだろうから。いずれにしても、三人にはそれぞれ思惑があり、奥歯にものが挟まったような感じなのだ。

「あなたがたのだれにも」ウルフは認めた。「心あたりがないという可能性も大いにありうる。しかし、あなたがたのだれかに心あたりがあって当然とみなしたのは、単なる当てずっぽうではないのです。フェイバー氏があの日、あの時間、あの場所にいることを、あなたがたは全員知っていた。下調べのため前もって現場へ出向くこともできた。そして、強力な動機もある……少なくとも、それに負けた人物にとっては強力だった。フェイバー氏は、あなたがたが結婚を望んでいる女性を汚したか、もしくは悪質な誹謗《ひぼう》中傷を行った。あなたがたは全員、フェイバー氏の個人的な思惑、もしくは計画において、特別な重要性を持っていた。手帳に名前が書きとめられ、チェックマークがついていたのですから。あなたがたはより有力な容疑者がいないからと適当に選ばれた標的ではないのです。状況により、しかるべく選ばれたのです。異論はありますか？」

マズローが言った。「わかったよ、おれたちは運が悪かったわけだ」ハイトは唇を噛み、なにも言わなかった。ジェイはこう言った。「標的だと言われても、今さら驚かないね。その前提で進めてくれ」

ウルフは頷いた。「そこに問題がありましてね。警察はあなたがたの事情聴取を行ったが、漏れがなかったかどうか。ミス・マクラウドのおかげで、グッドウィン君を集中攻撃していましたから。わたしとしては——」

「それはそっちの利害だ」ジェイが言った。「グッドウィンを苦境から救い出すための」

「もちろんです。さきほど、そう言いましたよ。わたしは——」

「グッドウィンはおれたちよりもミス・マクラウドとは古い付き合いだ」マズローが口を出した。「グッドウィンはヒーロータイプだ。ミス・マクラウドを未開の奥地から救い出し、栄光の道を進ませたんだから。ミス・マクラウドのヒーローさ。グッドウィンがそんなにいい男ならなぜ結婚しないんだと訊いたことがあるが、プロポーズされていないからって答えだったよ。なのに、ミス・マクラウドがグッドウィンに警察をけしかけたって言うのか。悪いが、信じないね。警察がグッドウィンに目をつけたんなら、それだけの立派な理由があるんだろう。もう一つ断っておくが、グッドウィンが本当に疑いを晴らすことを願ってるよ、ただし、こっちが身代わりにされるのはごめんだ。おれはヒーローじゃないんでね」

ウルフは首を振った。「さっきも言ったとおり、ミス・マクラウドが警察になにを話したかは、お教えしません。本人に直接訊けば、答えてくれるかもしれませんが。あなたがたに関しては、警察がどの程度興味を持っていたのか、わからないのですよ。火曜日の午後、現場付近であなたがたを目撃した人物を発見するために、警察は全力を尽くしたのでしょうか？　もちろん、あの日の午後の所在については質問したでしょうな、定例ですから。しかし、警察はあなたがたの説明の裏をきちんととったのか？　あなたがたは監視下に置かれているのか？　そうではなさそうですな。わたしには警察の対応を確認するすべがない。ですから、可能であれば、ご自身を嫌疑の要件から除外していただきたい。ケネス・フェイバーを殺した人物は昨日の午後五時過ぎ、あの小路にいて搬入デッキの下に隠れていました。ハイトさん。あなたはそこにいなかったとの確たる証拠を提供できますか？」

ハイトは咳払いをした。「できたとしても、あなたに教える必要はない。個人的にみて……そうじゃない、なにを言っているんだ。いや、できません」

「ジェイさんは？」

「確たる証拠は無理だ」ジェイは身を乗り出し、顎を突き出した。「ぼくがここへ来たのは、ミス・マクラウドに頼まれたからだ。ただ、あんたの狙いがはっきりしたら、帰ったほうがよさそうだ。フェイバーを殺した犯人を見つけだし、罪を負わせるつもりなんだろう？　アーチー・グッドウィンが犯人じゃないと証明するために。そうだな？」

「そうです」

「じゃあ、ぼくは仲間からはずしてもらおう。グッドウィンに責めを負わせたくはないが、他のやつに押しつけるのも気が進まない。たとえ、マックス・マズローでもね」

「そりゃあ、ありがたいな。ピート」マズローが言った。「真の友達だ」

ウルフはマズローに向き直った。「あなたはどうです？　潔白を証明できますか？」

「アリバイを証明することでは、できないね」マズローは片手をぱたぱたと振った。「言わせてもらうが、あんたには驚いたよ、ウルフ。さぞかし抜け目がなくて手強い相手だろうと思っていたのに、なにか早合点をしてる。おれたち全員がミス・マクラウドとの結婚を望んでたと言ったな。だれがそんな話を吹きこんだ？　たしかに、おれはそうだ。知っている限りじゃ、カール・ハイトもそうだ。だがな、真の友達のピートはちがうぞ。こいつはその都度払いが信条でね。カサノヴァとまでは言わない。カサノヴァは結婚を餌に女を口説き落とそうとしたことは一度もないからな。それはピートお得意の手なのさ。おれが知っているのは――」

「立て」マズローの真の友達のピートが立ちあがった。拳をかため、上からマズローを睨みつけている。

マズローは顔を上に向けた。「そのつもりはないよ、ピート。おれはただ――」

「立て。じゃなきゃ、椅子からたたき落としてやる」

もちろん、ぼくが二人に割って入る時間はたっぷりあったが、好奇心を刺激された。ジェイは指関節にけがをしてもかまわない勢いで、顎を狙うつもりらしい。それがマズローのゆがんだ笑顔にどんな効果を与えるのか、見てみたかったのだ。だが、ぼくの好奇心は満足させてもらえなかった。マズローは椅子から立つと同時に、一歩横に移動した。ジェイは右手を後ろに引きながら、向きを変えざるをえない。結果、その拳は最長ルートでマズローの顎に襲いかかった。マズローはかわした上で相手の懐に入り、素手で殴るのに一番の急所へ、右の拳を決めた。見事なキドニー・パンチ。ジェイが体を丸めかけたところで、マズローが同じ場所を、もっと強く殴った。ジェイは膝をついた。転がったのではなく、そのまま崩れたのだ。その頃には、ぼくも席をたっていた。マズローは椅子に戻って腰をおろし、一息ついて、ストリング・タイを指で直した。笑顔はまったく変わらないように思えたが、少しゆがみが強くなったかもしれない。マズローはウルフに言った。「誤解してほしくないんだが、おれとしてはジェイがフェイバーを殺したとほのめかしてるわけじゃない。仮にやつが犯人だとしても、罰を受けるのは望まないね。その点については、意気投合してる。おれは、あんたがどうやって名探偵の評判を手に入れたのかわからないって言ってるだけだ。もしあんたが……大丈夫か、ピート？」

ぼくはジェイを助け起こしていた。腎臓を殴られると目が回るわけじゃない。気持ちが悪くなるだけだ。手洗いに行きたいかと訊いたが、ジェイは首を振ったので、椅子へ連れていってやった。ジェイはマズローのほうを向いて、恐ろしく下品な言葉を二言三言呟くと、げっぷをした。

ウルフが口を開いた。「ブランデーはどうですか。ジェイさん？　ウイスキー、コーヒーは？」

ジェイは首を振り、またげっぷを漏らした。

ウルフは視線を転じた。「ハイトさん。他の二人は、殺人犯を暴くのに役立つ情報を持っていたとしても提供する意思はないことを、明らかにしました。あなたはいかがですか？」

ハイトは咳払いをして、「その質問に答える必要がないのは、ありがたいですね」と応じた。「わたしには答える必要がありません、役に立つ情報など持っていませんから。アーチー・グッドウィンとは以前からの知り合いで、友人と呼んでも差し支えありません。本当に苦しい立場に立たされているのなら、できれば助けたい。ミス・マクラウドがアーチーに警察をけしかけるような供述をしたとの話ですが、その内容をわたしたちに教えるつもりはないんですね」

「本人に訊いてください。あなたはなんの情報も提供することはできないんですか？」

「はい」

ウルフの目が右にいる二人のほうへ移動し、元に戻った。「手間をかけるだけの価値があるかどうか、疑問ですな」と続ける。「あなたがたの一人がフェイバー氏を殺したとするのなら、正面から攻めても尻尾をつかまえられそうにない。回り道の必要がある。しかし、あなたがたには間違った思いこみを与えたかもしれません。もしそうならば、訂正しておきたい。グッドウィン君の容疑を晴らすためには、容疑をかけられるべき犯人を見つけださなければならないと言いましたが、それは必須条件ではなく、もう一つ選択肢があるのです。単純にミス・マクラウドへ容疑を転嫁してもいい。簡単なことですし、グッドウィン君はこれ以上不愉快な目に遭わずにすむでしょう。あなたがたが帰ったあとに話し合って、結論を出します。ミス・マクラウドが逮捕され、殺人罪で起訴されて保釈されなければ、あなたがたも問題を別の角度から見るかもしれませんな。しかし、それがあなたがたの――」

「嘘つきめ」と、ピーター・ジェイ。

「こいつは驚いた」と、マックス・マズロー。「あんたはいったいどこで名探偵の評判を手に入れたんだ？　おれたちがどう出ると思ってるんだ？　大変だと大騒ぎするか、跪《ひざまず》いて許しを乞うとでも？」

「もちろん、本気のはずがない」と、カール・ハイト。「ミス・マクラウドはフェイバーを殺していないと判断した、そう言ったじゃないですか」

　ウルフは頷いた。「有罪の判決を受けることはないでしょう。裁判までいくこともないかもしれません、警察だってばかではありませんから。ミス・マクラウドにとってはつらい体験でしょうが、よい戒めにもなる。グッドウィン君を巻きこんだ行為は、計画的ではなかったにせよ、許しがたい」ウルフはマズローに目を向けた。「わたしの評判がどうとか言っていましたな。自分で築きあげたものですから、軽々しく危険にさらしたりはしません。仮に、ミス・マクラウドが明日逮捕され、連絡がとれなくなったと知れば、あなたも――」

「仮の話だ」ゆがんだ笑顔が応じた。

「そのとおり。逮捕はわたしたちの権限ではなく、選択した結果の話ですからな。結論を出すために、ぜひ意見を聞かせていただきたい。あなたがたはなに一つわたしに話していないが、なに一つ話すことがないとは思わない。今、このわたしに話したいですか？　それとも後ほど、ミス・マクラウドが苦しい立場に置かれたときに、警察に話したいですか？」

「はったりだ」マズローは言った。「コールといこう」マズローは立ちあがり、廊下に向かった。ぼくも腰をあげ、マズローを追って棚から帽子をとり、玄関のドアを開けた。ドアを閉めて廊下を戻りかけたとき、残りの二人も出てきた。ぼくはまたドアを開けた。帽子のないジェイはそのまま出ていったが、ハイトは立ちどまった。ぼくが帽子をとって渡すと、ハイトはかぶった。「なあ、アーチー」ハイトが言う。「なにか手を打ってくれなければ」

「了解」ぼくは答えた。「例えばどんな？」

「わからない。ただ、スーのことだが……おい、まさかウルフは本気じゃないだろう？」

「ウルフさんがどうするつもりかという問題だけじゃない、ぼくがどうするかも問題なんだ。勘弁してくれ。ぼくは睡眠もまともに確保できていないんだ。すぐに生命も、自由も、幸福の追求もまともに確保できなくなるかもしれない。時計の長針が真上に来るごとにニュースを確認しろよ。おやすみ」

「スーはきみのことを、どんなふうに警察に話したんだ？」

「ノー・コメント。抵抗力が弱っているから、ドアを開けたままだと風邪をひくかもしれない。どうぞお引きとりを」

ハイトは出ていった。ぼくはドアを閉め、チェーンをかけて、事務所に戻った。席について、感想を言う。「で、これが役に立つかもしれないと、あなたは思ったわけですね」

ウルフは唸った。「あれは仕上げたか？」

「はい。十二ページあります」

「見せてもらえるか？」

命令ではなく、要請だった。少なくとも、合同捜査の事件なのは忘れていないのだ。ぼくは引き出しを開け、原本をとり出して持っていった。ウルフは表題と最初のページに丁寧に目を通し、ページをめくっていき、末尾を確認して、机に置いた。「ノートを頼む」ぼくは席に戻り、ノートとペンを用意した。

「二枚になるだろう」ウルフは言った。「一枚はきみ用で、もう一枚がわたし用だ。最初にわたしの分を。大文字の表題。ネロ・ウルフの宣誓供述書。普通の表記で、ニューヨーク州、ニューヨーク・カウンティ。本文。わたしはここに証言します。この文書に付属する全十二ページのタイプライターで作成した書類、コンマ、それぞれわたしのイニシャルが署名されている書類は、コンマ、一九六一年九月十三日にわたしの事務所で交わされたスーザン・マクラウド、コンマ、アーチー・グッドウィン、コンマ、そしてわたし自身の完全かつ正確な会話の記録であります。セミコロン。このタイプの記録における会話には省略も追加も一切ありません。セミコロン。この会話は完全に個人の自由意思に基づいたものであり、コンマ、事前の準備や調整はありません。わたしがサインする空間をあけて、その下に公正証書たる定型文を。余白があればきみの分も同じ用紙に。内容は同じで、語句を必要に応じて入れ替えてくれ」

ぼくは顔をあげた。「わかりました。ぼくを厄介払いしておくためだけじゃなかったんですね。権限については了解しました。それでもまだ、優先権については条件があります。スーはフェイバーを殺さなかった。ぼくのところへ来て、洗いざらい白状したんです。ぼくはスーのヒーローです。ぼくが結婚を申しこめば承知すると、マズローに言ったも同然じゃないですか。死ぬほど努力すれば、ダンスだって覚えられるかもしれません。まあ、正直望み薄ですけどね。スーの稼ぎはあなたのくれる給料なんか目じゃないし、子供はしばらく待ってもいい。スーが有罪判決を受けることはないだろうとあなたは言ってましたが、それでは不十分です。この宣誓供述書にサインする前に、確かめておく必要があります。警察がぼくを締めあげるのをやめたとたん、合同捜査の事件を投げ出したりはしませんね？」

「むむむむ」ウルフは唸った。

「同感です」ぼくは答えた。「ひどく面倒な話です。すべてスーの責任ですよ。断りもなく、ぼくを巻きこんだんですから。若い娘が男を底なし沼に落としたとしたら、男にはなりふりかまわず抜け出す権利がありますですが、忘れないでください、今やぼくはヒーローなんですよ。ヒーローはなりふりかまわず抜け出したりはしません。スーが絶対に裁判にかけられないようにする、これを合同捜査の事件の目的にすると約束してくれますか?」

「どんなことであっても、絶対確実になるようにすると約束したりはしない」

「訂正します。配慮してくれますね?」

ウルフは鼻から深々と息を吸い、口から吐いた。「いいだろう。配慮しよう」そして、机の上にある十二枚の書類に目をやった。「朝、九時五分前に、ミス・ピネッリをわたしの部屋へ連れてきてくれるか?」

「無理です。ミス・ピネッリは九時半まで出勤してきませんので」

「では、その宣誓供述書と一緒に、九時四十分に植物室へ連れてきてくれ」ウルフは壁の時計を見た。「タイプは朝でいい。きみは四十時間も寝ていない。もう休め」

これはたいそうな気遣いだった。ぼくは部屋に向かって階段をのぼりながら、感謝していた。朝九時から十一時まで植物室にいる間は、正真正銘の緊急事態を除いて、ウルフは邪魔を許さない。なのに、宣誓供述書を公証してもらうために、事務所におりる時間まで待とうとはしなかった。ベッドに潜りこんで電気を消したとき、ぼくは今昇給を要求するか、年末まで待つかを考えていた。が、心を決める前に、ぼくは心をなくしてしまった。心は眠りの世界に消えた。

ぼくはスーに容疑を押しつける覚悟をちゃんと決められなかった。木曜の朝、食事をすませてリラ・ピネッリに電話をかけたときもまだ、踏ん切りがつかないままだった。リラは公証人としての仕事もするため、八番街のビルで請け合っている秘書業務の料金に、おそらく週二ドル上乗せしているはずだ。宣誓供述書を作っても、ぼくの心は縛られない。問題は、そのあとじゃないか？　で、ぼくはリラに来てくれと頼み、やってきたリラを植物室へと連れていった。リラは帰りを急いでいたが、蘭を見るのはこのときがはじめてだった。オンシジウムの小さく可憐な花から、レリオカトレヤのように誇らしげに咲く大輪の花まで、あらゆる種類の蘭が並んだ花台の前をただ通過するなんて、生きている人間には無理というものだ。そのため、一階におりて支払いをすませ、リラを送り出したときは、十時を回っていた。ぼくは事務所に行って、書類を金庫に入れた。

さっきも言ったとおり、ぼくは覚悟をはっきり決めていなかった。ただ、事態が動いてしまった。ウルフはいつもどおり十一時きっかりにおりてきて、十分後には机に向かい、朝の郵便物の束に目を通していて、ぼくは自分の机でウルフの持ってきた発芽記録の仕分けをしていた。そのとき、玄関のベルが鳴った。ぼくは廊下に出て確認し、回れ右をして、声をかけた。「クレイマーです。ぼくは地下室に隠れることにします」

「いい加減にしないか」ウルフは怒鳴った。「わたしの望みは……いや、結構だ」

「玄関のベルに応じなければならないって法律はありませんが」

「だめだ。会う」

ぼくは玄関に行き、ドアを開け、おはようございますと挨拶して、通した。クレイマーは敷居をまたぎ、ポケットから畳んだ書類を一部とり出して、ぼくに渡した。ぼくは広げてみた。ちょっと見ただけで充分だったが、最後まで目を通した。「少なくとも、ぼくの名前の綴りは正しいですね」ぼくは手首を合わせて、両手を差し出した。「わかりました。ちゃんとしましょう。なにが起こるかわかりませんから」

「電気椅子に座っても、ふざけていろ」クレイマーは言った。「ウルフに会いたい」クレイマーは廊下をずんずん進んで、事務所に入った。うかつにもほどがある。ぼくが外へ走り出て、逃げてしまったかもしれないのに。半秒くらいそうしようかと思ったが、ぼくがいなくなったことを知ったときのクレイマーの顔を、ぼくがその場で拝めるわけじゃない。で、事務所に入ると、クレイマーは赤革の椅子に腰をおろし、隣の小テーブルに帽子を置いているところだった。同時にこうしゃべっていた。「たった今、グッドウィンに逮捕状を手渡したところだ」そして、続けた。「今度は出られないぞ」

ぼくは立っていた。「光栄です。相手がだれだろうとぶちこむのにはお巡りや平刑事で間に合うのに、ぼくの場合は警視に逮捕されるんですからね。一週間に二回も」

クレイマーの目は、ウルフに向けられたままだった。「おれが自分で来たのは」と言う。「あんたに状況を説明したかったからだ。執行するべき逮捕状を持った警官は自由裁量を許されているだけじゃない、自由裁量を行使するものと考えられている。これからグッドウィンがどうするのか、こっちにはようくわかっている。黙りを決めこんで、バールを使っても口を割らせるのは無理だろう。その逮捕状を寄こせ、グッドウィン」

「これはぼくのですよ。あなたが執行したんじゃありませんか」

「そうじゃない。ただ見せただけだ」クレイマーは手を伸ばし、逮捕状をとりあげた。「火曜日の夜ここに来たとき」ウルフに話し続ける。「あんたはおれの愚かな行動に愕然とした。あんた流の気どった言い回しで、そう決めつけたな。あんたが気にかけてたのは、だれがあのトウモロコシを採ったかってことだけだった。今のあんたがどんな気分か、この目で確かめにきた。あんたが指示すれば、グッドウィンは口を開く。相談する間、表の応接間で待っていたほうがいいか？ 一日中ってわけにはいかない、十分だな。あんたには……」

クレイマーは言いさして、目を怒らせた。ウルフが椅子を引き、立ちあがりかけている。部屋を出ていくつもりだ、当然クレイマーはそう思ったのだ。はじめての行動ではないからだ。が、ウルフは廊下ではなく、金庫に向かった。取っ手を動かし、扉を引き開けたとき、ぼくもそこにいた。もし、ウルフが自分でとりにいく代わりに、ぼくに持ってくるように言ったとしたら、クレイマーが目の前にいても、ぼくは決心がつくまで立ち往生していたかもしれない。だが、二度言ったとおり、ぼくは覚悟をはっきり決めていなかった。で、机に戻って、腰をおろすだけにした。スー・マクラウドに借りはなに一つない。スーかぼくかがブタ箱行きになるのなら、スーのほうがいいという立派な理由が二つある。この苦しい状況はスー自身が作ったものだし、ぼくが身動きできなくなったら合同捜査の事件でたいした役には立てない。だから、ぼくは座った。ウルフは書類を金庫からとり出して、クレイマーのところへ行って手渡し、告げた。「まずはこの宣誓供述書を読んだほうがいいでしょう。後ろの二枚です」

ぼくは何年間もクレイマーの小さな欠点を山ほど集めてきたが、ちゃんと長所だってある。宣誓供述書に目を通したあと、クレイマーは十二ページの文書をざっと読んだ。その上で、最初からもう一度じっくりと読み通した。全部で三十分以上かかった。質問は一つもしなかったし、顔をあげもしなかった。読みおえたときでさえ、質問はしなかった。ロークリッフ警部補かパーリー・ステビンズ巡査部長なら、一時間はがみがみ言い続けただろう。クレイマーはぼくら二人を五秒ずつ鋭い目でまっすぐに見ただけで、書類を畳み、内ポケットに入れ、ぼくの机に近づいて受話器をとりあげた。すぐに、クレイマーは口を開いた。

「ドノヴァンか？　クレイマー警視だ。ステビンズ巡査部長を出してくれ」また間があった。「パーリーか？　スーザン・マクラウドを押さえろ。電話をかけるんじゃない、身柄を押さえるんだ。おまえが行け。おれは十分で戻るが、早く女を連行したい。だれか一人、連れていけ。抵抗するようなら、押さえこんで連行しろ」

クレイマーは受話器を置いて、小さなテーブルにあった帽子をとりあげ、ずかずかと出ていった。

第五章

ウルフのビールに酢を入れてやりたいと思ったことは千回、いやそれ以上あるが、とりわけあの木曜の夜は実行に移す寸前までいったと思う。九時十五分にベルが鳴り、ぼくが玄関を確認して、カール・ハイトとマックス・マズローとピーター・ジェイがポーチにいるとウルフに伝えたら、入れるなと命じられたのだ。

クレイマーがぼくの電話でパーリー・ステビンズに連絡してからの九時間半、ぼくは成り行きを見守っていた。明日の昼頃をめどに、スーに起こった出来事に反応があるまで、あるいは反応がないとわかるまでは、ウルフが事件に急展開をもたらすことは期待できないと思っていたのだ。それでも、ぼくはぼくなりに動いた。ウルフが四時に事務所を出て植物室に向かうとき、用事があって一時間ほど外出すると伝え、ちっぽけな手がかりでも発見できるかもしれないと、〈ラスターマン〉まで散歩に出かけた。

空振りだった。最初は裏に回って搬入デッキと小路を確認した。二昼夜が過ぎ、市警察の鑑識が徹底的に調査したあとだから、おかしなやりかたに思えるかもしれないが、やってみなければわからない。以前、ある女性が六か月前に一晩過ごしたホテルの部屋を見渡しただけで、いい考えが浮かんだこともあるのだ。が、今回の収穫は、デッキの下で圧搾のために実をとったトウモロコシの軸一本を見つけただけだった。小路を出て、フェリックスやジョー、他の厨房スタッフと話をしたあと、ぼくはあきらめた。ゾルタンがたばこを吸うために（厨房内は禁煙）外へ出て、ステーション・ワゴンと地面に倒れた死体を見つけるまでは、なにかを見聞きした人はいなかった。

ぼくは翌日の昼までウルフにはっぱをかけるのを見合わせ、その夜はそ知らぬ顔でやりすごしたかもしれない。七時頃、リリー・ローワンから電話があって、逮捕されたスーが弁護士を頼まなければならないので一人寄こしてくれと地方検事局から電話で頼んできたと聞かされた。なにがどうなっているのか家まで来て説明してほしいとリリーは言うし、事件に進展があったらその場に立ち会いたいという思いがなければ、ぼくは外出していただろう。なのに、いざ進展があったとき、ウルフは家に入れるなと命じたのだった。

ぼくはウルフの目を見据えた。「配慮すると言ったじゃありませんか？」

「配慮はしている」

「じゃあ、お待ちかねの三人の到着ですよ。スーをオオカミどもに投げ与えたのは、連中に口を開かせるためでしょう？　ようやく――」

「ちがう。あれは、きみを拘置所に入れないでおくための処置だ。この問題にどのように取り組むか検討中だが、結論が出るまでは、あの三人に会っても意味がない。いずれ連絡すると伝えなさい」

ベルがまた鳴った。「じゃあ、ぼくが会います。表の応接室で」

「だめだ。わたしの家はいけない」ウルフは本の続きにとりかかった。

ビールに酢を入れるか、机の引き出しからマーリーの三二口径を出して撃ち殺すか。だが、それは後回しにしなければなるまい。お客がポーチで待っているのだから。ぼくは玄関に行き、かろうじて抜け出せるだけのドアの隙間からカール・ハイトを体で押すようにして外に出ると、ドアを閉めた。「こんばんは」ぼくは挨拶をした。「ウルフさんは重要な用件があって手が離せないので、面会謝絶だ。代わりにぼくでどうだ?」

三人は一斉にしゃべりだした。おおまかな内容は、ぼくがドアを開ければ、面会は自分たちでどうにかするとのことらしかった。

「わかっていないようだな」ぼくは言い聞かせた。「きみたちの相手は天才なんだぞ。ぼくも同じ立場だが、扱いには慣れているんでね。ウルフさんがはったりをかけてると思うなんて、寝ぼけてたんじゃないのか。ウルフさんが自分の言葉どおりに行動することくらい、わかっていてもよかったのに」

「じゃあ、ウルフがやったのか?」と、ピーター・ジェイ。「やつがやったんだな?」

「ぼくらがやった。栄誉はわかちあうよ。二人でやったんでね」

「なにが栄誉だ」と、マックス・マズロー。「スーがケン・フェイバーを殺さなかったことを、おまえらはわかってるくせに。ウルフがそう言ったじゃないか」

「スーがやらなかったと判断した、こう言ったんだ。今だって判断に変わりはない。それにウルフさんは、有罪判決が下るとは思えない、とも言った。ぼくたちが関心を持っているのはぼくの嫌疑を晴らすことで、選択肢がある、とも言った。フェイバーを殺した犯人を発見する、それにはきみたちの協力が必要だった。協力を拒むなら、スーに容疑を肩代わりさせることもできる。きみたちは協力を拒否した。で、ぼくらは容疑をスーにおっかぶせた。ぼくは自由の身になり、きみらが押しかけてきた。なぜだ? なぜウルフさんが今さらきみらにかかずらって、時間を無駄にしなきゃならないんだ？　ウルフさんは本当に重要な用で手が離せないんだぞ。ルイス・ナイザーの『わたしの法廷生活』という本を読んでるんだからな。なぜきみたちのために読書を中断しなきゃいけないんだ？」

「信じられないよ、アーチー」カール・ハイトはぼくの腕をつかんでいた。「きみがこんなことをするなんて信じられない……スーに。言ってたじゃないか、スーじゃないと──」

「世の中なにがあるかわからないよ、カール。昔、毎日公園に通って鳩に餌を与えていた女が、夫にヒ素を与えたってこともあったしな。一つ、提案がある。ここはウルフさんの家で、ウルフさんはきみたちの立ち入りを望んでいない。ただ、フェイバーを殺した犯人を見つける手助けをすることについて、きみたち……少なくともきみたちの二人が心を入れ替えたなら、ぼくだって免許を持った私立探偵だし、二時間くらいなら付き合える。この階段に腰をおろしても、どこか別の場所へ行ってもいい」

「で、おまえは説明するんだ」とマズローが言った。「スーが警察にしゃべって、警察をおまえにけしかけた話の内容をな。聞けば、信用するかもしれないぞ」

「ぼくから話はしない。そういう趣向じゃない。きみらがぼくに話すんだ。ぼくが質問して、きみらが答える。ぼくがやらなきゃ、他にだれがやるって言うんだ？　刑事や検事がやるとは思えない。スーについて、とっておきのネタをつかんでるからな。これだけは言っておくが、スーが火曜日、犯行時刻に現場にいたことを警察は知ってる。なんのためにそこにいたか、なにを見たかについて、スーが警察に嘘をついたこともばれている。ぼくが付き合えるのは、一、二時間だぞ」

三人は視線を交わした。共通の利害関係のある仲間同士の視線ではなかった。三人は言葉も交わして、一つの点で意見を一致させた。もし一人がぼくの申し出に応じるなら、他の二人も参加するというのだ。ピーター・ジェイが自分の家に来てもかまわないと言い、その点でも意見は一致した。そこで、階段から歩道におり、東に向かった。八番街で、四人が乗れるタクシーをつかまえた。九時五十分、タクシーは七十丁目あたりのパーク・アベニューで、歩道にせり出した庇の前に到着した。

ジェイの部屋はマンションの十五階で、独り身の住まいにしてはかなり豪勢だった。居間は広くて、天井が高く、センスもいい。スー・マクラウドとケン・フェイバーがはじめて会った場所だし、話し合いにはもってこいだと思ったのだが、ジェイはそこを通過して、もう少し狭い部屋へとぼくらを案内した。とはいえ、そこもやはり洒落ていて、色を合わせた緑の椅子とカーペット、机と本棚とテレビ台があった。ジェイはなにを飲むかと尋ねたが、注文はなく、みな腰をおろした。

「さあ、質問とやらをしてみろよ」マズローが言った。ゆがんだ笑みを浮かべている。

マズローが邪魔でハイトが見えなかったので、ぼくは椅子をずらした。「気が変わったよ」と切り出す。「来る途中に考えたが、別のやりかたを採用することに決めた。スーが警察にしゃべった話、供述書にサインした内容を話す。スーとぼくは現場の小路で午後五時に会う約束をしていた。スーは遅刻して、着いたのは五時十五分だった。ぼくがいなかったので帰った。ちょうど角を回ったところ、レストランの前で知り合いの店員二人に見られていたので、現場にいたことは白状しなければならなかった」

全員の視線がぼくに釘付けになっていた。「じゃあ、おまえは現場に五時十五分にはいなかったんだな」ジェイが言った。「死体が見つかったのは、五時十五分だ。おまえは現場から姿を消したんだな?」

「そうじゃない。スーがもう一つ警察に話したことがある。火曜日にぼくに話したと、フェイバーが日曜にスーにしゃべった話だ。スーは妊娠したようで、父親はフェイバーだと。きみら三人全員に、フェイバーは同じ話をした。それで、フェイバーに嘘を取り消させるために、ぼくと現場で待ち合わせをしたと、スーは説明した。つまり、スーが警官をぼくにけしかけたと言っても正しいし、警察がぼくを厳しく追及したのも無理はない。問題は――」

「なにがいけないんだ?」マズローが口を出した。「なぜ、今は追及されていないんだ?」

「邪魔をしないでくれ。問題は、スーが嘘をついていたことだ。火曜日にぼくに教えたと、フェイバーが日曜にスーにしゃべったってことじゃない。そっちはきっと、フェイバーの嘘だ。フェイバーはスーにそう話したんだろうが、それは事実とちがう。火曜日、フェイバーはぼくになにも話さなかった。だから、手帳のきみたちの名前にはチェックがついていたのに、ぼくにはついていなかったんだ。フェイバーはスーの外堀を埋めようと、ぼくたちにでたらめを吹きこむつもりだった。実際、きみたちには話したが、ぼくには話さなかったんだよ。つまり、こっちはフェイバーの嘘で、スーのじゃない。スーがついた嘘は、火曜の午後フェイバーと話をつけるために現場でぼくと待ち合わせをしたって話だ。約束なんてなかった。ぼくらはなんの約束もしていなかった。それにスーは――」

「それは、おまえの言い分だ」と、ピーター・ジェイ。

「邪魔するな。それにスーは、五時十五分に現場に着いたときの行動についても、嘘をついた。ぼくがいなかったんで帰ったと説明したが、実際は小路に入って、頭蓋骨を砕かれたフェイバーの死体が地面に転がってるのを見つけて、怖じ気づいて逃げた。時間的には――」

「それは、おまえの言い分だ」と、ピーター・ジェイ。

「うるさい。時間的には、ほんの秒単位の出来事だろう。スーは現場に五時十五分に着いたと言っている。記録によれば、レストランの厨房から出てきた男が死体を発見したのは、五時十五分だ。スーが三十秒くらい間違っているのかもしれない。じゃなければ、第一発見者のほうがね。第一発見者が厨房から出てきたとき、スーが現場から離れた直後だったのは間違いない」

「おい、おまえ」マズローは首をかしげ、目を細めていた。「うるさいだと？　ふざけんな。嘘つきはどっちだ、スーか、おまえか？」

　ぼくは頷いた。「いい質問だ。今日の昼、正午の少し前までは、嘘つきはぼくだと警察は睨んでいた。そのあとで、ぼくじゃないってことを発見したんだ。今回はそう睨んだだけじゃない。発見したんだ。だから、スーを引っ張っていって、出さないつもりでいる。どっち――」

「どうやって発見したんだ？」

「警察に訊けよ。立派な根拠があるのは間違いない。ぼくの首根っこを押さえて、警察の連中はご機嫌だったんだ。ぼくがうまく逃げおおせるのを見て、歯ぎしりする思いだったろう。だから、根拠はたしかなものじゃなきゃいけなかった、実際たしかだったんだ。そういうわけで、次が重要な点だ。スーの嘘は半分本当だったと、ぼくは思う。スーは本当にだれかと現場で五時に会う約束をしていたんだろう。で、十五分遅れて着いたら、相手はいなかった。スーは小路に入って、死んでいるフェイバーを見つけた。そこでスーはなにを考えただろうか？　わかりきった話だ。怖じ気づいたのも無理はない。スーは家に帰って、もう一度状況を考えてみた。現場にいたことは否定できない、目撃者がいたのだから。仮に自分一人でフェイバーに会いにいったと説明したら、小路に入らなかったという言い分を警察は受け入れないだろう。それどころか、警察は間違いなく、スーが殺したと信じこむはずだ。そこでスーは、真実を話すことにした、半分だけ。約束があって、遅れていったら、相手がいなかったので帰った。小路に入って、死体を発見したことは省略した。ただ、スーは待ち合わせをした相手がフェイバーを殺したと思っていたので、名前を出すことはできなかった。それでも、警察は白状しろと責めたてるだろう。だから、ぼくの名前を出すことに決めた。実際はそれほど悪気があったわけじゃない。ぼくが別の場所にいたことを証明できるとスーは思ったんだ。スーとの約束をすっぽかしたというわけだ。ぼくはアリバイを証明できなかったが、スーはそのことをわかっていたわけじゃない」ぼくは片手をあげた。「そこで問題だ。スーと現場で会う約束をしたのはだれか?」

ハイトが答えた。「それには、裁断と仮縫いが何回も必要だな、アーチー」

「おまえが質問をするはずだったろ」マズローが口を出した。「おれたちが答えられる質問をしてみろよ」

「しかたがないな」ぼくは言った。「きみらの一人が犯人だとする。もちろん、ぼくが仮定しただけだ。犯人が名乗り出てくれるとは思わない。あくまでもスーが意地を張って相手の名前を口にしなければ、スーを裁判にかけるか、心の重荷をおろすかを選ぶまでに追いこまれた時点で、犯人は自供するかもしれないが、今ここでは無理だろう。ただ、他の二人が考えてくれるんじゃないかと思ってる。言いかたを変えよう。スーがでたらめを言いふらしたフェイバーをとっちめようと決めて、きみらの一人に助っ人を頼んだとする。スーはだれを選ぶか? もう一つ別の考えかたもある。きみらの一人がフェイバーをとっちめることに決めて、スーにも一緒に来るように頼んだとする。そういうことを一番やりそうなやつはだれだ? ぼくとしては最初の考えかたのほうが脈ありだと思う。スーの考えそうなことだからな」ぼくはハイトに目を向けた。「どうだい、カール? 単刀直入な質問に、単刀直入に答えるだけだ。スーはだれを選ぶ? あんたかい?」

「いや、マズローだ」

「なぜ？」

「はっきりものが言えるからね。それに喧嘩も強い。わたしは強くない、スーもそれはわかっていた」

「ジェイはどうだ？」

「いやいや、まさか。そうじゃないことを願うよ。勇気のいることでジェイはあてにならないことくらい、スーもわかっているはずだが」

　ジェイが席をたった。移動しながら両方の拳をかためる。勇気があるかないかはともかく、ジェイは人との触れあいを重要視しているにちがいない。ハイトはマズローほど喧嘩慣れしていないだろうと思って、ぼくは立ちあがり、間に入った。これでぼくに殴りかからなかったら、その気を見せなかったら嘘だ。ぼくはジェイの腕をつかまえて引っ張り、後ろを向かせ、突き放した。ジェイはよろめいたが、なんとか立ったままでいた。ジェイがこちらに向き直ったとき、マズローが声をかけた。

「待てよ、ピート。いい考えがある。おれたち三人にはもともとなくすような友情なんてないが、このグッドウィンについては同じ気持ちだよな。好ましからぬ人物《ペルソナ・ノン・グラータ》なんてやつがいるんなら、こいつがそうだ」マズローは立ちあがった。「思い知らせてやろうじゃないか。ご挨拶程度じゃなく、徹底的にな。手を貸すか、カール？」

　ハイトは首を振った。「いや、結構。見学させてもらう」

「そうか。おとなしくしてれば早くすむぞ、グッドウィン」

　背を向けて出ていくわけにはいかなかった。背後ががら空きになる。「くすぐるのは勘弁してもらいたいね」そう言って、一歩さがった。

「後ろに回れ、ピート」マズローがゆっくりと前に出はじめた。肘を開き気味にして、手を開いたまま、少し上に向けて構えている。キドニー・パンチがあれだけ見事なんだから、気のきいた技の一つや二つは心得ているだろう。脇の下とか、喉仏とか。ジェイに背後をとられているので、このままじゃ袋の鼠だ。で、ぼくは体を折って向きを変え、ジェイに体あたりした。手刀をできるだけ鋭くして、首の横、耳の下の腱に叩きこむ。狙いがぴたりと決まって、ジェイは片づいた。が、マズローがぼくの左手首をつかみ、肩を使って固め技をかけにきた。あと十分の一秒遅ければ、ぼくは格好の餌食だったろう。動けるのは下方向だけだったので、ぼくは体をさげてマズローの肩をはずし、肘を曲げて腹に叩きこんだ。ここで、マズローはミスをした。固め技をはずされて、ぼくの右手首をつかまえようと手を伸ばしたのだ、それで体が開いた。ぼくは飛びこんで右腕を巻きつけて首を絞め、背中を膝で押さえた。

「背骨が折れる音が聞きたいか?」ぼくは訊いたが、これは思いやりに欠けていた。マズローは答えられなかったのだ。ぼくは腕を少し緩めた。「こっちにツキがあったのは認めるよ。ジェイが横によけていたら、おまえらの勝ちだったろうな」ぼくはジェイを見やった。椅子に座って、首をさすっている。「実戦に出たいんなら、稽古が必要だぞ。マズローならいいコーチになる」ぼくは腕をはずし、立ちあがった。「見送りはいらないよ」そして、玄関に向かった。

エレベーターのなかでネクタイを直し、髪を櫛で整えたあと、歩道に出たが、まだ多少息が乱れていた。時計を見ると、十時二十分だった。エレベーター内で電話をかける決心もついたので、マディソン・アベニューまで歩いて電話ボックスに入り、一番よく知っている番号の一つにかけた。ミス・

リリー・ローワンは在宅していて、ぼくの来訪とおしゃべりを楽しみに待っているという。ぼくは十二ブロック歩いて六十三丁目、リリーのペントハウスがあるマンションの番地に向かった。

今回は依頼人のいるウルフの事件ではなく、合同捜査の事件だったし、ぼくの頼みでスーを売り出したのはリリーだったので、ぼくは包み隠さず事情を話した。リリーの主な感想は、

〈a〉自分はスーを責める気にはなれないし、ぼくにも責める権利はない。光栄に思うべきだ。

〈b〉ケネス・フェイバーのような人間のくずを噂の流通から排除した人間を巻きこむことなく、ぼくはなんとかスーを救い出さなければならない。

〈c〉どうしても犯人を巻きこむ必要があるのなら、カール・ハイトではないことを心から願う。着るのにふさわしい服、ことにスーツを作れる人間は他に手近にはいないから。


リリーはスーに弁護士のバーナード・ロスを頼んでやった。ロスはスーに会い、ぼくが来る一時間前に報告の電話をかけてきたそうだ。スーは保釈なしで勾留されていて、朝になったら人身保護令状を申請するかどうか決めるらしい。

西三十五丁目の古い褐色砂岩の家の前でタクシーを降りたときには、一時を回っていた。階段をあがり、自分の鍵で玄関を開け、廊下を進んで事務所の電気をつけると、思いがけないものがあった。ぼくの机の文鎮の下に、ウルフの手書きのメモがあったのだ。

AG

ソールが朝、車を使う。ほぼ一日中かかるだろう。ソールの車は現在使用不可の状態だ。

NW

ぼくは金庫に行き、ダイヤルを操作して扉を開け、引き出しから小口現金出納帳をとり出した。一番新しいページをめくって、書きこみを確認する。

九月十四日　AG特別経費　百ドル

ぼくは出納帳を戻して扉を閉め、ダイヤルを回して、考えこんだ。ウルフはソールを招集した。ソールは呼び出しに応じて、車を必要とする仕事を言いつけられた。いったいどんな仕事だろう？　注文した金曜日のトウモロコシを受けとりに、車でパトナム郡まで行くわけじゃない。それなら、朝に出発する必要はないし、予想される経費として百ドルも必要もないし、記入が、『AG経費』とはならないだろう。そもそも、あの書きかたは正しくない。ぼくは依頼人じゃないのだから、合同捜査事件《ジョイント・アフェア》の『JA経費』にするべきだ。おまけに、経費を割り勘にするなら、こっちにも事前に相談があるべきじゃないか。ただ、自分の部屋に戻って、服を脱いで着替えると、本当に気になっているのはソールの仕事の内容だとわかった。全能の神でも、ジョン・エドガー・フーヴァー（初代FBI長官。非公式な諜報活動で、大統領も脅かす絶大な権力を握ったと言われる）でも、どちらでもお好みのほうに祈ってかまわないが、ソールはどこで、どんな仕事をするんだろう？

ウルフは朝、フリッツが部屋まで届ける盆で食事をする。普通は十一時に植物室からおりてくるまで、ぼくと顔を合わせることはない。ぼくに重要、もしくはこみいった用事があるときには、植物室に来いという伝言をフリッツにことづける。簡単な用事のときは、ぼくに内線電話をかけてくる。その金曜日の朝は、フリッツからの伝言も電話の呼び出し音もなしだった。遅い朝食を厨房でだらだらと食べ、『ガゼット』紙命名〝スイート・コーン殺人事件〟の進捗状況を朝刊の記事で確認したが、目新しいこともなく、ぼくは事務所に行って、郵便物を開封した。もしもウルフがソールの仕事の内容を絶対内緒にしておくつもりなら、こっちが質問する前に古くて虫食いの茹でトウモロコシを食べる羽目になってしまえ。ぼくは散歩に出かけることに決め、フリッツに断っておこうと厨房に向かいかけたとき、電話が鳴った。出ると、女の声がミス・スーザン・マクラウドの法律顧問であるバーナード・ロスの秘書だと名乗り、ロス先生がウルフさんとグッドウィンさんに都合がつき次第ぜひお話をしたいと言っていると告げた。お二人が今日、できれば午前中に事務所まで来てくだされば大変ありがたい。

高名な私立探偵のネロ・ウルフはどんな相手でも絶対に自宅を出て訪問しないことを、高名な弁護士のバーナード・ロスは知らなかったとウルフに教えてやったら、さぞかし楽しかっただろうが、今は冷戦状態のため、あきらめなければならなかった。ロスの秘書には、ウルフさんは無理だが、ぼくは差し支えないので伺うと答え、フリッツにたぶん昼食には戻ってくると言い置いて、宣誓供述書つきの会話記録十二ページ分の写しをポケットに入れ、家を出た。

ちゃんと昼食には戻ったが、ぎりぎりだった。ぼくが持っていった書類を熟読する時間も含めて、まるまる二時間半、ロスに引き留められたのだ。帰るときには、ロスはぼくの知っていることをほとんど知っていたが、全部ではなかった。弁護士にとっては重要ではない話を、多少省略した。例えば、ウルフがソール・パンザーをなにかをするためにどこかへ派遣したことなどだ。どこでなにをするのか教えられないので、話したところでどうにもならない。

ウルフの食事に付き合うよりは〈ラスターマン〉などで外食したいところだったが、ぼくがどこにいるかわからなければ、ぼくではなく、ウルフが不満を持つほうになるだろう。家に入り、食堂でフリッツに話しかけているウルフの声を聞きながら、ぼくはまず事務所へ向かった。机の文鎮の下には十ドル札が四枚置いてあった。金はそのままにして、食堂に行き、今日はいい朝ですねと心にもない挨拶をウルフにした。

ウルフは頷き、湯気のたつ蓋つきの厚手鍋《キャセロール》からエビをとりわけていった。「いい午後だな。机の上の四十ドルは、金庫に戻してかまわない。ソールは経費を使わなかったので、六時間分の報酬六十ドルを払った」

「ソールの一日の最低報酬は八十ドルですよ」

「八十ドルは受けとろうとしなかった。一切受けとりたがらなかったんだ、今回はわたしたち個人の事件だからな。が、無理に承知させた。このエビのボルドレーズソースは、タマネギを抜いて、ニンニクを少々加えてみた。よくなったと思うが、フリッツもわたしもきみの意見をぜひ聞きたい」

「喜んで。いい匂いですね」ぼくは席についた。ぼくの強情よりもウルフの頑固さのほうが上手なのかという問題が持ちあがったのは、決してこれがはじめてではなかった。ぼくのほうがしびれを切らすことになっている。ソールが六時間もどこでなにをしていたのか追及することになっているのだ。そうしたらウルフは親切に、昨晩あることを思いついたが、ぼくは留守でどこにいるかわからず、しかたなくソールを呼んだと教えてくださるだろう。だから、ぼくは追求しないつもりだった。タマネギを抜いてニンニクを入れたエビのボルドレーズソースがけを食べて、堪能してやるのだ。ソールの仕事がなんであれ、あてがはずれたのは間違いない。もう戻ってきて報告をすませ、清算も終わったのだから。容疑者三人がやってきて玄関のベルを鳴らしても面会を拒絶した以上、これがウルフの取り組みだったわけだ。で、ぼくは意地でも追求しないつもりだった。ついでに、昨晩と今朝の出来事も訊かれない限り報告しないつもりだった。昼食をすませて事務所に戻ると、ウルフはお気に入りの椅子に納まって、『わたしの法廷生活』にとりかかり、ぼくは戸棚からカードのファイルを持ってきて、発芽記録にかかりきりになった。四時一分前、ウルフは本を置いて、蘭とのデートのために事務所を出ていった。引き出しからマーリーの三二口径を出して背中を撃ってやったら、さぞかしせいせいしただろう。

机に向かって、配達されたばかりの『ガゼット』紙の夕方版を呼んでいると、信じられない音が聞こえた。エレベーターが動いている。ぼくは腕時計を確認した。五時半。空前絶後の大珍事だ。ウルフがこんなまねをしたことは一度もない。植物室に入ってしまうと、なにがあろうと二時間はそこから離れない。一刻を争う考えが浮かぶとぼくに、ぼくがいない場合にはフリッツに内線電話をかけてくる。ぼくは新聞を投げ出し、席をたって廊下に出てみた。エレベーターが一番下に着いて、がくんと停止し、ドアが開いた。そして、ウルフが現れた。

「トウモロコシだが」ウルフは言った。「もう着いたか?」

勘弁してくれ。食い物にうるさいのもある程度までは結構だが、ものには限度というものがある。

「いいえ」ぼくは答えた。「ソールが持ってきていないのでしたら」

ウルフは唸った。「ある可能性に思い至った。トウモロコシが着いたら、もし本当に着いたら……だめだ。自分で確かめる。可能性はごくわずかとはいえ、万が一――」

「着きましたよ」ぼくは口を出した。「ちょうどよかったですね」ダンボールを持った男が、ポーチに立っていた。ぼくが玄関に向かう途中で、ベルが鳴った。ドアを開けたとき、ウルフはすぐ横に立っていた。大きすぎるズボンに派手な緑のシャツを着た、やせっぽちの小男が口を開いた。「ネロ・ウルフ?」

「わたしがネロ・ウルフだ」ウルフは敷居の上に立った。「トウモロコシを持ってきたんですな?」

「こいつです」男は箱をおろし、紐から手を離した。

「失礼だが、お名前は?」

「名前はパーマーだけど。デルバート・パーマー。なんで?」

「自分のために働いてくれた人物の名前は知っておきたいのでね。あなたがトウモロコシを採ったんですか?」

「まさか。ちがうよ、マクラウドが採った」

「箱に詰めたのはあなたですか?」

「いや、マクラウドだよ。ちょっと、あんたが探偵だってのは、わかってるよ。あれこれ訊くのはただの癖かい、ええ?」

「いや、パーマーさん。トウモロコシについて確認しておきたかっただけです。ありがとうございました。さようなら」ウルフは身を屈めて、紐に指をかけ、箱を持ちあげて事務所に向かった。パーマーは聞こえよがしに、「いろんなやつがいるもんだ」と言い捨て、背を向けて階段をおりはじめた。

ぼくはドアを閉めた。事務所では赤革の椅子に置いたダンボール箱を、ウルフが立ったまま睨みつけていた。ぼくが近づいていくと、顔もあげずにこう言った。「クレイマー警視に連絡を」

どんなに奇妙な命令でも素直に従って、質問を後回しにしてくれる助手がいるのは、すばらしいことだ。ただ、このときは質問する前に答えを聞かされた。ぼくが机について、南署の殺人課に電話をかけ、クレイマーをつかまえると、自分の椅子に戻っていたウルフが受話器をとりあげた。

「クレイマー警視ですか？　折り入って頼みがあります。今事務所にいるのですが、配達されたばかりのダンボールが一つ、目の前に置いてあります。トウモロコシが入っているはずです。入っているとは思うのですが、中身がダイナマイトで紐を切って蓋を開けると爆発する仕掛けが施されている可能性があります。根拠のない邪推かもしれません、それでもそう思えるのです。あなたの部署の扱いではないとわかっていますが、しかるべき手続きはご存じでしょう。直ちに適切な担当者に通報していただけますか？……それは箱の中身がわかってからでかまわないでしょう……もちろんです。たとえ中身がただのトウモロコシだったとしても、関連する情報はすべて提供します……いや、カチカチ音はしませんね。仮に爆発物が入っていたとしても、箱を開けない限りほぼ確実に危険はないでしょう……ああ、その点はご心配なく」

ウルフは電話を切り、椅子を回して箱を睨みつけた。「けしからん」と不機嫌な声で言う。「まただ。旬が終わる前に、トウモロコシは別の場所から取り寄せなくては」

第六章

ウルフが電話を切った四、五分後、最初に到着した公僕は制服警官だった。玄関のベルが鳴ったとき、ウルフはソールの仕事の内容をぼくに説明している最中だった。邪魔が入って苛立ったぼくは、急いで玄関に行ってドアを開け、歩道際に停まったパトカーを見て、「なんの用だ?」と腹立ち紛れに問い詰めた。

「問題の箱はどこだ?」警官が訊き返した。

「専門知識のあるやつが来るまで、置いておく場所に置いてある」ぼくはドアを閉めようとしたが、警官は足を入れていた。

「アーチー・グッドウィンだな」警官は言った。「おまえのことは知ってるぞ。入れてもらう。そっちから助けてくれって騒いだんだろうが、ちがうか?」

一本とられた。家の主人が警察にダイナマイトが入っているかもしれない箱の回収を頼んだ場合、その家に入るのに警官が捜索令状を持参する必要はない。ぼくは警官を通し、ドアを閉め、事務所に案内してダンボール箱を指さした。「触って爆発させたら、損害賠償請求訴訟を起こすからな」

「いくらくれたって、触りゃしないよ」警官は答えた。「ここへ来たのは、だれも手を触れないように見張るためだ」警官は周囲を見回し、大きな地球儀のそばへ移動して、箱からたっぷり十五フィートは離れた位置に立った。警官がそこにいる以上、ソールの仕事についての説明の続きは、お預けにしなければならない。それでもぼくには暇つぶしに眺めるものがあった。一枚のタイプの写しで、ウルフが引き出しから出して渡してくれた。木曜の夜、ぼくが留守にしている間に、ぼくのタイプライターでソールが打ったものだ。

第二の警官が到着したのは六時十分前で、クレイマー警視だった。ベルが鳴って、ぼくが出迎えにいったときのクレイマーの表情には、見覚えがあった。ウルフがなにかとっておきのネタを握っていることを、クレイマーは知っているのだ。それを知るためなら、控除前の一か月分の給料を差し出すだろう。クレイマーはずかずかと事務所に向かい、ダンボール箱を見て、警官に向き直った。そして警官の敬礼に返礼もせず、「帰っていいぞ、シュワッブ」と言った。

「了解。玄関を警護しますか？」

「いらん。おまえは必要ない」

さっきのぼくと同じくらい失礼だが、クレイマーは上官だ。シュワッブはもう一度敬礼して、帰っていった。クレイマーは赤革の椅子を見やった。クレイマーの指定席だが、今はダンボール箱が陣どっている。ぼくが黄色い椅子を運んでくると、クレイマーはそれに座り、帽子を脱いで床に置き、ウルフに訊いた。「この騒ぎはなんだ？　悪ふざけか？」

ウルフは首を振った。「空騒ぎかもしれないが、わたしはオオカミ少年ではない。箱の中身がわかるまでは、なにも話せない」

「話せない？　ばか言え。届いたのはいつだ？」

「あなたに電話をする一分前です」

「持ってきたのは？」

「知らない相手です。見たこともない男だった」

「なぜダイナマイトだと思った？」

「ダイナマイトかもしれないと思ったんです。これ以上の説明は、後ほど——」

玄関のベルが鳴って、ぼくはその場を離れたので、残りは聞きそこねた。今度は爆発物処理班で、二人だった。制服を着ていたが、一目でただの警官ではないことがわかった。とにかく、目がちがうのだ。ドアを開けたときに、歩道にいるもう一人と、家の前に二重駐車している特別製の防護板で覆われた特殊車両が見えた。ぼくが、「爆発物処理班ですか？」と尋ねると、背の低いほうが、「そうだ」と答えたので、事務所まで連れていった。クレイマーは立ちあがって敬礼を返し、ダンボールを指さした。「ただのトウモロコシかもしれん。食用の普通のトウモロコシだ。が、そうではないかもしれん。ネロ・ウルフはトウモロコシではないと思っている。それに、蓋を開けるまでは安全だろうとも言っているが、餅は餅屋だからな。わかり次第、ここに電話をくれ。どれくらいかかりそうだ？」

「場合によります、警視。一時間の可能性もありますし、十時間かも……永久に報告できない場合も考えられます」

「最後のは願い下げだな。結果が出たら、すぐここに連絡をくれるか？」

「了解」

もう一人、背の高いほうが身を屈めて箱に耳をあて、しばらくそのままでいた。やがて頭をあげて、「判別不能」と言い、箱の底を指で慎重に探ったあと、両側に手をかけて持ちあげた。ぼくは、「届けてきたやつは、紐を持ってましたよ」と声をかけたが、無視された。箱を持った男を先にして、二人は出ていった。ぼくはポーチまで出て、箱が特殊車両に積みこまれるのを見届けてから事務所に戻った。クレイマーは赤革の椅子に座っていて、ウルフがしゃべっていた。

「……が、どうしてもと言うのなら、しかたありませんな。爆発物が入っているかもしれないと考えた理由は、持ってきたのが見覚えのない男だったからですよ。箱にわたしの名前が印刷されているのはいつもどおりですが、そういった細かい点もむろん見過ごされはしない。首都圏にはわたしの不幸を願う理由のある人間が大勢いる以上、うかつなまねは――」

「ふん、しらじらしい」

ウルフは指先で軽く机を叩いた。「クレイマー警視。嘘を強要するのですから、当然そうなりますよ。箱の中身がわかってからです。話はそれ以降で」ウルフは本をとりあげ、読みかけていたページを開き、光があたるように椅子を回した。

クレイマーは動きがとれなくなった。ぼくを見て、なにか言いかけたが、やめた。席を蹴って帰るわけにもいかない、爆発物処理班にここへ電話するよう命じてしまったのだから。が、警視たるもの、ただ座っているわけにはいかない。ポケットから葉巻を出して、じろじろ見たあげく戻し、立ちあがってこちらに来た。「電話をかけなきゃならん」つまり、どけということだ。これはうまい手だった。少しは動きがあるからだ。ぼくがどかなきゃならない。クレイマーは四本か五本電話をかけて、三十分近く粘っていたが、どれもこれもたいした用件ではなさそうだった。やがて立ちあがると、大型地球儀の近くに移動して、地理の研究をはじめた。研究には十分で飽きたらしく、次は本棚の前に移った。ぼくは自分の机に戻り、足を組んで両手を頭の後ろにあてがい、椅子にもたれながら、クレイマーがとり出して眺めている本に注目した。ぼくにはもうケン・フェイバーを殺した犯人がわかっていたので、そんな細かいことにも興味がわいたのだ。一番長く見ていたのはブルース・キャットン（アメリカの歴史研究家、ジャーナリスト。ピューリッツァー賞受賞者）の『こみあげる怒り』だった。まだその本を見ているうちに、電話が鳴った。ぼくは電話をとろうと体の向きを変えたが、受話器を耳にあてたときにはもう、クレイマーがそばに来ていた。男の声がクレイマー警視を頼んだので、受話器を渡した。ウルフが本を置いて受話器に手を伸ばすのを見て、ぼくはにやりと笑うことにした。たとえ警視からでも、ウルフはまた聞きを受け入れるつもりはないのだ。

　通話は短かった。クレイマーの側では二十語も話さなかった。電話を切り、クレイマーは赤革の椅子に座った。「いいだろう」と嚙みつくように言う。「箱を開けていたら、死体の破片は回収しきれなかっただろうという話だ。あんたはダイナマイトだと思っていたわけじゃない。知っていたんだ。説明しろ」

　ウルフは唇を引き結び、大きく呼吸をしていた。「わたしではなく」と口を開く。「アーチーかフリッツだったかも、いや、二人ともだったかもしれない。家は言わずもがなだ。その可能性に思い至って、わたしは一階におりた。間一髪だった。三分遅かったら……くだらん。あの男は悪党だ」蠅を追い払うかのように、ウルフは首を振った。「まあいい。昨晩の十時少し過ぎ、わたしは今後の方針を決めて、ソール・パンザーを呼び寄せた。ソールが来て――」

「あの箱にダイナマイトをしかけたのはだれだ？」

「今、説明するところです。ソールが来て、わたしは一枚の書類をタイプさせ、今朝、車でダンカン・マクラウドの農場に行き、マクラウド氏に手渡すよう命じました。アーチー。きみが写しを持っていたな」
ぼくはポケットから書類をとり出し、クレイマーに手渡した。クレイマーはその書類を持っていってしまったが、内容はこうだ。

ネロ・ウルフよりダンカン・マクラウドへの通告

以下のような質問を受けた場合、納得させられる答えを用意しておくよう通告する。

一．お嬢さんが妊娠していて自分が父親だとケネス・フェイバーがあなたに告げたのはいつか？

二．火曜日の午後二時頃に――おそらく二時過ぎだったと思うが――車で農場を出て、七時頃乳搾りに遅れて戻るまで、どこに行っていたのか？

三．鉄パイプはどこで手に入れたのか？　家にあったのか？

四．火曜日の午後、小路から出ていくあなたをお嬢さんが見たことを知っているのか？　あなたはお嬢さんを見たのか？

五．月曜の夜にブルドーザーを所有している男性が木曜ではなく水曜日に農場に来なくてはならなくなったと言ったとの話は、真実か?

訊かれる可能性のある質問は数多くあり、これらはほんの一例だ。有能な捜査官がこの種の質問をする気になったら、むろんあなたは難しい立場に追いこまれるだろう。先手を打つのが上策だ。

クレイマーは顔をあげ、疑い深そうに光る目でウルフを鋭く見つめた。「あんたは昨夜、マクラウドがフェイバーを殺したことを知っていたんだな」

「明確な知識ではない。慎重に推理した末の結論です」

「マクラウドが火曜の午後、農場を留守にしたことを知っていた。娘が現場の小路でマクラウドを見たことを知っていた。その他にも――」

「そうではない。それは結論だ」ウルフは片手をあげた。「クレイマー警視。あなたは昨日の朝そこに座って、グッドウィン君とわたしの宣誓した書類を読んだ。それを読みおえた時点で、あなたはわたしの知っていることをすべて知ったのです。その後、新たな情報は一切入っていません。わたしはあなたと共有した知識に基づき、マクラウド氏がフェイバー氏を殺したとの結論を導き出した。あなたは導き出さなかった。詳しく説明しましょうか?」

「ああ」

「まず、トウモロコシです。マクラウド氏はわたしにしたのと同じ説明、自分はダイナマイトで切り株や岩を処理しなければならなかったので、フェイバー氏にトウモロコシを収穫させた、という説明をしたと思いますが」

「ああ」

「わたしには眉唾ものの話に聞こえました。わたし、そしてレストランには、非常に強いこだわりがあることをマクラウド氏は承知していた。かつ、こちらは充分な、いや、充分以上の対価を支払っていました。マクラウド氏の収入のうち、少なからぬ割合を占めていたはずです。あの若者に選別は無理だろうと、マクラウド氏にはわかっていた。上得意を失う危険を冒すには、切り株や岩よりもっと差し迫った事情があったにちがいない。次に、鉄パイプです。ハイト氏、マズロー氏、ジェイ氏に会いたかったのは、主にそのパイプ絡みでした。どんな男でも——」

「いつ連中に会った？」

「三人はミス・マクラウドの要請に応えて、水曜の夜にこの家に来ました。どんな男でも、我慢できないほどの怒りをかきたてられれば、殺人を企てるかもしれない。が、凶器としてごつい鉄パイプを選んで町中を持ち運ぶ男は、ごく少数でしょう。あの三人に会ってみて、ほぼ確実に該当者はいないとの結論に達しました。しかし、田舎の人間なら考えられる。力のいるごつい道具を使って、荒仕事をする人間ならば」

「そんな程度で結論づけたのか？」

「そうではない。今言った細かい点は、単なる補強証拠です。決め手はミス・マクラウドから手に入れました。あなたもあの書類を読みましたね。わたしはミス・マクラウドに質問した。覚えている範囲で引用します。わたしはこう訊いたのです。『あなたはその三人をよくご存じだ。彼らの気質を知っている。三人のうちの一人がフェイバー氏の行為に堪えがたい怒りを感じて、現場へ行き、彼を殺害したとしたら、それはだれです？　かっとなったのではなく、あらかじめ計画を練った上での犯行でした。三人に対する知識を踏まえて選ぶなら、だれです？』ミス・マクラウドはなんと答えましたか？」

「『あの三人じゃありません』と答えた」

「そうです。その発言を重要だとは思わなかったのですか？　もちろん、わたしは直接見聞きした分、有利だったが」

「もちろん、重要だと思った。身近な人間が殺人を犯したという見かたに、普通に示す反応じゃなかった。あの女はショックを受けてはいなかった。単なる事実を述べたんだ。やつらが犯人じゃないと知っていたんだ」

ウルフは頷いた。「まさにそのとおり。さらに、わたしは直接見聞きしていた。言葉にも、声にも、態度にも、あんなに確信をこめて、三人は犯人ではないと断定できる理由はただ一つしかない。犯人を知っていたのだ。あなたもその結論に至りましたか？」

「ああ」

「では、なぜその推理を突き詰めていかなかったのです？　ミス・マクラウド自身はフェイバー氏を殺しはしなかったが、犯人を知っている。かつ、あの三人のなかに犯人はいない……自明の理ではありませんか？」

「あんたはどさくさ紛れに、あの女自身がやつを殺さなかった、という仮定を割りこませたぞ。なぜあの女はやらなかったんだ？」

ウルフの唇の片端があがった。「そこにあなたの主たる間違いの一つがある。不可能に対するゆがんだ考えかただ。ある人間が同時に二か所に存在する類いの現象を、あなたは考えられないとして切り捨てる。が、小才の利く手品師なら、そんなことくらい朝飯前だ。その一方であなたは、あの若い娘が犯人の可能性はあると考える。グッドウィン君やわたしとの会話を吟味したあとでさんも、ミス・マクラウドが鉄パイプを隠し持ち、男の頭蓋骨を砕いてやるつもりで現場まで出向いたなんて話をありうると思う。ばかばかしくて、話にならない。それこそ、考えられないというものです」ウルフは手を振って、片づけた。「もちろん、あの悪党がトウモロコシの代わりにダイナマイトをわたしに送りつけて馬脚を現した以上、今の話はあくまでもただの理論にすぎないが、結論に至る最終的な筋道は必然的だった。ミス・マクラウドがフェイバー氏を殺した人物を知りながら名前を明かそうとせず、あの三人のうちの一人が犯人でもないのなら、殺人犯は父親だ。ミス・マクラウドがはっきりと知っている以上――わたしは『あの三人じゃありません』という発言を直接見聞きしたのでね――父親を現場で目撃したにちがいない。マクラウド氏がそのことを知っていたとは考えにくい、その理由は……いや、これはとるに足らないことですな。これで充分――」

ウルフは言葉を切った。クレイマーが立ちあがり、ぼくの机に近づいていたのだ。クレイマーは受話器をとりあげ、ダイヤルを回し、ちょっと間をおいてこう言った。「アーウィンか？　クレイマー警視だ。ステビンズ巡査部長を頼む」また間があって、「パーリーか？　郡保安官事務所《シェリフ》のカーメルに連絡しろ。ダンカン・マクラウドを捕まえて、身柄を押さえろと伝えてくれ。間違えるなよ……そうだ。スーザン・マクラウドの父親だ。カーメルに応援を二人送って、到着次第すぐ逮捕にいかせろ。カーメルには用心しろと伝えるんだ。マクラウドの容疑は殺人だ、抵抗するかもしれない……いや、それは後回しでいい。こっちもすぐに行く……三十分、たぶん、もっと早く」

クレイマーは受話器を置き、ウルフに向き直って、怒鳴った。「あんたは水曜日の午後、二日前には、このことを全部知ってたんだな」

ウルフは頷いた。「そして、あなたも昨日の朝から知っていた。これは解釈の問題で、知識の問題ではない。座ってもらえませんか？　知ってのとおり、わたしは視線を水平にしておきたいので。ありがとう。そう、水曜の午後、ミス・マクラウドが帰っていった時点で、既に殺人犯の正体はほぼつかんでいた。が、念のため、その夜に三人の容疑者と会った。そのうちの一人が、なんらかの形で決定的な事項を暴露する可能性もあるにはあるので。暴露はされなかった。昨日の朝あなたが逮捕状を持ってきたとき、例の宣誓供述書を渡したのには二つの理由があった。グッドウィン君を拘置所に入れないため。わたしの知識をあなたと共有するためです。解釈まで共有する義務までは感じなかった。昨日の昼以降、マクラウド氏が逮捕されたという連絡がいつ来るかと待っていたのですが、来ませんでしたな」

「それで、あんたはその解釈とやらを、おれではなく、マクラウドと共有することに決めた」

「その表現は結構ですな」ウルフは気をよくしたようだった。「うまい言いかただ。わたしとしては、自分で決めないことに決めたと言いたいですな。あなたに手持ちの事実をすべて提供した時点で、一市民、そして免許を持った私立探偵としての義務は果たしました。わたしには法的にも、道徳的にも、復讐の女神の役を引き受ける義務はない。フェイバー氏が娘を誘惑したとマクラウド氏に話したというのは推測にすぎないが、他の男性たちには話している。マクラウド氏には強力な動機があったはずで、その推測は事実だった可能性がきわめて高い。仮にそういう事情であったのなら、不道徳な行為についての問題には議論の余地があるでしょう、わたしとしては裁定を下すつもりはなかった。あなたに事実を提供した以上、その事実から得られる論理的結論により危険が迫っていることを、マクラウド氏にも知らせるのが公平というものです。そのため、知らせた。使いをパンザー君にしたのは、グッドウィン君は巻きこまないと決めたからです。グッドウィン君はわたしの出した結論を知らずにいた。教えれば、その後の方針について意見が一致しなかったかもしれない。グッドウィン君は……わたしの手に負えなくなることもあるので」

クレイマーは唸った。「そうだな。そのとおりだ。で、あんたはわざと殺人犯に警告を与えたわけだ。答えを準備しておけとな。やってくれるよ。やつが逃げるのをあてにしてたんだろう」

「そうではない。特定のあてがあったわけではない。その後について推測を巡らせても無駄だったでしょうが、仮にそうしていたとしても、マクラウド氏の逃亡を期待していたとは思えませんな。農場を持っていくことはできないし、娘を死刑の危険にさらしたままとなる。ただ、意識的に推測を巡らせはしなかったものの、無意識ではしていたにちがいない。蘭の鉢植え台で作業にいそしんでいたとき、突然思いついたのですから。ソール・パンザーが説明した、通告を読んだときのマクラウド氏の石のような顔つき。独善的な人間の頑迷な自尊心。切り株や岩を処理するダイナマイト。トウモロコシ。蓋をされた箱。およそありえない。わたしは鉢植え作業を再開した。が、考えられないことではない。わたしは移植ごてを落として、エレベーターに向かった。一階の廊下に出て、三十秒もしないうちに箱が届いた」

「ついてるな」クレイマーが言った。「あんたには信じられないほどツキがあるよ。もし、グッドウィンの挽肉ができていたら、さすがのあんたも一度くらいは認める気に……いや、いい。そうはならなかった」クレイマーは腰をあげた。「遠くに行くなよ、グッドウィン。地方検事局から呼び出しがあるだろう。たぶん、午前中にな」今度はウルフに向かって言う。「あの電話で、ダンボール箱にはトウモロコシが入っていたと報告されたらどうした？　ただのトウモロコシだったら？　あんたはおれを丸めこめると思っていたんだろう？」

「やってみることはできたでしょうな」

「やれやれ。頑迷な自尊心が聞いて呆れる」クレイマーは首を振った。「あのダンボール箱で、あんたにどれだけツキがあったか。そんな幸運に恵まれたら、間一髪でおりてきたら、普通のやつはどうすると思う？　跪いて神に感謝するだろうよ。で、あんたはどうするか？　あんたは自分に感謝するんだ。たしかにあんたが跪くのは一苦労だろうが、それにしたって——」

電話が鳴った。ぼくは椅子を回して、受話器をとった。聞き覚えのある声がクレイマー警視を出してくれと言った。ぼくは振り返って、声をかけた。「パーリー・ステビンズです」クレイマーは近づいてきて、受話器を受けとった。通話はダンボール箱のときよりもっと短く、クレイマーが発したのは一ダースほどの単語と、唸り声が二回だけだった。クレイマーは電話を切り、席に戻って帽子をとりあげると、廊下に向かった。が、ドアの一歩手前で立ちどまり、振り返った。

「あんたには話しておいたほうがいいだろう」クレイマーは言った。「たとえ、トウモロコシはなくても、夕飯への食欲が増すだろうからな。一時間ほど前、ダンカン・マクラウドはダイナマイトの束の上に座るか、立つか、寝るかして、爆発させた。やつの頭部と体の一部を少しばかり回収したそうだ。事故なのか、わざとやったのか、結論を出したがってる。あんたなら、事実を解釈する手伝いができるんじゃないか」

クレイマーは背を向け、出ていった。

第七章

先週のとある日、リリー・ローワンのペントハウスでパーティーがあった。リリーは夕食に六人――本人とぼくを入れて八人――以上を招くことはないのだが、その日はダンス・パーティーで、コーヒーの頃には一ダース以上の人が来て、三人の演奏家がアルコーブで支度を整え音楽を奏ではじめた。リリーや他の三、四人と何度か踊ったあと、ぼくはスー・マクラウドの前に行って、片手を差し出した。

スーはぼくを見た。「本心じゃないって、自分でもわかってるくせに。外に行きましょうよ」

ぼくは寒いよと注意したが、スーはわかってると答えて玄関の広間に向かい、毛皮でできたショールのようなものをとってきた。きっとスーの持ち物ではないだろう。トップモデルともなれば、靴下から黒貂《てん》の毛皮まで、なんでも貸し出すという申し出があるからだ。いったん戻った部屋を通過し、外のテラスへ出た。平鉢に入った常緑樹があり、ぼくらはそっちへ移動して風よけにした。

「あたしがあなたを嫌ってるって、リリーに言ったでしょ」スーが口を開いた。「嫌ってないし」

「『嫌ってる』とは言ってないよ」ぼくは答えた。「リリーが間違って伝えたか、きみがリリーの言葉を間違えてるんだ。きみと踊るべきだとリリーが言うから、一か月前にそうしようとしたら、きみが凍りついたって話したんだよ」

「たしかにそうだった」スーはぼくの腕に片手を置いた。「アーチー。つらかった、わかってるでしょ。あたしが父さんに頼んでケンを農場で働かせたりしなければ……あたしのせいよ、わかってる……でも、どうしても考えちゃうの。あなたが父さんに送ったりしなければ……なにもかも知っているって、教えたりしなければ……」

「あの通告はぼくが送ったんじゃない、ウルフさんだ。でも、ぼくだってやっただろうね。いいよ、あの人はきみの父親だったから、つらかっただろう。ただ、だれの父親だろうと、箱にダイナマイトを詰めて寄こしたやつのために、喪章をつける気はないんだ」

「それはそうよ、わかってる。当然よね。忘れなきゃって、自分に言い聞かせてるんだけど……なかなか……」スーは体を震わせた。「とにかく、あたしはあなたを嫌ってないって、伝えたかった。あたしとダンスを踊る必要はないから。あたしは仕事を辞めて赤ちゃんを産む気になるまで結婚しないって、あなたはわかってるでしょ。あなたが絶対結婚なんかしないって、あたしにはわかってる。万一することがあっても、相手はリリーよ。でもね、そんなところに突っ立って、あたしを本当に凍りつかせておく必要はないでしょ、ちがう?」

ぼくもそうはしなかった。たとえダンスが苦手な女の子が相手でも、傷つけるようなまねをする必要はない。それに、本当に寒かったのだ。

女性を巡る名言集

ネロ・ウルフ

「わたしはめったに女性を嫌うことはないし、決して好きになることはありません」

（『シーザーの埋葬』より）

「女が嫌い？　女性とは、奇想天外で上出来な動物ですよ。何年も前に必要に迫られた結果、わたしは便宜上、免疫のあるふりを続けているだけです」

（『料理長が多すぎる』より）

「わたしが女性に質問をするのは、やむをえない場合だけです。ヒステリーを嫌悪しておりますので」

（『赤い箱』より）

「女はみんなヒステリーだ。穏やかなときは、大爆発の間の休止期にすぎない」

（『料理長が多すぎる』より）

「女はばかじゃなければ、危険なんだ」

（『語らぬ講演者』より）

「女は気まぐれで行きあたりばったりの集団だ」

（『ファーザー・ハント』より）

「女には、知的な思考過程で理解可能な動機は必要ない」

（『死の扉』より）

「女性に不満があるわけではありません。家事を行う生物として機能しようとするのでない限りは。詭弁、屁理屈、自己装飾、甘言、瞞着、奸策、そのようなもっとも天分に恵まれた範囲内を堅持しているときは、すばらしい存在になることもあるのです」

（『ラバー・バンド』より）

「女は気を失ったりしない」――中略――棍棒で殴りつけられるとか、本当に正当な理由がない限り、気を失った女は〝芝居〟をしているだけだと（ウルフは）信じこんでいるのだ。女はみんな、いつでも〝芝居〟をしているという、ウルフの基本原則に基づく小原則だ。

（「ニセモノは殺人のはじまり」より）

（ウルフにとって）自分の厨房に入る女は、不法侵入者だ。自分の、もしくはフリッツの料理を批判する女は、侮辱そのものだ。

（「ようこそ、死のパーティーへ」より）

こちらで用があるときに女性がいるはずの場所にいるなんてありえない、そうウルフは思っている。

（『殺人犯はわが子なり』より）


ウルフが積極的に男の言い分を信じることはめったにないが、女性相手の場合は絶対にない。

（『殺人犯はわが子なり』より）


女はどいつもこいつも気が触れているか、悪魔のようにずるがしこいか、もしくはその両方だというのがウルフの信条だ。

（「悪魔の死」より）

アーチー・グッドウィン

「ぼくはそんな熱情をかきたてるような男じゃありません。女性が好むのは、ぼくの知性ですから」

（「死にそこねた死体」より）


「女のせいで地獄送りになった男なんて一人もいやしないよ。その前に自分でポケットに地獄行きの切符を入れているか、せめて時刻表をいじっていなくちゃね」

（『シーザーの埋葬』より）

女の本性を知るなら、つらい立場に追いこまれているときが一番だ。

（「黒い蘭」より）

もしぼくが人を殺すようなことがあれば、相手は女にちがいない。

（『毒蛇』より）

結婚してもいいと思う女性には大勢巡り会ったけれど、冷静さを失うほど惹きつけられたことは一度もない。実のところ、そのうちのだれかがぼくと結婚してくれたかどうかはわからない。合理的な意見をまとめるのに必要な事実を集めるための機会を、その女性たちのだれにも与えたことがないからだ。初対面の女性には、ぼくは興味を持ち、すべての可能性に対して神経を張り巡らせる。自分でわかっている限り、問題の核心を避けたことは決してないのだが、なにもかも忘れるほど夢中にはならないようだ。例えば、仕事——ネロ・ウルフの探偵業——絡みで女性に会ったとする。クリーニングに出したいような女性でない限り、ぼくは目を駆使して判断材料を集める。それどころか、血が騒ぐのを感じる。アクセルをちょっとずつ踏みこむのを感じる。が、どんな可能性があったにしても、当然そこから仕事がはじまるのだ。

（『腰ぬけ連盟』より）

「きれいな女性を見ると、グッドウィン君は好意的な評価と賞賛の抑えがたい反応を感じ、自分のものにしたいと相応の本能を刺激されます。にもかかわらず、グッドウィン君は一度も結婚したことがない。なぜか？　仮に妻帯すれば、美しい女性たちに対する純粋かつざっくばらんで自由な今の反応が、耐えがたいほど不純なものとなるばかりか、妻たるものの権威に監視と制限を受けることになる。従って、グッドウィン君の統率機構は大災害に至ることのないよう必ずブレーキをかけるのです。間一髪のときがあったのも確実です」

（『黄金の蜘蛛』より。ネロ・ウルフの言葉）

「あなた（アーチー）はミス・ユニバースが跪いて十億円を差し出しても、結婚なんてしない人でしょ」

（「クリスマス・パーティー」より。マーゴット・ディッキーの言葉）

「あなた（アーチー）が絶対結婚なんかしないって、あたしにはわかってる。万一することがあっても、相手はリリーよ」

（「トウモロコシとコロシ」より。スーザン・マクラウドの言葉）

訳者あとがき

ここにレックス・スタウトの創作による名探偵ネロ・ウルフの短編集、第二シリーズの『ネロ・ウルフの災難』女難編をお送りします。

第一シリーズの『ネロ・ウルフの事件簿』三冊をお読みになっていただいた読者にはもうよくおわかりと思いますが、ネロ・ウルフは、アメリカの作家レックス・トッドハンター・スタウトによるミステリ作品に登場し、今なお愛され続けている探偵です。ウルフはいわゆる名探偵の一人でありながらも、ちょっと毛色の変わったところがあります。名探偵とは、謎の解明をこよなく愛し、変わり者ではあっても頭脳明晰な正義の味方タイプを連想するかと思いますが、ウルフは基本的に事件の解決には興味がないのです。ましてや正義のために身を粉《こ》にして働くなど考えられず、おそらくですが、自分の快適な生活を維持できるなら全世界が破滅したとしても平気でしょう。ウルフが探偵業を営むのは、あくまで自分が安楽に暮らすためなのです。おかげで依頼人たちは、ウルフの懐が暖かい場合はにべもなく依頼を断られ、懐が寂しいときになんとか引き受けてもらったとしても、目の玉の飛び出るほど高額な依頼料をふんだくられます。そこまで金が必要な理由はなにか。それは、ウルフがこよなく愛する蘭と美食三昧の生活です。蘭は一万株を超える品種を自宅の屋上で栽培し、お抱えの栽培係セオドア・ホルストマンを雇い、新品種が出たとなれば高射砲が買えるような値段でも即購入。美食は世界各国の特別な食材を金に糸目をつけずに買いあさって取り寄せ、一流レストランからのお誘いが絶えないシェフのフリッツ・ブレンナーに自分たちだけのために料理を作らせ、ビールを底なし沼のような胃に流しこみます。これでは、お金がいくらあっても足りないのはしかたがないのかもしれません。

ここまでは第一シリーズの短編集で紹介しましたので、今回はちょっと視点を変えて、ウルフの嫌いなもの二つ、外出と女性を特集してみたいと考えました。

ドーナツ、ジン、猫、吸い殻の載った灰皿、握手、立ちあがること、など、気むずかしいウルフには嫌いなものがたくさんあります。また、ウルフは自分の快適な生活を邪魔されることも大嫌いです。朝は決まった時間に起床し、ベッドでフリッツの作った食事をとり、九時から十一時までは蘭の世話。十一時になると一階の事務所に入り、ビールを飲みながら郵便物の整理や手紙の口述をしたり、依頼人と面会したりする一方、またしてもフリッツの作った昼食をゆったりと楽しみます。概ね二時頃から仕事を再開したりしますが、四時から六時までは蘭の世話。その後はやはりビールを飲んで夕食を待ち、毎晩特別なフルコースをコーヒーまで含めてとことん堪能します。ちなみに、食事と蘭の世話をしている間は、仕事の話は厳禁です。

探偵を生業とする以上、生活のためにやむをえないとある程度の譲歩は受け入れるものの、ウルフが基本的に受けつけないのが外出と女性です。ウルフは徹底的な悲観主義者で、外出すればさまざまな災難に見舞われ、家にたどり着くことすら難しくなると考えているのです。おまけに故障する可能性のある機械類すべてに懐疑的で、車に乗るだけでも一騒ぎ起こします。そのため、よほどのことがなければ外出しようとはしません。

それから女性も大の苦手。なぜ女性を嫌うのか。これはウルフの偏見もあるのですが、一番大きな理由は心を乱す存在であることでしょう。泣く、わめく、ヒステリーを起こす。つけている香水が嫌い。料理も家政の切り盛りもへた（天才シェフのフリッツと比べてですが）。男性の心と環境に変化をもたらす（一度アーチーが嘘の結婚宣言をしたときは、ウルフは動転のあまりとんでもない行動をとり、踏んだり蹴ったりの目に遭います。大事な友人が悪女と結婚して、人柄が変わってしまったこともありました）。女性はウルフの生活を破壊しかねない災いの種というわけです。家のなかは女人禁制で安全ですが、世の中にはもちろん女性もいるため、ますます外部との接触をいやがるわけです。そんなウルフですが、探偵業を営んでいる以上、まったく女性や家の外部との接触を断つわけにもいきません。

ちなみにウルフの家に同居する家政監督兼お抱えシェフのフリッツは、アーチーに言わせれば「フリッツの最大の美点の一つは、スカートをはいているものなら、なんでもレディとみなすところ」ですが、ウルフと西三十五丁目の家を大切にするあまり、女性には礼儀正しいながらも常に警戒を怠りません。万が一にもウルフが心を奪われ、自分の地位や縄張りが脅かされるようなことはないかと目を光らせているわけです。当人は女性には丁寧で親切ですが、個人的な関心はあまりないようです。基本的に探偵業の手伝いはしませんが、必要な外出は普通にこなします。

ウルフのため、快適な生活の最後と砦となるはずの人物が、自他共に認める女性専門家にして探偵業でウルフの手足となる腹心の助手、アーチー・グッドウィンです。如才なく女性の相手をこなし、好奇心旺盛で雨が降っていても果敢に外出し（ウルフはもちろん悪天候も大嫌いです）、情報収集係兼ボディーガード兼渉外担当兼刺激剤兼憂さ晴らしの対象となる、ウルフにとっては唯一無二の存在です。ところが、この頼みの綱のアーチーが天の祝福なのか呪いなのかはわからないものの、とにかく本人自体がトラブルと美女に愛されるのです。アーチーもその二つが嫌いではないせいで、ウルフにはなかなか頭の痛い問題が絶えず発生することになります。アーチーを雇っている以上、トラブルを抱えた美女とは決して縁が切れません。というわけで、今回はまず、ウルフの〝女難〟事件を集めてみました。

悪魔の死（Death of a Demon）

雑誌連載時の挿絵（“The Saturday Evening Post”より。画：Austin Briggs）

夫を射殺する完全犯罪の計画を思いついたから、それを打ち明けて実行できないようにしたい。こう言ってミセス・ヘイゼンがウルフのところへやってきた。話が終わったところで、ラジオからヘイゼン氏が射殺されたとのニュースが流れ、夫人は殺人の疑いで逮捕される。夫人から真相究明の依頼を受けたウルフは、死んだヘイゼンが脅迫者だったことを突き止める。悪魔のようにサディスティックな性格のヘイゼンは、消息不明になる直前に自分の餌食たちを呼びつけ、一緒に夕食のテーブルを囲んでいた。ウルフはその四人に容疑者として目をつける。外での捜査を担当するアーチーは、見事その四人を事務所に連れ帰り、ウルフは彼らに対してある提案をする。

ウルフの奇癖がほとんど出てこないのが若干物足りないかもしれませんが、心理作戦で犯人を割り出す手法は、いかにも天才肌のウルフらしいです。

殺人規則その三（Method Three for Murder）

ウルフと言い争いをして辞職したアーチーが家を出ていこうとしたとき、ちょうど訪ねてきた若い女性ミラ・ホルトと鉢合わせした。彼女は賭けに勝つため相談にのってほしいと持ちかけ、仮に友人から借りたタクシーを離れた隙に車内に死体を置かれた場合、どうすればうまく厄介払いできるかを知りたいと言う。二人が話しているうちに、ちょうど目の前に駐められていたタクシーにパトカーが近づき、死体を発見する。ミラは離婚の話し合いに応じない夫カーンズに会うために友人ジュディのタクシーを借りて夫の家に行き、様子を見にいって戻ってきたところ、車内には夫の愛人フィービー・アーデンの刺殺死体が置いてあったのだ。当然、ミラは逮捕される。アーチーはミラの態度から無実だと判断し、助けることに決めた。騒ぎに気づいたウルフは、辞職したアーチーの助手を買って出る。大喧嘩して意地を張りあった結果、助手となったウルフと探偵アーチー。二人はこの変則的な合同捜査事件で、依頼者を無事に救出できるのか。

『出不精のウルフに勿怪の幸い――自宅前に死体』という、原書ペーパーバックのキャプションが楽しい。

ペーパーバック *THREE AT WOLF'S DOOR*（Crimeline,1995）収録の挿絵

トウモロコシとコロシ（Murder Is Corny）

本作収録のペーパーバック *TRIO FOR BLUNT INSTRUMENTS*（Bantam Books,1984）書影

旬の季節には週に一度、ウルフの家へトウモロコシを届けるケネス・フェイバーが、ウルフが後見を務めるレストランの裏口で殴り殺された。被害者の所持していた手帳に名前が書かれていたことや、警察の握っている秘密情報から、容疑者としてアーチーが逮捕されてしまう。その秘密情報は、アーチーが保釈された日に訪ねてきた人気モデルのスーザンによって明らかにされる。スーザンはケネスと話し合いをするためアーチーと犯行時刻に現場で会う約束をしていたが、自分は約束に遅れ、アーチーはもういなかったと警察に嘘の証言をしていた。おまけにケネスはスーザンと結婚したいあまりに、恋敵と思われる男たち、アーチーを含めた四人を手帳にリストアップし、彼女を妊娠させたと嘘をついていたという。アーチーを失う“大災害”を防ぐために、ウルフはやむなく捜査を開始する。

珍しく恋愛絡みでセンチメンタルな作品。プレイボーイのアーチー、あくまで頭脳派のウルフ、警官としては優秀なクレイマー警部など、レギュラーメンバーの特徴がよく出ています。決定的な証拠はなくとも、犯人を巧みに追い詰めるのがウルフ流。

ところで、ウルフとは共通点も多く、実体験をエピソード化もしている生みの親、レックス・スタウトは、大の女嫌いのウルフとはちがって離婚経験者で、二度結婚しています。それに外出も大好きで、精力的に仕事をこなす活発な人だったようです。

本書の巻末には、ボーナストラックとして、ネロ・ウルフものの作品一覧を収録しました。前シリーズの最終巻にも収録していますが、日本語タイトルも併記してほしいとのご要望があったとのことで、今回再録しました。未訳作品は原題表記のみ、複数の邦題がある作品は編集部の判断により代表的と思われるタイトルを挙げました。以上、ご了承いただきますようお願いします。なお、第一シリーズ『ネロ・ウルフの事件簿』（全三巻）の巻頭に掲載したウルフの事務所の見取り図ですが、愛読者の皆様には馴染みのものと考え、本シリーズ『ネロ・ウルフの災難』では割愛しました。

次巻はウルフの苦手なもの、〝女性〟と双璧をなす〝外出〟にまつわる短編集を予定しております。ウルフが家の外に出ては不幸に見舞われ、さらに外出が嫌いになるという悪循環（？）をお楽しみいただければ、と思っています。

本書の出版におきましては、いつもと同じく大勢の方にお世話になりました。快く対応、ご協力いただいた方々、ありがとうございました。

また、ウルフの作品をもっと読みたいと応援してくださった読者の皆様に心から感謝申し上げます。

ネロ・ウルフ作品一覧

Fer-De-Lance　『毒蛇』長編（一九三四年出版）
The League of Frightened Men　『腰ぬけ連盟』長編（一九三五年出版）
The Rubber Band　『ラバー・バンド』長編（一九三六年出版）
The Red Box　『赤い箱』長編（一九三七年出版）
Too Many Cooks　『料理長が多すぎる』長編（一九三八年出版）
Some Buried Caesar　『シーザーの埋葬』長編（一九三九年出版）
Over My Dead Body　『我が屍を乗り越えよ』長編（一九四〇年出版）
Where There's a Will　『遺志あるところ』長編（一九四〇年出版）
Black Orchids　『黒い蘭』中短編集（一九四二年出版）"Black Orchids"「黒い蘭」、"Cordially

Invited to Meet Death”「ようこそ、死のパーティーへ」収録
Not Quite Dead Enough『死にそこねた死体』中短編集（一九四四年出版）“Not Quite Dead Enough”「死にそこねた死体」、“Booby Trap”「ブービートラップ」収録
The Silent Speaker『語らぬ講演者』長編（一九四六年出版）
Too Many Women『女が多すぎる』長編（一九四七年出版）
And Be a Villain『Xと呼ばれる男』長編（一九四八年出版）
The Second Confession　長編（一九四九年出版）
Trouble in Triplicate　中短編集（一九四九年出版）“Help Wanted, Male”「急募、身代わり《ターゲット》」、“Instead of Evidence”「証拠のかわりに」、“Before I Die”「この世を去る前に」収録
In the Best Families　長編（一九五〇年出版）
Three Doors to Death　中短編集（一九五〇年出版）“Man Alive”「二度死んだ男」、“Omit Flowers”

「献花無用」、“Door to Death”「死の扉」収録
Murder by the Book　『編集者を殺せ』長編（一九五一年出版）
Curtains for Three　中短編集（一九五一年出版）“Bullet for One”「セントラル・パーク殺人事件」、
“The Gun with Wings”「翼の生えた銃」、“Disguise for Murder”「ねじれたスカーフ」収録
Prisoner's Base　長編（一九五二年出版）
Triple Jeopardy　中短編集（一九五二年出版）“The Cop-Killer”「巡査殺し」、“The Squirt and the
Monkey”「『ダズル・ダン』殺害事件」、“Home to Roost”「身から出た錆」収録
The Golden Spiders　『黄金の蜘蛛』長編（一九五三年出版）
The Black Mountain　『黒い山』長編（一九五四年出版）
Three Men Out　中短編集（一九五四年出版）“This Won't Kill You”「ワールド・シリーズの殺人」、
“Invitation to Murder”「美しい容疑者たち」、“The Zero Clue”「ゼロの手がかり」収録

Before Midnight　長編（一九五五年出版）

Might as Well Be Dead『殺人犯はわが子なり』長編（一九五六年出版）

Three Witnesses　中短編集（一九五六年出版）“When a Man Murders”「人を殺さば」、“Die Like a Dog”「真昼の犬」、“The Next Witness”「法廷のウルフ」収録

Three for the Chair　中短編集（一九五七年出版）“Immune to Murder”「殺人はもう御免」、“A Window for Death”「死を招く窓」、“Too Many Detectives”「探偵が多すぎる」収録

If Death Ever Slept　長編（一九五七年出版）

And Four to Go　中短編集（一九五八年出版）“Christmas Party”「クリスマス・パーティー」、“Easter Parade”「イースター・パレード」、“Fourth of July Picnic”「独立記念日の殺人」、“Murder Is No Joke”「殺人は笑いごとじゃない」収録

Champagne for One　長編（一九五八年出版）

Plot It Yourself　長編（一九五九年出版）

Too Many Clients　長編（一九六〇年出版）

Three at Wolfe's Door　中短編集（一九六〇年出版）"Poison à la Carte"「ポイズン・ア・ラ・カルト」、"Method Three for Murder"「殺人規則その三」、"The Rodeo Murder"「ロデオ殺人事件」収録

The Final Deduction『究極の推論』長編（一九六一年出版）

Gambit『ギャンビット』長編（一九六二年出版）

Homicide Trinity　中短編集（一九六二年出版）"Eeny Meeny Murder Mo"「殺人鬼はどの子？」、"Counterfeit for Murder"「ニセモノは殺人のはじまり」、"Death of a Demon"「悪魔の死」収録

The Mother Hunt　長編（一九六三年出版）

A Right to Die　長編（一九六四年出版）

Trio for Blunt Instruments　中短編集（一九六四年出版）"Kill Now - Pay Later"「殺しはツケで」、

"Murder Is Corny"「トウモロコシとコロシ」、"Blood Will Tell"「血の証拠」収録
The Doorbell Rang『ネロ・ウルフ対ＦＢＩ』長編（一九六五年出版）
Death of a Doxy　長編（一九六六年出版）
The Father Hunt『ファーザー・ハント』長編（一九六八年出版）
Death of a Dude　長編（一九六九年出版）
Please Pass the Guilt『マクベス夫人症の男』長編（一九七三年出版）
A Family Affair『ネロ・ウルフ最後の事件』長編（一九七五年出版）
Death Times Three　中短編集（一九八五年出版）"Frame-Up for Murder"、"Assault on a Browrstone"、
"Bitter End"「苦いパテ」収録

編集部より

「ネロ・ウルフ作品一覧」の原題確認、邦題調査にあたり、以下の書籍、ＷＥＢサイトを参考にさせていただきました。

・JOHN NIEMINSKI『EQMM 350 AN AUTHOR/TITLE INDEX TO ELLERY QUEEN'S MYSTERY MAGAZINE Fall 1941 through January 1973』(1974,THE ARMCHAIR DETECTIVE PRESS)
・荻巣康紀『マイナー・インデックス通信第15号　オール・ミステリ海外作家短編インデックス最新版第３版』(二〇一八年九月発行、私家版)
・ameqlist 翻訳作品集成 (Japanese Translation List) http://ameqlist.com/
・国内外のミステリー・推理小説のデータベースサイト Aga-search https://www.aga-search.com/

〔著者〕

レックス・スタウト

本名レックス・トッドハンター・スタウト。1886年、アメリカ、インディアナ州ノーブルズヴィル生まれ。1906年から二年間、アメリカ海軍に下士官として所属した。数多くの職を経て専業作家となり、58年にはアメリカ探偵作家クラブの会長を務めた。59年にアメリカ探偵作家クラブ巨匠賞、69年には英国推理作家協会シルバー・ダガー賞を受賞している。75年、死去。

〔編訳者〕

鬼頭玲子（きとう・れいこ）

藤女子大学文学部英文学科卒業。インターカレッジ札幌在籍。札幌市在住。訳書に『四十面相クリークの事件簿』、「ネロ・ウルフの事件簿」全3巻、『ロードシップ・レーンの謎』（いずれも論創社）など。

ネロ・ウルフの災難《さいなん》　女難編《じょなんへん》

——論創海外ミステリ　226

2019年1月20日　初版第1刷印刷
2019年1月30日　初版第1刷発行

著　者　レックス・スタウト
編訳者　鬼頭玲子
装　丁　奥定泰之
発行人　森下紀夫
発行所　論 創 社

〒101-0051　東京都千代田区神田神保町2-23　北井ビル
TEL:03-3264-5254　FAX:03-3264-5254　振替口座　00160-1-155266
WEB:http://www.ronso.co.jp

印刷・製本　中央精版印刷

組版　フレックスアート

ISBN978-4-8460-1767-5